宮沢賢治　現実の遠近法

佐々木 ボグナ
Sasaki Bogna

京都大学学術出版会

團欒の家庭……をよりよく飾る

イーハトヴ童話 **註文の多い料理店**

作者 宮澤賢治氏
裝幀 菊地武雄氏

一九二四、十一、十五日發行……定價 壹圓六拾錢

○自然の儘――即ち眞實と……之か說明文の最も大切な要素ならば!!
○此のイーハトヴ童話は童話中の童話であると確く信じます

是非內容御一讀を……

イーハトヴは一つの地名である。强て、その地點を求むるならばそれは、大小クラウスたちの耕してゐた、野原や、少女アリスガ辿つた鏡の國と同じ世界の中、テパーンタール砂漠の遙かな北東、イヴン王國の遠い東と考へられる。實にこれは著者の心象中に、この樣な狀景をもつて實在したドリームランドとしての日本岩手縣である。

そこでは、あらゆる事が可能である。人は一瞬にして氷雲の上に飛躍し大循環の風を從へて北に旅する事もあれば、赤い花杯の下を行く蟻と語ることもできる。罪や、かなしみでさへそこでは聖くきれいにかゞやいてゐる。深い掬の森や、風や影、肉之草や、不思議な都會、ベーリング市迄續々電柱の列、それはまことにあやしくも樂しい國土である。この童話集の一列は實に作者の心象スケツチの一部である。それは少年少女期の終り頃から、アドレッセンス中葉に對する一つの文學としての形式をとつてゐる。

この見地からその特色を數へるならば次の諸點に歸する。

一 これは正しいものゝ種子を有し、その美しい發芽を待つものである。而も決して旣成の疲れた宗敎や、道德の殘滓を色あせた假面によつて純眞な心意の所有者たちに欺き與へんとするものではない。

二 これらは新しい、よりよい世界の構成材料を提供しやうとはする。けれどもそれは全く、作者に未知な絕えざる驚異に値する世界自身の發展であつて決して畸形に捏ねあげられた煤色のユートピアではない。

三 これらは決して僞でも假空でも窃盗でもない。多少の再度の內省と分折とはあつても、たしかにこの通りその時心象の中に現はれたものである。故にそれは、どんなに馬鹿げてゐても、難解でも必ず心の深部に於て萬人の共通である。卑怯な成人たちに畢竟不可解な丈である。

四 これは田園の新鮮な產物である。われらは田園の風と光との中からつやゝかな果實や、靑い蔬菜を一緒にこれらの心象スケッチを世間に提供するものである。

注文の多い料理店 はその十二卷のセリーズの中の第一冊で先づその古風な童話としての形式と地方色とを以て類集したものであつて次の九編からなる。

目次と……その說明

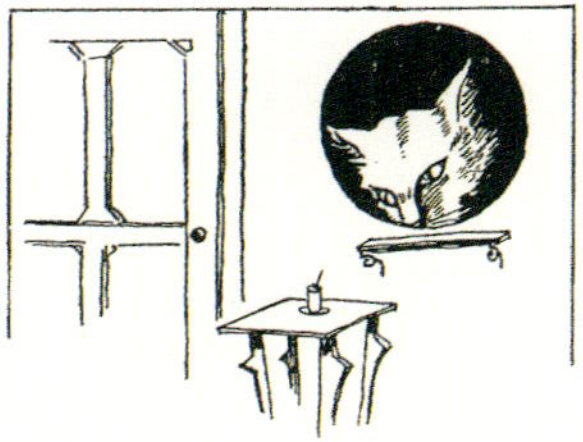

注文の多い料理店

童話集『注文の多い料理店』の広告文。その中で賢治は自分の「童話」の本質を語る。(株式会社林風舎の許諾を得て掲載)

遠野市の風景（第一章）。

賢治は関心をもった様々な分野の活動を通して農民の生活を変えようとした（第二章）。
農業関係の講習会だけでなく、音楽会や劇の会場となった羅須地人協会の建物。

宮沢賢治は大の花好きだったようである（第三章）。
宮沢賢治記念館の周辺にある賢治が設計した花壇。

青森県にある岩木山。神々はここから赤神と黒神の対立を眺めていた（第四章）。

宮沢賢治記念館のすぐよこにある「注文の多い料理店　山猫軒」の看板。実際に食事できるお店である（第五章）。

岩手県の田園風景。

プリミエ・コレクションの創刊に際して

「プリミエ」とは、初演を意味するフランス語の「première」から転じた「初演する、主演する」を意味する英語です。本コレクションのタイトルには、初々しい若い知性のデビュー作という意味がこめられています。

いわゆる大学院重点化によって博士学位取得者を増強する計画が始まってから十数年になります。学界、産業界、政界、官界さらには国際機関等に博士学位取得者が歓迎される時代がやがて到来するという当初の見通しは、国内外の諸状況もあって未だ実現せず、そのため、長期の研鑽を積みながら厳しい日々を送っている若手研究者も少なくありません。

しかしながら、多くの優秀な人材を学界に迎えたことで学術研究は新しい活況を呈し、領域によっては、既存の研究には見られなかった溌剌とした視点や方法が、若い人々によってもたらされています。そうした優れた業績を広く公開することは、学界のみならず、歴史の転換点にある21世紀の社会全体にとっても、未来を拓く大きな資産になることは間違いありません。

このたび、京都大学では、常にフロンティアに挑戦することで我が国の教育・研究において誉れある幾多の成果をもたらしてきた百有余年の歴史の上に、若手研究者の優れた業績を世に出すための支援制度を設けることに致しました。本コレクションの各巻は、いずれもこの制度のもとに刊行されるモノグラフです。ここでデビューした研究者は、我が国のみならず、国際的な学界において、将来につながる学術研究のリーダーとして活躍が期待される人たちです。関係者、読者の方々共々、このコレクションが健やかに成長していくことを見守っていきたいと祈念します。

第25代　京都大学総長　松本　紘

目次

宮沢賢治　現実の遠近法

序　章

残念ながら人間の想像力には限りがあって、日常的な経験の外側にあるものを、気長にしかも知的に検討することは不可能なのだ。この隔離された現象をみたり感じたりできるのは、心理的に敏感な少数の者に限られている。幅の広い思考力の持ち主なら、現実と非現実の間には明確な差などないことが分かるはずだ。

H・P・ラヴクラフト「奥津城」

はじめに

宮沢賢治は日本の近代期における最も著名な文学者の一人である。近年は国内外ともに、彼の創作ほど広く読まれる日本文学の作品も多くはないと言っても過言ではない。しかし、「今や日本を代表する文学者となった」(1)という評とはうらはらに、彼の創作は位置づけのむずかしい作品のようである。ことに「童話」として創作された彼の散文の場合、その読者層は児童をはるかに超えるにもかかわらず、「日本近代文学の作家」という位置づけがほとんどみられず、辞書などでは、一般的に「詩人・童話作家」と紹介される。賢治は、いまだに「日本近代文学の作家」となりきれないまま、その作品が、年齢を問わず読者を魅了し続けている。

すでに一九六〇年に、祖父江昭二氏は「宮沢賢治の位置」という文章の中で、特に賢治の生前における知名度の低さと比較して、一九六〇年の当時の研究書が多い事実に注目して、次のように述べる。

その反面、おそらくこうした事情とはうらはらの関係になっているのであろうが、宮沢賢治は、案外、一般的な、歴史的な文学研究の中に組み込まれていない。（中略）試みに二、三のポピュラーな近代日本文学史、あるいは昭和文学史を手にしてみると、その中に宮沢賢治の名前が一度もあらわれてこない。その理由の一つは、それらが小説を中心にして筆を進められており、それに反して、賢治の仕事は、いわゆる詩と童話とが中心になっていた、というところに求められるであろう。(2)

一方、井上寿彦氏は講演の中で、同様のことを指摘しながら、その原因を少し異なる観点から追究する。

賢治は、たくさんの国で翻訳されているのですが、ただ日本の文学史の中で、宮沢賢治って出てきたかしらということを考えてみてください。（中略）ほとんど出てこなかったと思うんです。つまり日本の文学史の中では、宮沢賢治はいる場所がないのです。（中略）日本だけではなく、近代文学っていうのは、リアリズムなのです。（中略）日本語としては、写実主義とか現実主義とか自然主義とかいろいろありますけれど、大本にはリアリズムという共通の書き方があったのです。（中略）それまで想像力を駆使して書いた作品の書き方ではなくて、社会や人間をありのままにしっかり見て、人間の真実を書いていこうということです。これが近代小説の王道です。(3)

上記の引用部分から、賢治の作品と対比されるものとして、二つのキーワードを見出すことができる。それは、「小説」と「リアリズム」である。

第一節 「幻想文学」という枠組み

一方、賢治は「童話作家」と規定されるなか、祖父江昭二氏が指摘する通り、「児童文学者」としても「別格」とされ、その評価は明瞭なものではない。(4) 童話作家坪田譲二は、賢治の童話について「宮沢作品の読者は誰であるかということであります。オトナなのか。子供なのか。子供は幾つくらいの子供か。私はこれは小学生には充分理解されないように思うのであります。中学生以上でなければならないと思います。そんな点からも、これを童話というのは、どうであろうか(5)」と疑問を投げかける。また、奥山文幸氏も「賢治童話は、「子供のためのお話」というような一般的な意味での〈童話〉とは決して言えない。(中略) 賢治童話をジャンルとして位置付けるには、坂口安吾やフランツ・カフカの作品群をその範囲として射程に入れた上でなら〈メルヒェン〉という領域が最も適切なのではなかろうか(6)」と賢治の「童話」を位置づける。両氏の指摘通り、賢治による「童話」というのは、おそらく「児童」という読者層にそれ程こだわっていたのではなく、むしろ自己表現をしやすい形式だったと考えられる。

そのような「童話」に関する疑問を前提に、「リアリズム」に基づき、また主として人間社会を題材にするという、当時の「小説」の理解を考えたうえで、その二つのキーワードを通してみた賢治の散文による創作活動に対する姿勢は、現代の文学理論の立場から一言でいえば、超自然的な事象を題材にすると一般的に考えられており、内容的にも当時の「童話」とも共通点が多くみられる「幻想文学」というものが近いだろう。それは以前からの賢治の文学を位置づける一つの方法であり、実際にその作品を「幻想文学」や「ファンタジー文学」と言い表すことは少なくない。たとえば、須永朝彦氏は『日本幻想文学史』の中で大正時代の代表的な幻想文学作家の中で宮沢賢治を挙げる。(7)

したがって、賢治の生前には文芸用語としての「幻想文学」はまだ認識されていなかったとはいえ、私見では、その「童話」を「幻想文学」という用語を通して考えるのは極めて意義深いことである。「幻想文学」という位置づけをすることによって、まず読者層というカテゴリーなしで作品の内容へ近づくことができる。また、「幻想文学」というものは、文学の形式として考えることができると同時に、作者の現実そのものへの姿勢を表すものでもある。つまり、先ほど取りあげた「小説」と「リアリズム」の問題を合わせて考えることが可能になる。

それゆえに、本書においては賢治の「童話」を「幻想文学」として考えることにする。ただし、「幻想文学」を、賢治文学を固定した枠に入れるために用いるのではなく、賢治の作品を考える出発点として定めたい。つまり本書の目的は賢治童話が「幻想文学」であるということを証明するところにあるのではない。「幻想文学」という概念を、この作家の作品をより多面的に考えるための枠組みとして使用したいということである。「幻想文学」の概念と照らし合わせることによって、賢治文学の性質を浮き彫りにする試みである。

ここでまず「幻想文学」そのものに触れておこう。現代に至って「幻想文学」の解説は幅広く行われ、統一した定義が見当たらないなか、一般的な意味としては、「作品中の出来事が極めて空想的で、超自然的性質を帯び、起こり得ることと得ないことについての予想を往々にして平然と裏切るような文学作品を言う(8)」という定義を挙げられる。

一方、篠田知和基氏のこの用語の歴史に関する記述によれば、「トドロフの理論が翻訳、紹介され、導入されていった文化圏ではそのころ（一九七〇年代）から世界共通の文芸用語として「幻想（ファンタスティック）」の語がとくに名詞として用いられ、こんにちでは大体、共通の理解が基本的にできている(9)」と、通用する理解の一つとしてはトドロフ説が考えられる。その共通の理解というのは、「すなわち「幻想」とは広い概念では現実を越える想像力の文学を指し、「驚異（メルヴェイユー）」と「怪異（エトランジュ）」を含むが、厳密な概念では、それは「驚異」と「怪異」の接する境にあるとされる[10]」というものである。

上記の二つの規定を本書での「幻想文学」の基本的な理解とする。「幻想文学」という概念の厳密化を目指す定義は数多く存在するが、ここでは、諸説の是非を考え、「幻想文学」の全貌に関する考察を行うというよりも、諸説で問題とされるアスペクトの中から、賢治文学と特に関連のある、「幻想文学」における「現実」に対する姿勢に注目しておきたい。

上記の「幻想文学」の説明にあったように、それは「空想的で、超自然的性質を帯び、起こり得ることと得ないこと」を問題にするものが中心である。換言すれば、物語は、現実の世界、つまり人間の世界から一旦離れる内容である。まさに人間の社会を題材にするリアリズム主義とは反対に、人間を中心にしないスタンスである。賢治の童話も一言でいえば、そのようなものが多いと考えられる。一方、祖父江昭二氏が述べるように「詩の制作において、賢治の作風が幻想的なものから次第に現実的なものへと移っていくことが読みとられるであろう[11]」。さらに、賢治の農民向けの活動を考えると、それは極めて具体的で現実的なものであった。彼は大きな理想を持ちながらも、日常生活において肥料相談を行うなど、農民の実際的な問題から目をそらすことはなかった。賢治にみられるその二つの傾向は一見するところ矛盾に思われるが、少し別の観点からみれば一貫した傾向とも言える。

篠田知和基氏も触れるように、「幻想文学」における現実とのつながりについて、ロジェ・カイヨワ氏が説を立てる。氏は「幻想小説」を「妖精物語」と対比させる（科学的な観点から書かれたサイエンス・フィクションをさらに別扱いする[12]）。氏によれば、「妖精物語が成立する世界は、魔術の行使があたりまえのことになっている世界、魔法が掟となっているような世界である。この世界では、超自然的なものが恐怖をまねくこともなく、

花巻市をゆったりと流れる北上川の風景であるが……

……風が強くなると少し幻想的な風景に変わる時もある。

驚きをさそうこともない。（中略）それ自体が自然の一部であり、自然の秩序なのである[13]」。

一方、彼がいう「幻想小説」については次のように説明する。

これに対し、幻想小説における超自然は、現実世界の内的統一に加わる亀裂としてあらわれる。奇蹟はありうべからざる侵略、脅威的攻撃となって、その時点まで厳然として不久の掟に支配されるとみえていた世界の安定を破壊する。定義からして不可能事を放逐していたはずの世界に、突然出現した不可能事そのものと化すのである。（中略）幻想とは現実界の堅固さを前提とするものである。現実が堅固であればあるほど、幻想による侵害も威力を増すからだ[14]。

このように、超自然的な内容といえども、現実と関わりをもたない、カイヨワ氏がいう「妖精物語」に対して、「幻想文学[15]」の方は超自然的な世界を描きながらも、現実世界との関わりにおいてはじめて意味をもつと言える。

カイヨワ氏の現実との関わりという考え方をさらに展開させているのは、ローズマリ・ジャクソン氏である。氏は『Fantasy: The Literature of Subversion』（『ファンタジー——転覆の文学[16]』）という著書において、文学理論史にみられる「ファンタジー文学」に関する最も徹底した理論の一つを提供する。氏がいう「fantasy」つまり「ファンタジー」はトドロフの説への言及などからすると、カイヨワ氏の「幻想小説」や本書で考える「幻想文学」とほぼ同様の意味であると考えられるゆえ、筆者もその訳語として「幻想文学」を使用する。ジャクソン氏は序のところで「幻想文学」を次のように紹介する。

文学上の幻想は、より現実的内容のテクストにあるしきたりや束縛の多くから「自由」であるようにみえる。それは時間的、空間的かつ性質的な一貫性に注意を払うのを拒否してきたうえ、年代順配列や三次元や有生と無生のもの、自己と他者、生と死の間の厳格な区別を取り払う。（中略）幻想文学は、「超越的」現実や、人間的な条件を「脱出」し、より優れた、代わりとなる「第二の」世界を構成するものとして主張されてきた。（中略）このような、「よりよい何か」、より完全で、統一された現実への欲望を満たすものとしての幻想文学という認識は、幻想文学の主流の読み方となり、それを代理的な満足感を与える芸術様式とするような定義をもたらす。(17)

そのような「幻想文学」の見方に対して、ジャクソン氏は自分自身の観点を次のように述べる。

他のいかなるテクストと同様に、文学上の幻想は、社会的状況の中で創作され、社会的状況によって規定される。（中略）全体にわたっての、筆者のアプローチは、文学上の幻想は「自由」であることは全くないという確信に基づいている。それは不在や損失として経験されるものを求める、願望の文学である。その［幻想文学による―引用者］「非現実」の導入は、「現実」というカテゴリーに対して設定される―すなわち、幻想文学がその差異によって審問する、そのカテゴリーに対して、である。(18)

このように、「幻想文学」が提供する、「超自然的」あるいは「非現実的」と言われる世界は、「現実」との関係において創りだされるという見方ができよう。カイヨワ氏やジャクソン氏の考え方を一言でまとめれば、現実世界を直視し描くいわゆるリアリズム主義に対して、「幻想文学」は、一旦現実世界と関係がないような世界を描くことによって、現実を、言ってみれば、裏側からみせる面をもつということになるであろう。賢治の「童話」もそのような空想的な世界を描きながら間接的に現実の世界を異なる面からみせる作品が多いと考えられる。

そのような観点は世界認識の問題と関わるものでもある。篠田知和基氏は「認識方法としての幻想」について「総じて世界が二重であるとか、見えない世界が存在すると信ずるときには現実の論理は不確実になってゆく。その不確実性に対して、しかし、宗教が新たな確信を与えてくれればそこには幻想的不安はない。一方、世界は単一であり、すべて合理的論理で説明しうるものであると思っているところに、世界が分裂の相のもとにあらわれてくれれば、人は説明不可能性に脅えなければならない[19]」と述べる。

賢治の創作をみる限り、そのような世界の二重性という感覚は、彼の人生に常に伴ったものであった。賢治の「童話」はしばしば宗教文学として論じられることがあるが、上記の意味での宗教文学ではない。すなわち、世界の非現実の真相を認めながら、それについて宗教の教義内に説き尽くされるという内容の作品ではない。世界の二重性は賢治自身にとって、むしろある種の不思議であり続けており、不確実性を伴うものである。

その二重性は賢治において、亡くなった妹とのコミュニケーションの可能性を探るという特殊な体験を除けば、基本的に二つの意味をもつと考えられる。

一つ目は、いわゆる現実世界は唯一の世界ではなく、その他にも世界が存在することを示すということである。その代表的な現れは「イーハトーヴ」である。賢治自身はそれについて「実にこれは著者の心象中に、この様な状景をもつて実在したドリームランドとしての日本岩手県である[20]」と説明する。しばしば引用される文章であるが、確かに現実に対する考え方が最もはっきり表現される箇所の一つである。「イーハトーヴ」という異空間は「ドリームランド」でありながら、「心象中」に「実在した」ものである。つまり非現実の世界であるが、独立して賢治自身の中に存在する世界でもある。そして、岩手県のもう一つの姿でもある。また「童話」について「なんのことだか、わけのわからないところもあるでせうが、そんなところは、わたくしにもまた、わけがわからないのです[21]」という記述や、「これらは決して偽でも仮空でも窃盗でもない。多少の再度の内省と分析《ママ》（「析」の誤植）とはあつても、確かにこの通りその時心象の中に現れたものである。故にそれは、どんなに馬鹿げてゐても、難解でも必ず心の深部に於て万人の共通である」という記述において、そのドリームランドの客観性をさらに強調し、自分の作意を否定すると言える。上記の引用部分は、賢治が自分の「童話」に関する考え方を最も明確に記した文章であるが、その内容からすると世界の二重性とは賢治にとって創作の手法というよりも、世界の本来の姿であったことが推測できる。したがって、その「認識方法としての幻想」は作家の賢治以前に、人間の賢治にあったと考えられる。そして、「童話」は賢治が主張するその客観性をもって世界の二重性を実証する手段となる一方、当時一般にそうであったように、民話や仏教説話の影響を受けて育った賢治にとっては、彼の中に「実在した」もう一つの世界を表現できる、現代における「幻想文学」と同様に機能する形式でもあると言えるであろう。

　賢治の創作における、世界の二重性のもう一つの意味としては、現実を進化させる可能性、つまり肯定的に考えた新しい現実の可能性というものが挙げられる。賢治は自分の「童話」の「特色」として、「これは新しい、よりよい世界の構成材料を提供しやうとはする。けれどもそれは全く、作者に未知な絶えざる警《ママ》（「驚」の誤植）異に値する世界自身の発展であつて決して畸形に涅《ママ》（「捏」の誤植）ねあげられた煤色のユートピアではない[22]」という点も挙げる。つまり、賢治にとっての「よりよい世界」というのは、一つの規定された形をもつのではなく、変化において実現されるものであろう。「童話」は賢治の思想を実現する手段となる一方、現実を見つめるリアリズムの小説よりも、その考え方を表現しやすい形式でもあるだろう。それもまた、ジャクソン氏のいう「それは不在や損失として経験されるものを求める、願望の文学」と重なるものなので、この場合においても賢治の「童話」は「幻想文学」と同様な意味合いをもつといえる。その「新しい、よりよい世界」を求める、ある種の理想主義も、賢治の「童話」を「幻想文学」の方向へと導いていく一つの要因だと考えられる。

それに対して、祖父江昭二氏が指摘する、詩における現実的な表現への変化は、おそらく、賢治の農民向けの活動、現実そのものへの挫折感に由来すると思われる。賢治文学においては、その二つの側面をみることができる。「詩」は「童話」と同様に、世界の二重性に基づいた内容を表現する形式として現れたが、徐々に「童話」で表現したものとは異なる経験を表現しやすいものとしてむしろ変化していったであろう。それは「童話」の非現実性と相容れないものではない。むしろ「童話」と「詩」とにみられるその二面性を通して、「よりよい世界」への道における相反しつつもお互いに補足しあっている、賢治の考え方や感情が明白に窺える。

このように、「幻想文学」に特徴的だといえる世界の認識が本来あった賢治の場合は、その創作と「幻想文学」との本質的なレベルでの共通性も明らかである。また、上で示した二つの理由により、そのような「幻想文学」的な側面である世界の二重性やよりよい世界を求める志向を表現できる手段としての、「童話」という形式の選択が促されたと考えられるのである。

第二節　「幻想文学」としてみた賢治「童話」の独自性

前節では宮沢賢治文学を「幻想文学」としてとらえるということを示し、そして「幻想文学」に特徴的だといえる世界の認識として世界の二重性を取りあげた。また、賢治における世界の二重性の意味は、現実世界でない、もう一つの世界の存在と進化の可能性という二つの事柄を挙げながら、それは、文学の世界を超える、彼が普段備えていた感覚だったとも述べた。

これから本文においてみていくように、賢治文学においてその二重の世界認識はさまざまな形で表現される。第一章で扱う「ペンネンネンネンネン・ネネムの伝記」では、賢治は「ばけもの世界」という典型的なパラレル・ワールドを設定する。賢治のユートピア思想を論じる第二章で取りあげるように、その「ばけもの世界」が「イーハトーヴ」というものへ変わっていくプロセスにおいて、世界の二重性はパラレル・ワールドから現実の岩手県と重なり合う、「実在した」もう一つの岩手県の姿となることが分かる。第三章の作品となる「チュウリップの幻術」において、園という限られた空間の中で人間界と自然界という世界の二重性をみることができる。第四章と第五章では、民話の書き換えとしてみる「土神ときつね」と「注文の多い料理店」はまた異なる形の、二重性からさらに展開して元の話と比較すれば、もう一つのレベルが創りだされ、世界がより多重性のあるものとなる過程が確認できる。「土神ときつね」の場合は、伝説にある「強い（強引）・弱い（優しい）」という対立に賢治は「正直・不正直」というレベルをつけくわえる一方、「注文の多い料理店」の場合は、この作品とあらすじが類似する民話にみられる「農村の人間界・異界」という対立に「都会」というもう一つのレベルをつけくわえる。

このように、それらの作品にみられる世界の二重性や多重性といえるものはそれぞれ異なる形をとっているが、「幻想文学」の観点からみた賢治の「童話」はそれによって特徴づけられるといえよう。賢治文学におけるこのような世界観が形成されるのに、賢治が小さい時から親しんできた民話や仏教説話が大きな役割を果たしたと考えられる。というのは、どちらも現実世界以外の空間の存在、つまり世界の二重的な構造を前提とするものだからである。つまり、民話や仏教説話の世界観は賢治の世界観の基礎を築いたと思われる。本書では仏教説話にほとんどふれないが、しばしば言及することになる民話の世界だけでも、賢治はそこからどれほど多くを吸収してきたのかよく分かる。その基盤において自分の独自の世界観を表現していったといえるだろう。

民話と仏教説話もまた、前節で取りあげた「幻想文学」と多くの共通点をもち、特に「驚異」と「怪異」の感覚や、独立した空想の世界というより常に現実とのつながりをもつ異空間を描くという点では、創作文学の「幻想文学」の一つの原型として認められる。その意味では、作家賢治の成り立ちは多くの作家らがたどった道でもあったが、彼の感受性などが加わり、彼に特有の、二重性に基づいた世界観を表現していったと考えられる。

ここでは、賢治においてはこのような世界観が形成されるにあたって、彼が慣れ親しんでいた民話や仏教説話の他に、賢治の世界観の形成に影響し、その独自性を生みだすのに大いに役に立った、一つの概念に注目したい。それは、自然科学にも精通していた賢治が意識的に取り入れたと推測できる、「相対性」という概念である。この概念を取り入れることによって、賢治の二重的な世界認識はより観念的なものとして作り上げられ、それはまた、賢治の世界観をより独自のものにする重要な要因の一つとなったと考えられる。これは賢治の創作との関連においてしばしば指摘される概念でもあるので、ここではまずこの概念が賢治との関連において論じられてきたいくつかの観点と、「幻想文学」としてみた賢治の「童話」を特徴づけたと思われる点を説明しておこう。

「相対性」といえば、賢治の創作活動の時期がいわゆるアインシュタイン・ブームと重なることなどからして、まずアインシュタインの「相対性理論」のことが浮かぶ。しかし、これからみていくように、アインシュタインに限らず、たとえばベルクソンの影響を考える研究者もいるように、その周辺の、当時として最新の科学思想を賢治が多様な形で吸収していたと窺える。ここでは「相対性」を、このように当時の最新の科学思想が賢治にもたらしたと思われる、世界あるいは宇宙の多重性を重視した、独自の世界観に基づく考え方としてとらえる。

アインシュタインの学説については、賢治は直接に言及していない。アインシュタインの名前は、詩集『春と修羅　第二集』に収録されている「北いっぱいの星ぞらに」という作品の原稿の裏面に「ニュートン先生、／フランス……先生、／アインシュタイン先生、／ルメートル、先生、／普賢菩薩――白象、／かうもりの影[23]」と書かれる程度である。しかしながら、「相対性理論」からとったと思われる「第四次元」は賢治の思想の最も中心にあるキーワードの一つであり、彼の「相対性理論」との表現上の関わりは、さまざまな形で現れる「第四次元」や「四次元」を含む用語に集中すると考えられる。賢治がミンコフスキー＝アインシュタインの影響を受けたことは現在定説となっているが、その学説についてどれ程まで知り理解できたのか、またどのように受容したのか研究者の見解が分かれるのが現状である。しかし、その「第四次元」や「四次元」に凝縮される世界観は「童話」づくりにも大きな影響を与えたとまず考えられる。

　原子朗氏によれば、賢治はミンコフスキーやアインシュタインの影響を受けながら「第四次元」を三次元に時間軸を加えたものとして考えた。その展開として、空間の概念については「現空間を銀河系内に想定し、銀河系外には異空間があると考え、さらに宇宙空間（虚空、真空）はエーテルや電子の満ちた、勢力《エネルギー》を持つ空間とも考えていた。が、その現空間と異空間は、自由に出入りができ、しかも（中略）日常の時間の中で経験できる空間として（中略）意識［する］。（中略）すなわち、基本的な空間意識は、時間を軸としてダイナミックに融動し、変化し、生成をとげていく[24]」というように、賢治は「相対性」の影響で空間を変化しながら浸透しあっているものとして意識していたとする。換言すれば、「第四次元」という用語において、異空間つまり世界の二重性という感覚と、変化をもたらす要素としての「時間」とが組み合わせられ、賢治が「童話」の構造において異空間を想定する際、重要な要素となったと思われる。「時間」という要素は、原氏の説明によれば、空間の変動をもたらし、異空間の経験を可能にする。

そのような考え方は「幻想文学」としてみた賢治文学における現実世界と非現実世界という対立にも影響を及ぼしたと思われる。前節でみた典型的な「幻想文学」というアプローチでは、非現実はある決定された現実に対して存在し、「驚異」と「怪異」が接する境に現れるのである。賢治文学においても「驚異」と「怪異」がその世界を成す重要な要素としてしばしば確認できる一方、「相対性」の影響を受けたと思われる賢治の作品の場合、現実世界と非現実世界の規定はより複雑であり、「現実」そのものが固定されてはおらず、独特の現実世界と非現実世界の構造が創りだされるとみることができる。現実のさまざまな要素が浸透しあい、現実の概念が変動するので、非現実となることができ、非現実が現実となりうる、という感覚となるだろう。

さらに、賢治における「第四次元」や「四次元」という言葉は、彼の考え方を象徴するといえるものであるだけに、一つの具体的な意味をもつというよりも、農民向けの芸術論から歴史観や現実認識の方法まで、各領域で適用された表現とみられる。「相対性理論」から借りた用語を使用しながら、賢治は独自の思想を築き上げたともいえる。このように賢治文学の重要なキーワードであるこの用語は、また幅広い解釈を招く表現でもある。以下では、その幾分かを紹介する。

谷川徹三氏は、早くも一九四九年に行われた講演において、最初にベルクソンが考えて、ミンコフスキーが借りたであろうという「第四次元の空間」の用語を説明する。金子務氏によれば、谷川氏がその講演において賢治における「四次元」は「相対性理論」に由来するものであるという説をはじめて提供したということである。(25) 谷川氏によれば、この用語はミンコフスキーによって知られるようになるが、アインシュタインの相対性原理以来、それは「時間と空間との統一としての世界」という意味となる。そして、「四次元とは時空を意味し、第四次元とは時間を意味する」のである。(26) 谷川氏は「賢治が新しい物理学について、相当の知識をもっていた」とし、賢治における「四次元」や「第四次元」またその表現のヴァリエーションを分析したうえで、

「ミンコフスキー的用語からきている」と結論づける。一方、賢治が「四次元の芸術」というように、従来のものを超える新しい芸術を規定するためにその用語を使用したという特徴を指摘する。谷川氏はそのことを、「しかし、賢治の意味したものは、ミンコフスキーからずれているし、またミンコフスキーを超えている。（中略）その理由は、第一に、ミンコフスキーはどこまでも、科学の問題として四次元「世界」を問題にしたのに対して、賢治は四次元「芸術」を問題としたからであります(27)」と説明する。また、「銀河鉄道の夜」の用法を例にしながら、次のように述べる。

> ここでは人間の心の或機能が第四次元をいわば創り出しているのであります。その第四次元は生者の世界と死者の世界とをつなぐものであり、夢の世界と現実の世界とを重ねあわせるものでもある。それは合理の至り得ぬ非合理の世界、神秘の世界である。（中略）心の或る機能によってこの世の中に現ずる世界である。（中略）われわれの心の持ち方を一つ変えることによってそれは常人にもみえる世界である。その意味で、われわれが常識の世界で―また従来の科学の世界でそういうものと考えていた三次元の世界に対して、相対性理論による四次元世界がもっているその同じ意味を、常人の世界把握に対してこれはもっているということができるのであります(28)。

谷川氏は「相対性理論」による賢治への影響を主に芸術論や人間の内面の問題において解説する。このようにみると、賢治が考えた「相対性」は、物理的世界より観念的問題が中心となるということができる。その考え方においては、物理的世界とそうでない世界の各次元がさまざまなレベルで絡みあっている。また、谷川氏が挙げているもう一つの重要な事柄は、「相対性」的な世界観において、現実と非現実のような、対立している次元を「心の或機能」で切りかえることができるということである。つまり、先ほどの説明にあったように、現実と非現実の存在が相対的だということだけでなく、それらを同様のレベルにおき、人間の「心の持ち方を一つ変えることによって」自由に行き来できるということである。このようなアプローチの場合、それぞれの「次元」の間に行き来できるというのは、世界自体の物理的な条件のためのみならず、人間自身のある種の精神的能力のためだということである。というのは、このような「心の或機能」や、「イーハトーヴ」に関する賢治の宣言にあったように、それが「心象中に実在した世界」であるということからすると、賢治は物理的な世界における異空間のみならず、人間の内的な世界とのつながりも重視し、多面的な世界の二重性を主張するということになるからである。

さらに、「時間」という能動的な要素は、「よりよい世界」の実現が常に進行中であるという、「イーハトーヴ」のもう一つの特徴的な性格を創りだしたと思われる。異空間としての「ドリームランド」は、同時に進化を遂げていく「よりよい世界」の可能性も含む。「相対性」の影響で展開された考え方において、賢治の世界認識と独自の理想主義が結び合わせられるのである。賢治自身が「イーハトーヴ」について、それは「架空」ではなく、岩手のもう一つの現れとして「実在した」ものであるというように、ただのユートピア的な場所ではないという構想である。しかしそれと同時に、賢治が例を挙げるその他の文学作品の世界と繋がる、その意味でやはり「ドリームランド」なのである。本書では、第二章で、このような背景を念頭におきながら、「イーハトーヴ」の意味に注目し、賢治の理想主義を論じる。

まとめると、「驚異」と「怪異」が特徴である「幻想文学」的手法に、賢治的「相対性」をつけくわえることによって、「童話」に関していえば、独特の客観性をもつ物理的世界と人間の内面的世界という、さまざまなレベルでの世界の多重性を含む「イーハトーヴ」の設定が成立されたと考えられる。言ってみれば、「相対性」は非現実世界の、ある種の「正当化」ともいえる。また、理想主義という観点から考える「イーハトーヴ」において、やはり「相対性理論」から受け継いだ「時間」という要素が特に重要なものとなった。換言すれば、「相対性」から得た発想は、賢治が本来備えていたと思われる民話的かつ仏教的な世界認識との共通点がみられ、それらを客観的な、実証できる事実としてみるという、「科学的に」裏づける根拠となり、「よりよい世界」への手段ともなり得た。

一方、金子務氏は、賢治の言葉遣いへの配慮を高く評価しながら、やはり賢治の「詩作活動の中心思想にあるキーワード「四次元の芸術」に、この大正期の相対性理論ブームが色濃い影を落としているようである」(29)と述べる。氏は谷川氏の解釈を受ける一方、谷川氏による賢治の体験の中で見つめる四次元世界等の先行解釈を、「漠然」ないし「詩的解釈」と評する批判的な立場から、一段と深層をさぐる解説を試みる。氏はまず「相対性理論」の肝心なところの説明として「相対性理論の示す表現的世界」について次のように述べる。

すなわち、主観的な言語要素としての空間と時間のパラメータを使って、自然についての客観的な法則を表現する――と。しかし、これだけでは、主観的な言語要素の選択はまったく恣意的になってしまうので、この主観的言語要素同士の変換を指示する、一つの「言語変換規則」を与えておく必要がある。この規則が、特殊相対性理論においては、「ローレンツ変換」という形で設定されたのである。さらに抽象的な相対論的時空では、従来の擬人主義はまったく一掃され、人間は非中心化され微分化されているということも知っておく必要がある。(30)

この引用部分は、物理的世界における「相対性理論」の原理を表現したものについて言及すると思われるが、主観的な（人間的な）要素をなくして自然の法則を規定する点は重要である。賢治がこのように「相対性理論」を主観的な方法で客観的な法則を表し、人間が非中心化される世界を提供するものとして受けとめたと考えるならば、それが彼を魅了したところの一つにちがいない。というのは、賢治文学における大きなテーマの一つは人間と自然の間の関係を描き、自然における人間の位置を考えることだからである。たとえば、本書で扱う「チュウリップの幻術」にみられる世界にはその考え方を読み取ることができる。

また、この引用部分から、一人の個人としての作者の役割も考えさせられる。上記で示したように、賢治は「イーハトーヴ」の意味づけにおいて、それは彼の「心象の中に現れたもの」でありながら、「実在した」ものであり、「深部に於て万人の共通である」ということを記した。このような作者としての主観性と「イーハトーヴ」そのものの客観性は、金子氏が述べる「言語変換規則」を思わせるのである。

さらに、それは真理の主観性や客観性にも関連するものである。たとえば、氏は「歴史や宗教の位置を全く変換」させるという賢治の主張にも注目し、賢治は「「第四次延長」や「四次構造」というキーワードを「歴史や宗教の位置を変換」する梃子《てこ》とした[31]」と述べる。その一面も賢治にとって「第四次元」の重要な意味だと思われる。賢治が主張する「変換」については、「銀河鉄道の夜」の第三次稿でブルカニロ博士が「ほんたうに勉強して実験でちゃんとほんたうの考とうその考とを分けてしまへばその実験の方法さへきまればもう信仰も化学と同じやうになる」というように、またジョバンニに一冊の本をみせながら「これは地理と歴史の辞典だよ。この本のこの頁はね、紀元前二千二百年の地理と歴史が書いてある。よくごらん紀元前二千二百年のことでないよ、紀元前二千二百年のころにみんなが考へてゐた地理と歴史といふものが書いてある。（中略）けれどもそれが少しどうかなと斯う考へだしてごらん、そら、それは次の頁だよ。紀元前一千年　だいぶ、地理も歴史も変ってるだらう。（中略）ぼくたちはぼくたちのからだだって考だって天の川だって汽車だって歴史だってたゞさう感じてゐる[32]」と説明するように、「歴史や宗教」のようなものは常に変化し、しかも人間がひとりひとりその時代や感受性に影響され、それを異なるものとして受けとめるので、不確実なものである。しかし、人間は「第四次元」の思想を導入することによって、「たゞさう感じてゐる」歴史や宗教を、ある全体として、より客観的にみることができる。本書で扱う作品の中では、たとえば「ペンネンネンネンネン・ネネムの伝記」においてカントをパロディ化した「ばけもの律」や「注文の多い料理店」における言葉の二重性は、上記の歴史や宗教と同様に、人間の世界で絶対的とされる概念でありながら、実際のところ「たゞさう感じてゐる」ものにすぎないという賢治の主張を読み取ることができる。

さらに、氏はベルクソンの哲学に注目し、「心象」という言葉がベルクソンの哲学における「イマージュ」に由来する可能性を示し、賢治におけるベルクソンの哲学と「相対性理論」の関連を分析するうえで、「賢治は、ミンコフスキー＝アインシュタイン的四次元時空（世界）という存在の理法に透けてみえる仏性、絶対者との合一を希求したが、それを詩人として表現する実践の場においては、持続するベルグソン的な自己を梃子とする心象スケッチを綴ることしかありえなかった。アインシュタインかベルグソンか、という二者択一の争点は、賢治にとっては表現されるべき世界と表現すべき方法、在るものと見えるもの（動くもの）の相補的関係に解消され、融合していったのではないかと考えられる[33]」というように、賢治の独自の受容は、彼が世界を規定する手段として使用したベルクソンの持続の考えと、世界の本質としてとらえたアインシュタインの考えを合わせたものだったという結論に至るのである。

一方、谷川氏や金子氏のスタンスと異なり、押野武志氏は賢治を「あくまで大衆化された相対性理論との関係の中でとらえなければならないであろう[34]」と述べる。つまり、賢治による相対性理論の受容は必ずしもアインシュタインの学説に忠実なものとは限らない、またアインシュタイン・ブームの波にのって流行してひろまった、誤った理解も混同されているという主張であろう。しかし、氏は「賢治が相対性理論を正確に理解していたかどうかが問題なのではない。同時代のコンテクストを視野に入れながら、賢治独自の受容のあり方が問われなければならないだろう[35]」とも指摘し、「アインシュタイン＝ミンコフスキーの四次元時空連続体という考えや、物質とは実体ではなく、場のエネルギーが凝縮した現象であるとする物質観は、唯心的で一元的な世界観と連結する」(36)と、相対性理論の受容において賢治の独自性を認め、その唯心論的な側面に重点をおくという点では、谷川説に近い考え方を示す。

このように、先行研究をみる限り、賢治が受けた「相対性」からの影響をさまざまな側面で確認できることが分かる。賢治は「相対性理論」などから発想を得て、物理的な意味での世界を超えた世界の全貌を認識する方法として、独自の思想を創り上げたという可能性を視野に入れなければならない。賢治は「童話」の中で、「第四次元」の「理論」をほとんど直接に説いていないが、作品世界からそれを現実認識などの方法として読み取ることができ、「幻想文学」としてみた「童話」を分析する際、このような「相対性」からの影響を念頭に置きながら解釈を進めるのは妥当だと思われる。

では、現実認識において考えられる「相対性」的な考え方の具体的な影響として、何を挙げられるのか。「幻想文学」的アプローチの場合は、それはどちらかと言えば消極的な意味合いをもつといえるかもしれない。というのは「幻想文学」はトドロフ説に明らかな通り、「驚異」と「怪異」の境にある世界を描くことによって、「現実」の不確実性を提唱するが、それは読者を不安にさせる意味での、「現実」を疑わせる意味での不確実性だと言えるからである。人間が世界の正体をはっきりと理解できないため、それに怯えるというものである。そのような「幻想文学」的な世界観は、賢治の経験を考えれば、やはり民間伝承に近い世界観といえる。民間伝承においても、人間界と隣りあう異界の存在を通して、人間は「現実」そのものについての理解を深めるというよりも、理解不能であり把握のできない世界も存在するということを思い知らされる。それはまた、日常を超える体験となるので、聞き手に不安や恐怖をもたらし、身近な「現実」の不確実性を感じさせる。

それに対して、「相対性」からの影響を受けた「幻想文学」の場合は、出発点は「幻想文学」や民間伝承と同様に「現実」の確実性へ疑問を投げかけるということになろうが、それより「現実」の意味合いが広くなり、また、賢治の独特の理想主義においては、それぞれの次元が、より多面的な「よい世界」として統一させられる手段となりうる。「幻想文学」の概要で述べたように、純粋な「幻想文学」的アプローチでは、非現実的世界を描くことによって「現実」を裏側から眺めるということになるのに対し、「相対性」の影響では、「現実」をさまざまな角度から眺めることによって、「現実」の新しい側面をみることができる。つまり、普段当然のように思う「現実」を賢治は異なる角度からみせるが、それは「現実」であるということに相異がなく、人間の眺め方の問題である。人間は見方を変えることによって、その「現実」の異なる側面を知ることになり、その体験自体は恐怖感を伴わない。

賢治文学の世界においてはその両方の側面が働きあうところをみることができる。本書で問題にする作品の中では、たとえば民話の性格を感じさせる「注文の多い料理店」においては、これからみていくように、「幻想文学」的性格が色濃く帯びていることを確認できる。特に、結末の「もとのとほりになほ」らなった顔は、紳士らの恐怖の体験を生々しく語る。一方、民話の構造と比較すれば、「相対性」的な要素として考えられる、たとえば山猫の親分の間抜けさは、「幻想的な」要素から不安の本質を異なる角度からみせることによって、その不安を解消する効果もみられる。同様に、「ペンネンネンネンネン・ネネムの伝記」において、人間の方からみれば、ザシキワラシとの出会いは、民話に由来するモチーフで、やはり「幻想文学」的な出来事であるが、賢治は、ザシキワラシの「正体」をばけもの世界の中でみせることによって、そのような恐怖の体験を相対化するといえる。このように、賢治はその二つの世界観の間にバランスを取りながら、作品を興味深い構造に仕上げるという例がみられる。

また、賢治の世界の二重性の世界観は理想主義へと展開していったということも、この肯定的な体験としての「相対性」的なアプローチの結果であると考えられる。つまり、世界の二重性の二つ目の意味として挙げた

「現実を進化させる可能性」という事柄に関しては、賢治文学の「幻想文学」としての性格と「相対性」的な考え方が異なる意味を示すということである。前節で触れたように、「幻想文学」的なアプローチもある種の理想主義として考えることができる。しかし、それは「不在や損失として経験されるものを求める」という意味での願望なので、「よりよい世界」の現実化まで視野に入れていないというものだといえよう。それに対して、「相対性」の場合は、ミンコフスキー＝アインシュタインの影響を考えても、金子氏が述べるように、ベルクソンの持続の思想を考慮しても、「時間」やそれによる「変化」という要素が加わり、その「変化」において「よりよい世界」ができていくというプロセスが肯定的かつダイナミックにとらえることになる。

さらに、「相対性」的なアプローチは典型的な「幻想文学」と同様に、人間の日常的な体験を超える世界の側面をみせ、世界の不思議や偉大さを覗かせるが、それは現実の一部だというスタンスであろう。その結果としては、「イーハトーヴ」は「実在した」という賢治の宣言どおり、現実の不思議な側面としてとらえることができるので、独特な意味合いをもつことになる。一方、賢治自身の経験を考えれば、それは金子氏が述べるように、「透けてみえる仏性、絶対者との合一を希求」するという、彼が本来備えていた世界観と重なり、世界全体を総括するような経験に繋がると考えられる。

「相対性」的な世界観による影響の中では、最も重要だと思われる点は、人間に対する考え方である。上記で紹介したように、「幻想文学」に描かれるもう一つの世界は、主に人間世界を浮き彫りにするための手段である。賢治にもそのような内容がみられる一方、その「相対性」的な表現と思われるもう一歩進んだ形も確認できる。それはつまり、賢治は人間世界と非人間世界を同等なものにするのみならず、「イーハトーヴ」で明確にされるような、複数の視点からみる「現実」という世界認識を示すということである。金子氏のいう「相対性理論」による人間の非中心化は、賢治において人間と異なる存在をみせるよりも、視点を変えて人間の姿がみえなくなったり、存在感がうすくなったりする現象を記録するのである。

やがて、すでに触れたように、童話集『注文の多い料理店』の「序」で宣伝するその「記録性」、つまり自分の作意の否定も賢治の「相対性」の重要な要素の一つだと思われる。「作者」ではなく、あくまでも「観察者」という立場であれば、「現実」や「真理」の不確実性が強調されると同時に、そのような世界認識を客観的なものとして描くことになる。

このように、賢治のより広い意味での、世界の認識方法としての「相対性」の影を帯びた「幻想性」はさまざまな形で表現されるなか、常に彼の中に深く根づいていたといえるであろう。少なくとも彼の「童話」を読み進めるうちにそのようなことが一つの特徴として浮かび上がる。

祖父江昭二氏は賢治の「相対性」のもう一つの側面に触れながら、「自己の「考」の歴史性・相対性の自覚と、同時に主体的決断・実践に基づく相対主義への転落の拒否……こういう思惟のあり方は近代日本においてはなかなか珍しいのではなかろうか[37]」と述べる。賢治は世界全体を相対的に、複数の視点から観察するという立場であり続けると同時に、現実の不確実性を否定的にとらえずに、この場でやるべきことを厭わない。距離をとって世界全体を眺める視線と、自分が直接に関わる身近な現実を眺める視線とが、賢治において同時に働き、賢治の人生を規定したと考えられる。そしてここでもう一つ言えるのは、賢治にとって、「幻想性」やそれに加わった「相対性」というものが、芸術至上の方法ではなく、極めて具体的な方法だったということである。つまり、なによりも「よりよい世界」を創り上げるための重要なノウハウなのである。それは賢治の本来の世界観が二重性に基づいていたことに由来するとも考えられる。「相対性」は、賢治にとって科学理論の前に、身近な感覚に合ったものだったということである。感覚として知った「幻想的」世界の二重性とその世界を整理するために取り入れた「相対性」は賢治の作品においてともに影響しあってよく機能したと考えられる。

ここまで概説してきた賢治による「幻想文学」の特徴を視野に入れながら、これから五つの章にわたって、具体的な作品を考えていきたい。

第一章においては、「ペンネンネンネンネン・ネネムの伝記」という作品を扱う。その作品にみられる非現実の世界は、「ばけもの世界」と名づけられ、後の「イーハトーヴ」の原形だとされる。「イーハトーヴ」以前の、賢治の世界の二重性についての認識を表現する例として興味深い。その「ばけもの世界」は「奥」の世界として位置づけられる一方、物語はその世界の視点を中心に展開される。カントのもじりなどを考察すると、「ばけもの世界」は人間からみた非現実世界というより、人間世界に比べれば上位の水準にある世界だと分かる。ザシキワラシのモチーフを通してみれば、「ばけもの世界」は現実世界と非現実世界のそれぞれの空間は人間の視点からみたものを超え、相対化される、という側面のみられる「幻想文学」の例である。

第二章においては、「ペンネンネンネンネン・ネネムの伝記」の異稿である「グスコーブドリの伝記」から出発して、自分の「童話」を「畸形に捏ねあげられた煤色のユートピアではない」と言いながら、一生にわたって高い理想を持ち続けた、賢治のユートピア思想との関連を考察する。「ペンネンネンネンネン・ネネムの伝記」の中でみた世界観は「イーハトーヴ」へと発展する際の変化や、それに伴う賢治の理想主義の発展をみることができる。また、人間と自然の関係という面でも、賢治文学において特徴的な作品なので、その分析も行う。

第三章においては、「チュウリップの幻術」を題材に、類似した内容をもつ同時代の童話と比較しながら、自然界は人間が主役の物語の背景として登場するが、徐々にその存在感が表にでる、というような、賢治による独特の自然界の描き方を分析する。「グスコーブドリの伝記」とは異なる自然観をみる作品のみならず、人間と自然の間の緊張感が見事に描かれる。幻想的な要素が濃く含まれている作品でありながら、みる角度によって認識する現実が異なるという意味では「相対性」の影響も確認できる。

第四章においては、「土神ときつね」の作品論を試みる。類似したあらすじをもつ民話と比較しながら、賢治の「書き換え」の作りだした解釈の可能性を考える。東北地方の伝説と照らし合わせることによって、三人の主人公の間の関係は新しくみえてくる。みた目と内容、表面的な要素と内面的な要素、この作品においても、本来伝説にあった幻想的な要素を賢治が使用し、新鮮な観点から書き直す作品である。

第五章においては、賢治の代表作の一つである「注文の多い料理店」を考察する。ここでも、民話との比較が出発点になるが、両者の構造に特に重点をおきたい。作品世界を「三」の構造としてとらえ、それぞれの関係を考察する。このようにみた「注文の多い料理店」は「幻想文学」としての性格を保ちながら、現実世界と非現実世界が最も明確に相対化される例となる。さらに、構造的な特徴を確認したうえで、その作品における「他者」のモチーフを論じる。

各章はそれぞれ異なる作品へのアプローチとなるが、それらの五つの作品例からでも、賢治の創作における「幻想文学」としての性格や特徴、特にここ序章で説明した「相対性」がもたらしたと思われる特徴が追究できる。それを通して、賢治「童話」の方法は、いかに多方面のものであるか、ということを示すことができよう。

注

（1）『宮沢賢治大事典』渡部芳紀編、勉誠出版、二〇〇七年八月、p.xvii

（2）「宮沢賢治の位置」『宮澤賢治研究資料集成』第一四巻、続橋達雄編、日本図書センター、一九九二年二月、p.321

（3）「人間を見るもう一つの視点――賢治のアイロニーとユーモア」第一二回公開講座『人を知る』講演抄録（一九九九年一〇月九日）、人間文化、第一五号、東海学園女子短期大学人間文化研究所、二〇〇〇年三月

（4）前掲「宮沢賢治の位置」、p.322

（5）「宮沢賢治の童話について」『宮澤賢治研究資料集成』第一三巻、続橋達雄編、日本図書センター、一九九二年二月、p.143

（6）「童話の現実性と現実の童話性」近代文学研究、第一五号、日本文学協会近代部会、一九九七年一二月

（7）平凡社、二〇〇七年九月、p.238

（8）『現代文学・文化批評用語辞典』ジョゼフ・チルダーズ、ゲーリー・ヘンツィ編、杉野健太郎・中村裕英・丸山修訳松柏社、二〇〇二年四月、p.172

（9）「規定と認識」『フランス幻想文学の総合研究』国書刊行会、一九八九年二月、pp.14-15

（10）同上、p.15

（11）前掲「宮沢賢治の位置」、p.324

（12）『妖精物語からＳＦへ』三好郁朗訳、サンリオＳＦ文庫、一九七八年一〇月

（13）同上、pp.11-12

（14）同上、pp.12-15

（15）カイヨワ氏がいう「幻想小説」は「幻想文学」と同意義だと思われる。

（16）London; New York: Methuen 一九八一年。
邦訳がないため、題名の翻訳や以下の引用部分の翻訳はすべて私訳である。

（17）同上、pp. 1-2。原文は以下の通りである。Literary fantasies have appeared to be ‘free’ from many of the conventions and restraints of more realistic texts: they have refused to observe unities of time, space and character, doing away with chronology, three-dimensionality and with rigid distinctions between animate and inanimate objects, self and other, life and death. ...Literature of the fantastic has been claimed as 'transcending' reality, 'escaping' the human condition and constructing superior alternate, 'secondary' worlds. ...this notion of fantasy as fulfilling a desire for a 'better', more complete, unified reality has come to dominate readings of the fantastic, defining it as an art form providing vicarious gratification.

(18) 同上、pp. 3 - 4。原文は以下の通りである。Like any other text, a literary fantasy is produced within, and determined by, its social context. ...my approach throughout is founded on the assumption that the literary fantastic is never 'free'. ...it is a literature of desire, which seeks that which is experienced as absence and loss. ...Its introduction of the 'unreal' is set against the category of the 'real' - a category which the fantastic interrogates by its difference.

(19) 前掲「規定と認識」、p.24

(20) 『新校本宮澤賢治全集』第一二巻、校異篇、筑摩書房、一九九五年一一月、p.10

(21) 童話集『注文の多い料理店』「序」『新校本宮澤賢治全集』第一二巻、本文篇、一九九五年一一月、p. 7

(22) 前掲『新校本宮澤賢治全集』第十二巻、校異篇、p.11

(23) 『新校本宮澤賢治全集』第三巻、校異篇、筑摩書房、一九九六年二月、p.271

(24) 『新宮澤賢治語彙辞典』東京書籍、一九九九年七月、pp.438-439

(25) 『アインシュタイン・ショックⅡ』岩波書店、二〇〇五年三月、p.252

(26) 『宮沢賢治の世界』法政大学出版局、二〇〇九年五月、p.93

(27) 同上、pp.96-97

(28) 同上、pp.95-96

(29) 前掲『アインシュタイン・ショックⅡ』、p.250

(30) 同上、p.255

(31) 同上、p.261

(32) 『新校本宮澤賢治全集』第一〇巻、本文篇、筑摩書房、一九九五年九月、p.175

(33) 前掲『アインシュタイン・ショックⅡ』、pp.272-273
(34)『宮沢賢治の美学』翰林書房、二〇〇〇年五月、pp.44-45
(35) 同上、p.55
(36) 同上、p.59
(37) 前掲「宮沢賢治の位置」、p.327

第一章　「奥」の世界――「ペンネンネンネンネン・ネネムの伝記」

なんとまあ、おかしな出来事の連続だ！
P・ボーマルシェ『フィガロの結婚』

はじめに

「ペンネンネンネンネン・ネネムの伝記」は生前未発表の作品で、その成立時期は一九二〇年から一九二四年の間とされる(1)。原稿の冒頭の部分と結末の部分が欠落したまま残されている。

飢餓のために両親を失った主人公ペンネンネンネンネン・ネネム〔以下、ネネム〕は妹まで連れ去られ、自分自身は昆布採りの仕事をさせられる。一〇年経った後、ネネムはとうとう自由の身になり、町に出かけフゥフィーボー先生の講義を受ける。試験に合格した後、さっそくこの作品の舞台であるばけもの世界の、世界裁判長になる。「出現罪」で起訴されるばけものの裁きで評価を得て、裁判長としては徐々に有名人になっていく。そうしている間に妹とも再会でき、火山まで操れる力を感じるネネムの幸福感が頂点に達したところで、ネネム自身が「出現罪」を犯し、すべてを失う、というあらすじである。

この作品に関する数多くの先行研究の中では、主に二つの方向性がみられる。それは作家自身の伝記的な事実との関連を照らし合わせる研究と、「ペンネンネンネンネン・ネネムの伝記」から、「グスコンブドリの伝記」などその他の異稿を経て、「グスコーブドリの伝記」に至るまでの推敲を考慮しながら、いわゆる「「伝記」群」の内の関連を追究する研究及び、「ばけもの世界」の特徴などを考える、この作品内の世界を解釈する研究である。多田幸正氏が「ペンネンネンネンネン・ネネムの伝記」と「グスコーブドリの伝記」のそれぞれの成立時期における賢治自身の体験と合わせて、その二つの「伝記」において「作者賢治の体験に即した、時間的な連続性を読み取ることができる」(2)というように、二つ以上の方向性を探るものもある。ことに、「ペンネンネンネンネン・ネネムの伝記」から「グスコーブドリの伝記」への変化を賢治の生涯と照らし合わせながら、作家の伝記的な事実と〝「伝記」群〟の内の関連を同時に扱う研究者が多くみられる。

本章では、これら三つの研究に留意しつつも、特に三つ目の、作品の世界を解釈するというところから考察を進めることにしたい。「ばけもの世界」は「イーハトーヴ」の先駆形と言われるなか、その世界は「イーハトーヴ」と異なる点も多くみられる。たとえば、牛山恵氏は「ばけもの世界」を「イーハトーブのように人間の現実世界と地続きにあるのではなく、「こちら」と「あちら」という明確な境界をもつ別世界である」と規定しながら、その特徴を「世界の組成が特殊なわけではなく、自然現象として飢饉もあれば火山の爆発もある」空間であり、「太陽を「おキレさま」と呼び、空中で昆布取りをし、ふさふさした「縮れた赤毛」と「真っ青な眼」をもつネネムの姿、フクジロのような異形の存在、これらがばけもの世界を異界たらしめてはいるが、その実、現実世界との大きな違いは認められない」(3)と指摘するが、このようにみると、ばけもの世界は単なるファンタジーの世界というより、本質的な世界の構成は人間界に類似するので、その世界を成す要素が異形のように受けとめられ、人間界の歪んだような世界だと考えられる。

賢治はこの作品の中で、シェークスピア、ニーチェやカントをパロディ化することが研究の中で言及されるが、(4)本章では、特にカントのもじりに注目しながら、上記で述べた「ばけもの世界」の性格を解釈する。「ばけもの世界」は人間界の歪んだ形として存在する他に、人間界の方からみた異界というパターンを逆転して、「ばけもの世界」の視点から人間界を眺めるという興味深い設定となる。そのような設定をカントの思想を通してみた場合、この作品を別の方法で読むことができる。また、「ばけもの世界」を一つの非現実世界としてみる場合、そのやりかたは「幻想文学」の作品にしばしばみられる手法となるので、その観点からの考察も合わせて「ばけもの世界」の分析を試みたい。

まず、民間伝承にも、さらに賢治のもう一つの、「ざしき童子《ぼっこ》のはなし」という作品にも出てくるザシキワラシを「ばけもの世界」においてみる。そのうえで、カントの思想を念頭に置きながら、「ばけもの世界」を、人間界と関わりがありながら、人間界から独立し、それを超越するものとしてみる。最後に「相対性」と「幻想文学」の両概念を軸にしながら、この作品における「ばけもの律」の意味を考える。

第一節　ザシキワラシについて

一九二六年に賢治は『月曜』で「ざしき童子《ぼっこ》のはなし」という作品を発表する。その作品を創作する際、柳田国男著『遠野物語』（一九一〇年）と佐々木喜善著『奥州のザシキワラシの話』（一九二〇年）で書き留められた民話からヒントを得たと言われている賢治であるが、「ペンネンネンネンネン・ネネムの伝記」に登場するザシキワラシもそうだろう。とりわけ『奥州のザシキワラシの話』の出版はこの作品の推定成立時期の範囲なので、ザシキワラシを登場させるきっかけとなったことも考えられる。

佐々木喜善が採集した「お話」では、ザシキワラシが座敷の奥に出現したというパターンが繰り返される。「其ザシキワラシとはどんなものかと言へば、赤顔垂髪《さげがみ》の、凡五六歳位の子供で、土地の豪家や由緒ある旧家の、奥座敷などに居るものだと云ふことであつた(5)」という著者自身の序文を始めとして、「奥と表との間の十畳ばかりの座敷に寝せられたが、夜半に奥の座敷から、何かとた〳〵と歩いて来ると思ふと、矢庭に懐に冷たい手を入れられた。兼て此家にはザシキワラシがゐると云ふことを聞いてゐたので、それだらうと思ふと気味の悪いこと夥しい(6)」というものや「ある時表座敷の入口の敷居寄に寝てゐると、夜半頃奥座敷の方から、何物かつたつたと足音をさせて出て来るので、ひよつと顔を上げて見ると、五六歳位の一人の子供である(7)」というものなどにおいて、ザシキワラシが家の奥に出現したと強調される。また、「東磐井郡大原町の在、興田村中川の奥に在る旧家、懸田卓治と云ふ人の家にも、ザシキワラシが居つたさうである(8)」というふうに、ザシキワラシの出現場所は「村の奥」だったとするものもある。

「ペンネンネンネンネン・ネネムの伝記」において、出現罪の裁判の際、被告人の出現した場所として、「表、日本岩手県」また「表、アフリカ、コンゴオ」と表現されるが、この「表」は『奥州のザシキワラシの話』での「奥」と「表」との関連を通してみれば、この作品の一つの面白さを見出すことができよう。

家の（また、村の）構造関係をそのままこの童話の世界に移すと、ばけものの出現する世界、つまり人間界を「表」というので、自分自身の世界を「奥」の世界として認識すると考えられる。家の「奥」というのは、光が届かず、薄暗い場所である。光の中ではっきり形のみえる物が、「奥」だと急にその輪郭がみえなくなり、そしてその正体まで曖昧になる。当然だと思われていたことは急に当然ではなくなり、必ず人間の常識に従う「表」の物質世界は、「奥」ではその常識を否定する動きをみせ、「奥」の世界の住民であるばけものが出現しやすい空間になる。佐々木喜善が採集した民話にはザシキワラシが夜に現れるということも重要である。光の不足によって人間の感覚が乱れ、「表」と異なる世界が可能になる。人間が支配する「表」に対して、「奥」ではその存在感が弱くなる。そこは人間には分からない、異なる法則の支配下におかれた空間となる。それと同

ザシキワラシが出てきそうな東野市の風景。

花巻のあちこちで面白いかかしをみることができる……

……どこかでばけものの存在を思わせる雰囲気が漂う。

様に、「表」の人間界に対して「奥」の「ばけもの世界」は人間の常識に反し異なる法則の支配下におかれた空間である。奥の座敷に光が届かないと同様に、ここは人間の合理的な考え方が届かないところである。

その「奥」と「表」という構造において、ザシキワラシは両世界を繋ぐ巧みな登場人物である。というのは、賢治童話においてはその両界の立場から観ることができる主人公なので、両界を知る手がかりになる存在だからである。「ざしき童子《ぼっこ》のはなし」の中では「ざしき童子《ぼっこ》」という別の名前で登場するが、佐々木喜善の調査(9)によれば同様のものである。賢治自身はそれぞれの作品に合わせ、別の名前で登場させたという可能性はあるが、原形は同様のものだと考えるのは妥当だろう。

読者は、「ざしき童子《ぼっこ》のはなし」の中では人間側からみたザシキワラシとの出会いの様子をみることができ、「ペンネンネンネンネン・ネネムの伝記」の中では「ばけもの世界」の中でザシキワラシの様子を窺うことができる。そして、それぞれのザシキワラシは相当異なる存在として描かれる。「ペンネンネンネンネン・ネネムの伝記」において、ザシキワラシは次の場面で登場する。

ばけものの番兵に引っぱられて出てきたのはせいの高い眼の鋭い灰色のやつで、片手にほうきを持って居りました。一人の検事が声高く書類を読み上げました。

「ザシキワラシ。二十二歳。アツレキ三十一年二月七日、表、日本岩手県上閉伊郡青笹村字瀬戸二十一番戸伊藤万太の宅、八畳座敷中に故なくして擅に出現して万太の長男千太、八歳を気絶せしめたる件。」

「よろしい。わかった。」とネネムの裁判長が云ひました。

(中略)

「出現後は何を致した。」

「ザシキをザワッザワッと掃いて居りました。」

「何の為に掃いたのだ。」

「風を入れる為です。」

「よろしい。その点は実に公益である。本官に於て大いに同情を呈する。しかしながらすでに妄りに人の居ない座敷の中に出現して、箒の音を発した為に、その音に愕いて一寸のぞいて見た子供が気絶をしたとなれば、これは明らかな出現罪である。依って今日より七日間当ムムネ市の街路の掃路を命ずる。今後はばけもの世界長の許可なくして、妄りに向ふ側に出現することはならん。」

「かしこまりました。ありがたうございます[10]。」


「ざしき童子《ぼっこ》のはなし」に登場するのは、まさに東北地方の民話にみられるザシキワラシである。その作品の中に、賢治はザシキワラシの四つの話を載せるが、「ペンネンネンネンネン・ネネムの伝記」の話に内容的に最も近いものは第一話である。それは次の話である。


あかるいひるま、みんなが山へはたらきに出て、こどもがふたり、庭であそんで居りました。大きな家にたれも居ませんでしたから、そこらはしんとしてゐます。

ところが家の、どこかのざしきで、ざわつざわつと箒の音がしたのです。

ふたりのこどもは、おたがひ肩にしつかりと手を組みあつて、こつそり行つてみましたが、どのざしきにもたれも居ず、刀の箱もひつそりとして、かきねの檜が、いよいよ青く見えるきり、たれもどこにも居ませんでした。

ざわつざわつと箒の音がきこえます〔。〕

とほく百舌の声なのか、北上川の瀬の音か、どこかで豆を箕にかけるのか、ふたりでいろいろ考へながら、だまつて聴いてみましたが、やつぱりどれでもないやうでした。

たしかにどこかで、ざわつざわつと箒の音がきこえたのです。

も一どこつそり、ざしきをのぞいてみましたが、どのざしきにもたれも居ず、たゞお日さまの光ばかり、そこらいちめん、あかるく降つておりました。

こんなのがざしき童子です。[11]

「ペンネンネンネンネン・ネネムの伝記」の引用部分と比較すれば、「ざしき童子《ぼっこ》のはなし」の中ではサジキワラシが最終的に姿を現さず子供は気絶もしないが、確かに子供に恐怖感を与える様子がポイントとなるのが類似するところである。また、座敷を箒で掃除するというモチーフも共通である。「ばけもの世界」においてザシキワラシが評価されることになったその掃除ぶりである。他の三つの話をみると、ざしき童子として姿をみせるが、「童子」という名前の通り、三人とも子供の姿であり、それは「ペンネンネンネンネン・ネネムの伝記」との大きな相違点である。佐々木喜善も「綺麗な五六才の子供」[12]と述べており、柳田国男も『遠野物語』の中では、ザシキワラシのことを「此神は多くは十二三ばかりの童児なり」[13]と記述する。ザシキワラシの夫婦をみかける場合もあるが、それもやはり子供の姿である。[14]賢治の「ざしき童子《ぼっこ》のはなし」においても、柳田国男の記述においても、きれいな子供だということもたびたび述べられる。「ペンネンネンネンネン・ネネムの伝記」に出る二二歳の「せいの高い眼の鋭い灰色のやつ」というばけもののザシキワラシと相当離れたイメージである。両方の世界におけるザシキワラシの様子をみる限り、同様のものと言えども、ばけものらがお互いにみる自分自身の姿と人間の目に映る姿は異なるものであると考えられる。さらに、人間側からみたザシキワラシは正体がつかみにくい謎めいた存在であるが、「ばけもの世界」の中の様子をみれば、見た目に反して、「風を入れる為」に掃除をしていたということが明らかになり、その性格が良心的なもので、人間とそれほど変わらない振る舞いをすることが分かる。

このように「ざしき童子《ぼっこ》のはなし」の中では、民間伝承にあるのと同様のザシキワラシであるが、「「驚異」と「怪異」の接する境にある」といえるような存在であるため、幻想文学の枠組みの中で解釈できる。「ペンネンネンネンネン・ネネムの伝記」の中で現れるザシキワラシは、出現の様子からすると同様のものであるので、「ばけもの世界」内にみるザシキワラシは、幻想文学的なザシキワラシの単なるパロディではないということが分かる。しかし、「奥」の世界、つまり裏側からみたザシキワラシの正体は、見た目が異なるのみならず根が良い性格ということなので、人間によるザシキワラシへの恐怖感や人間の感覚が主観的で不確実なことを語る。ばけものが怖い存在ではなく、人間がそう感じている、あるいはそう考え込んでいるのみである。それにも拘わらず、ばけものはそれを自分の「罪」にする。その両世界とも認識できるのはばけものの方だからである。つまり、「ざしき童子《ぼっこ》のはなし」の中で、異界との出会いの一つが描かれるが、「ペンネンネンネンネン・ネネムの伝記」においてその出会いが相対化されるのである。

まとめてみると、ばけものの出現場面になっているのは合理的な考え方が通用しない、言ってみれば「表」世界である人間界の、「奥」の部分である。つまり、ばけもの世界と人間界が「奥」「表」という関係であり、また人間界の中でも「奥」「表」の対立が存在する、という二重の構造であることをまず確認したい。また、ザシキワラシの存在が明らかにする「奥」と「表」という構造は、現実世界に対しての異空間という単純な構造を超え、ばけもの世界から人間界を眺めるというように異空間との関係を逆転させることによって、人間世界そのものや人間の主観的な感覚を相対化するといえる。

さらに、「奥州のザシキワラシの話」という題名などを考えると「奥」は東北地方のイメージとも重ねることができるかもしれない。このように読むと、岩手県そのものの相対化として考えることが可能になり、そのように考えれば、のちに現れる「イーハトーヴ」とのつながりがより明白にみえる。

出現の様子をもう少し考えよう。三浦正雄氏は「ばけもの世界」を人間の潜在意識としている解釈を考える。氏はばけものを「人間の潜在意識にひそむ過剰なまでパトス」としてみて、そして「〈ばけもの世界〉が人間社会の不条理・不合理・矛盾を極端にかかえこんでいるのは、人間のもつパトスが、それだけ不可解なものだからなのである」と解釈する。その結果としては、「この〈ばけもの世界〉とは、賢治自身の位置づけにおいては、夢や幻想によって、潜在意識を通じてつながる〈異空間〉であり、心理学的に言えば、潜在意識の世界そのものである」と述べる。そして、氏は「出現罪」を「こうした過剰なパトスは、規範と禁忌によって秩序化された人間の日常社会では、むやみに表出してはならないものであり、それが破られると、罪になる――すなわち「出現罪」である」(15)というふうに解釈を進める。

「ばけもの世界」は人間の世界の常識に反する領域であるという点は、「奥」の世界として考えた「ばけもの世界」に共通する。また、ザシキワラシが夜に出現すると考えると、夢の世界とつなげることができる。一方、三浦氏は「ばけもの世界」をあくまでも人間の内面的な世界としてみると思われるが、空間構造と重ねてみると、出現の「場」もいかに重要かということが浮かび上がる。「奥」と「表」という空間構造は家や村の構造と重なり、「奥」がザシキワラシが出現しやすい場所であると述べた。ザシキワラシに限らず、この作品の中に人間界へ出現した人物、つまりウウウエイとネネムも、人間の常識が無効になるというような場面で出現する。「アフリカ、コンゴオ」に出現し「鳶色と白の粘土で顔をすっかり隅取って、口が耳まで裂けて、胸や足ははだかで、腰に厚い蓑のやうなものを巻いたばけもの」と描写されるウウウエイは、「舞踏中の土地人を恐怖散乱せしめたる」と裁判で訴えられる。おそらくアフリカの何かの土着宗教の儀式の最中に現れたということであろう。ネネムもまた、チベットで巡礼している人間の前で出現してしまう。そこも信仰に関わるような要素が濃いと窺える。それぞれの場面を考えると、それは人間のひとりひとりの意識というより共同体としての意識が重要となる。というのは、ウウウウエイもネネムも二人以上の人間の前で出現し、それぞれ共同体を前提にする宗教に関わる場面であり、またザシキワラシも民間伝承という共通意識の範囲だからである。よって、個人的なものである夢や幻想と考えにくく、潜在意識が働きやすい「場」と考えた場合でも、個々の潜在意識を超える集団意識の領域にさしかかる。むしろ、ばけものの出現はそのような集団意識に関わるという点が興味深いといえよう。ばけものの出現は、個々の人間が体験できる特別の出来事というよりも、条件が揃えば、世界各地で可能になるものだと賢治が言おうとしているのではないだろうか。形式を問わず、それぞれの地域の人間が感じる、異界への恐怖感を、「向こう側」から眺め、すべての人間における世界の二重性という意識を相対化すると考えられる。

第二節 「奥」の世界としてのばけもの世界

では、「奥」の世界である「ばけもの世界」はどのような空間であろうか。作品の中では、フゥフィーボー博士という、「ばけもの世界」において人気のある人物が授業中に興味深いセリフを披露する。次の場面である。

それから博士は俄かに手を大きくひろげて
「げにも、かの天にありて濛々たる星雲、地にありてはあいまいたるばけ物律、これはこれ宇宙を支配す。」と云ひながらテーブルの上に飛び上がって腕を組み堅く口を結んできっとあたりを見まはしました。
学生どもはみんな興奮して「ブラボオ。フゥフィーボー先生。ブラボオ。」と叫んでそれからバタバタ、ノートを閉ぢました。(16)

この場面は非常に演劇的でありながら、「ばけもの世界」の本質を宣言すると思われるものである。谷本誠剛氏はここでのカントなどのもじりについて指摘する。そして、上述のフゥフィーボー先生の発言について、「ここでは見事にパロディ化されている」というように評価する。[17] 谷本氏が述べるように、このフゥフィーボー博士の発言は明らかにI・カントの文章を意識したものにちがいない。しかし、この作品におけるカントとの関連はカントの名言を滑稽に変化させたものに留まるのであろうか。それに対して、萱野宏氏が考えるように、ここでのカントのパロディは「宮沢賢治が、このカントの名言を単にパロディ（暗示引用の一種）としてのみ受容していたとは考えられない。むしろこれらは、カント受容のわずかな露頭に過ぎないと考えるべきである」[18]のではなかろうか。ただし、萱野氏はその考えの直接の裏づけを「銀河鉄道の夜」の中から見出す。しかし、「ペンネンネンネンネン・ネネムの伝記」の中でも、カントの受容を考える余地がまだ残されていると考えられる故に、ここでこの作品をその観点からより詳しく分析することにしよう。

周知のように、カントはまず『純粋理性批判』の中で認識論を考察し、後にその思想を発展させていき、そうした認識論を『実践理性批判』の中で人間の心の中の世界にも応用した。そして、その二つの理論を書き終えた後、『実践理性批判』の「結語」[19]の中での最終的な感想として、賢治がパロディ化した文章を述べるのである。

管見の限り、この作品が書かれたと推定される時期には、カントの翻訳書も出版され、カントの思想を紹介する書籍が何冊もあったのである。今回はカントの最も根本的な思想の主調に触れておきたい。賢治はこの作品の中でカントの文章をパロディ化することからすると、少なくともこの程度の知識をもっていたと思われる。

両者の文章を単純にみれば、まず賢治のパロディはもとの文章の内容とは対照的であることが分かる。それをもう少し詳しくみてみよう。一九一八年に出版された『実践理性批判』の翻訳によれば上記の箇所は次のような形である。

それを考へると屢にして且つ長ければ長きほど常に新たにして増し来る感歓と崇敬とを以つて心を充たすものが二つある。それはわが上なる星の輝く空とわが内なる道徳律とである。[20]（引用にあたって旧字体を新字体に改めた。）

それを先ほど引用したフフィーボー博士のセリフと比較すると、次のようになる。

カント	賢治
心を充たす	宇宙を支配す
わが上なる星の輝く空	かの天にありて濛々たる星雲
わが内なる道徳律	地にありてはあいまいたるばけ物律

比較したところでは、カントの場合は自然界も整っており、道徳律も固定されたものだと思われるのに対し、賢治においてそれが「濛々たる星雲」と「あいまいたるばけもの律」に変わる。換言すれば、それらの間に、まず「はっきりとしている」と「あいまいである」というイメージの差をみることができる。それに、心つまり人間を中心にするカントの考え方に対して、賢治は宇宙を基準にする。「ばけものの心を充たす」のではなく、「宇宙を支配す」ということは、そのセリフは「ばけもの世界」にのみ関わるものではない。人間の目からみた「正しい」自然界や道徳に対して、賢治は人間の私見を除いた宇宙の本質を述べるとみることができる。

そこで、その相違点を念頭に置きながら、前節でみてきたザシキワラシの様子を含め、カントの認識論を考えることにしたい。カントが歴史に名前を残した一つの大きな理由は、本人も言う、いわゆる「コペルニクス的転回」を哲学に取り入れたことである。カントは一九二一年に出版された『純粋理性批判』の第二版序言の中では、次のように説明する。

我々の一切認識は対象に依準せねばならぬと、これまでは仮定せられてゐた。然し対象に関して先天的に概念によつて何らかの決定をなし、そして我々の認識を拡張せんとするあらゆる試図はこの前提のもとに破滅してしまつたのである。それ故に対象が我々の認識に依準せねばならぬと仮定することによつて、我々は形而上学の問題に於てよりよく進展しえぬかどうか試みてはどうであらう。この仮定はそれだけですでに――対象が我々に与へられる前にそれについて何らかの決定をなさねばならぬところの――先天的認識の可能性の要求とよりよく合致するのである。コッペルニックスの最初の考に関しても事情は同じである、彼は全星群が観察者の周囲を廻転すると仮定しては天体運動の説明を成就することができなかつた後に、観察者を廻転せしめ、之に反して星を静止せしめたならば、よりよく成功せぬであらうかを試みたのである。[21]（引用にあたって旧字体を新字体に改めた。）

以上、今紹介した箇所はカントの膨大な著作の一部にすぎないが、それは彼の哲学の土台となったところでもある。カントは、人間が自分の理性で認識できる対象は物自体ではなく、現象のみだと考えた。それは先ほどの引用にあった「対象が我々の認識に依準する」の意味となる。また、有福孝岳氏の解説通り、「もちろん、対象が認識に従うといっても、素材としての対象そのものを人間が産出するわけではなく、意味内容としての対象を人間が構築し産出するということに他ならない[22]」ということであり、つまり「コペルニクス的転回」の一つの結果としては、人間が対象の表象を自ら構成するということになる。しかしその一方では、物自体を知ることはできないという考えである。また、物自体には人間の影響が及ばない。したがって、人間が認識する対象というのは必ずしも物自体の正体ではない。

その考え方をこの作品世界の構造に当てはめることができるのではないだろうか。人間界からみた「ばけもの世界」は人間自身が知ることができない、カントの物自体に相当すると考えられる。ここでザシキワラシの話に戻る。人間の目に映るザシキワラシと「ばけもの世界」のザシキワラシは異なる存在だとみてきた。カントの思想に添えば、出現したザシキワラシは「ばけもの世界」にいたそのままのザシキワラシではなく、人間の認識で形成されたザシキワラシなのである。谷本誠剛氏は「ばけもの国とは（中略）流動的な世界である。（中略）いくぶんかは水の中にあるかのようでもあり、自由な変形が可能なこのばけもの界は、かりに進化論でいえば、いまある世界を逆の進化の形でたどった世界、つまりもろもろのものが進化し、形が固定する以前の世界ともいえるのではないだろうか(23)」と述べる。

確かに「億百万のばけものどもは、通り過ぎ通りかゝり、行きあひ行き過ぎ、発生し消滅し、聡合し融合し、再現し進行し、それはそれは、実にどうも見事なもんです(24)」という作品の中の描写をみれば、「ばけもの世界」の住民たちは恐らく一つの固定された形がなく、流動的で、自在なものである。カントをパロディ化したセリフには「あいまい」のイメージが中心となったが、「ばけもの世界」の「流動性」という点では一貫すると考えられる一方、谷本氏がいう「形が固定する以前の世界」というのが、カントの思想において、進化とは別に、「人間が認識する以前の」という意味でも解釈できる。

したがって、ばけものは人間界へ出現すると、人間の認識によって形成されると考えられる。ザシキワラシのようにまた変化するものもあれば、ウウウウエイのように、アフリカへ出現した時の様子と思われる格好を保ったまま「ばけもの世界」に戻っているものもある。「ばけもの世界」ではどんな形も可能であろうが、人間の認識を考えるとやはりザシキワラシが出現した格好でアフリカには出現できないのではないだろうか。その地域の様子、あるいはその地域の認識に合わせた格好となると思われる。

面白いことには、ばけものが出現するかどうかは、ばけもの自身次第である。ネネムのように誤って出現してしまうばけものもいるようであるが、その動作の主体はばけものの方だと思われる。つまり、人間が異界のものをみようとしてその認識が働くわけではなく、「ばけもの世界」からのみ出現が可能であり、ばけものが出現してはじめて、人間界とのやりとりが可能となるのである。

それはどういう意味なのだろうか。賢治はカントのパロディにおいて人間を中心とする考え方から宇宙を中心とする考え方へ変えた。それは、カントのコペルニクス的転回をさらに転回させ、物自体に権威を与えながら物自体の方から人間を眺めてみることにしたということであろう。換言すれば、人間がいかに対象を認識するかということを自分自身でその外にいるような感覚で認識すると、それは「超越論的」認識だとカントは述べる[25]が、賢治はその「超越論的」認識をさらに物自体の方から眺める。カントが人間の周りにある世界としてしか考えなかった物自体であるが、賢治はそれに重点を移し、人間を二次的なものとする。それは、人間の方が認識の範囲が狭いということ、考え方の中心はカントのセリフのパロディの中に「宇宙」とあるように、人間ではなく、人間界を超えるものとなるのである。

また、賢治の場合、ザシキワラシのような存在を認識できるというのは、カントの考えた人間の理性が認識できる範囲を超えるものであることにも注目したい。カントの言う対象というのは、今述べたように、人間の周りにあるいわゆる自然界であり、神や魂のようなものは人間の理性で分からない範囲となる。この童話の場合は人間がばけものも認識できるが、最初に説明したようにそれは人間の理性の働きが弱くなる、あの「奥」という空間の範囲になる。カントの言うような人間の心を充たす整った自然と道徳律に対して、その「奥」からは、人間の意志にもかかわらず宇宙を支配する曖昧な要素が忍び込んでくるというイメージになるだろう。

カントにおいて、そもそも人間が対象を認識するというのはどういう意味であろうか。一つの理解として、人間は自分自身の悟性から生まれる、いわゆるカテゴリー（範疇）を通じてアプリオリの総合判断を得ることができるとされる。石川文康氏の説明によれば、カテゴリーというのはカントが「悟性」という人間の知性がもつ、「固有の枠組み」であり、「空間・時間という窓口を通じて与えられた素材が、カテゴリーによって処理されてはじめて、一定の意味ある認識が成立する」ということである。氏は「カテゴリーの代表例」として因果性をも挙げる。[26]

このように諸対象の表象は処理されて意味が成立するが、それによって周りの世界への秩序が与えられる。そのことについてはカントは「悟性は単に現象を比較して規則を作る能力ではない。悟性自身が自然に対する立法者である、といふのは悟性を俟たずしてはいづこにも自然即ち現象の多様の規則的なる総合統一は存在しない」[27]（引用にあたって旧字体を新字体へ改めた）と説く。

人間はそのカテゴリーを通して経験することを対象として理解することができるということになる。カントの名文とそのパロディを、このカテゴリーを通して再び考えてみると、最初に指摘した人間界と「ばけもの世界」との相違点、つまり「はっきりとしている」「あいまいである」という相違点は、そのカテゴリーの有無と関係があると考えられる。「ばけもの世界」というのは、人間が自分自身の悟性に由来するカテゴリーを使い、秩序を与える前の空間なのである。また、感性のカテゴリーである時間と空間をもたない「ばけもの世界」はそれ独自の、人間に分からない空間と時間で成っている。つまり、カントは空間や時間は人間が自分から対象に加えるものだと考えたが、「ばけもの世界」には空間と時間がまったく存在していないというよりも、人間界の観点からみれば、固定された空間と時間がないのである。空間は空気であったり水であったりするものであり、時間の長さも、一〇年間木の上で働き続けたネネムが一日で世界裁判長になるという内容からすると、同じ単位で計る客観的な時間とは思えないものである。そのバランスのなさからすると、「ばけもの世界」

における出来事はそれぞれ時間の流れ方が異なるような印象を受ける。

そもそも人間にとっては、ザシキワラシのようなものは自分独自の形の世界をもつというよりも、人間の世界の外にどこか存在するのみであるかもしれない。人間は「ばけもの世界」から出現してしまうものをカテゴリーを通して認識し、人間の想像や期待に合った形でばけものを認識する。人間からみればそうした秩序は当然である。しかし、カントはそれはあくまでも人間の認識の問題だと示したが、賢治はその上でそうでない宇宙の可能性を示唆すると考えられる。

第三節 「ばけもの律」とは何か

これまでみてきたように、「ペンネンネンネンネン・ネネムの伝記」の作品世界は、カントの認識論の、滑稽ともいえるような解釈だというふうにみることができる。それによると、人間はさまざまなカテゴリーを通して世界を認識するということであった。人間が認識しない「ばけもの世界」は、「荒唐無稽」とまで表現されるが、人間からみればカオス的なものである。しかし、それと同時に、「ばけもの世界」の中で「ばけもの律」というものが存在する。カントの哲学という観点から考えれば、これも興味深い要素である。つまり、カントは人間によるカテゴリーが秩序を与えるというが、賢治は「ばけもの世界」は人間からみればカオス的かもしれないが、「ばけもの律」という言葉からすれば、「ばけもの世界」にはばけものに固有の「秩序」があると示唆する。カントの「悟性自身が自然に対する立法者である」という記述を考えると、カントは明らかに人間を世界が動く基準を決める存在と定める。そのようなカントの思想を通してみた「ばけもの律」の存在というのは、単なるパラレール・ワールドが動く別の法則ではなく、人間そのものを相対化し、人間から優越的な地位を奪うものであろう。また、それを「あいまいたる」と形容するのも、カントのカテゴリーも人間の常識も覆すものとなるのである。

ここで、「ばけもの律」とはどういうものなのか、より詳しくみてみたい。森の家で生まれ育ったネネムは「ばけもの世界」の中でさえ決して恵まれた身分とは思えない。飢餓の経験、両親の死、妹の誘拐、また昆布採りの仕事、さまざまな苦労を乗り越えてからようやくフゥフィーボー博士の教室にたどり着く。そして彼の運命は一変する。まもなく世界裁判長になり、「ばけもの世界」において尊敬されることになる。ネネムが裁判長というポストを得たのはあくまでも自分の努力のおかげ、人気を得たのは自分の優れた判断能力のおかげ、というような話の形式である。彼の「伝記」の前半と後半は対照的なものであり、環境に恵まれなかった主人公が自分の努力や知恵のおかげで、最後に自分の運命を逆転させるという昔話などによくあるパターンにも類似すると考えられる。

しかしながら、ネネムの物語は以上のものとは一つの大きな相違点もみられる。それは、彼は確かに苦労と努力をして、また後に優れた者になったが、その「伝記」の前半と後半の間には必然的な関係がみられないという点である。彼が目指すのは「書記」であり、それとは関係なくフゥフィーボー博士の講義を聴き、それをただの一日で卒業する。試験では煙の種類を聞かれるが、その内容とは関係なく自分でも知らないままに世界裁判長となる。そして「出現罪」を罰するのは「裁判の方針」だとはじめて聞き、それに合わせた判断を下すと人気者になっていく。まるで何をやっても自分がどんどん評価されるかのように、何もかもうまく行く。しかし、そうしているなか、彼の意志とまったく関係なくネネムは「出現罪」を犯し、評価されてきた判断力にも拘わらず、逆に裁判長のポストを失うことになる。この作品は「化け物世界の出世・慢心と自己処罰を描い」[28]ている、と多田幸正氏がみるように、その「出現罪」は一見彼の傲慢の結果というふうにも解釈できるかもしれないが、出現する前のネネムの気持ちは「よろこびの絶頂」と表現され、もともとそれほど望んでいなかった出世をした彼は、出世欲があるというふうに描写されることもなく、自分のことを偉いと思うより「うまくいった」という気持ちの方がむしろ強いようにみえる。ネネムは自分自身が出世していっていることさえ意識せずに、世界裁判長のお邸に行かされて、「私は大学校のフゥフヰイボウ先生のご紹介で参りましたが世界裁判長に一寸お目にかゝれませうか」というが、そこにいたばけものの「それはあなたでございます。あなたがその裁判長でございます」という返事に、「なるほど、さうですか」と反応する。ネネムは明らかにそこではじめて自分が裁判長となったことが分かる。そして、自分の出世に特に感動することなく、その事実を受けとめる。また、彼は傲慢だったとすれば、自分が故意に犯してもない出現罪の後、裁判長のポストをそんなに簡単に諦めるのだろうか。主人公の運命は常識的な規則に従わず、ただの偶然に左右され、そしてその「よろこびの絶頂」にも、出現の後の態度にも、その偶然へのある種の諦めがみられる。この物語の内容は傲慢への反省と処罰というふうにみえるが、実はネネムの出世が偶然であると同様に、その墜落もただの偶然にすぎないのである。

「偶然」は他の登場人物の運命も左右する。たとえば、世界警察長となったクエクも「一寸した用事で家から大学校の小使室に参りましたのですが、ついそのフウフィーボー博士の講義につり込まれまして昨日まで三日といふもの、聴いたり落第したり、考へたりしました。昨晩やっと及第いたしましてこちらに赴任いたしました」と語るようにまったくそのつもりではなかったのに、「講義につり込まれ」て警察長になった。

もちろん、人間界にも「偶然」というものが存在するが、ここではいかにも必然的な関係がありそうな物語がその論理なしで語られ、その点において両者は大きく異なる。つまり、ネネムの「出世物語」は表面的に人間界にありうる形をとるにも拘わらず、「偶然」、ただの運命の気まぐれという要素を取り入れることによってその出世が成りたち、つまりその意味が滑稽になり、物語の「ばかばかしさ」を生み出すのだろう。昔話などにも主人公を助ける出来事の偶然性がみられるものもあろうが、あらすじの面では意味のある偶然性であり、それはこの作品とは異なる点なのである。

「ペンネンネンネンネン・ネネムの伝記」は同様のあらすじである「グスコーブドリの伝記」の先駆形とされる。「ばけもの世界」の一員であるネネムは後者になると人間のブドリへ変わるが、それぞれの生き方も大きく変わってくる。多田氏は飢餓をなくすために自分の命を奉げた「グスコーブドリ」のブドリの生き方を「利他」といい、それに対してネネムの生き方を「利己」と呼ぶ。(29) しかし、「利己」も意識的な行動を前提とする。ネネムの場合、「利己」の方へも「利他」の方へも、意識的に進まないと思われる。昆布採りをするように言われれば昆布を採り、裁判長になるように言われればそうする。彼の態度には何の目的性もみられない。形式は一人の優れた少年の「伝記」であるが、それに対して中身は論理的にバランスの崩れたものである。

「はじめに」で紹介した牛山氏の指摘どおり、「ばけもの世界」はある意味では、現実世界と同様のものである。しかし、それと同時に人間界とは根本的に異なる空間でもある。そこで並べた「小道具」(たとえば牛山氏が言う自然現象や社会構造)が大幅に人間界と同様のものでありながら、その「並べ方」が少しずれているとみることができる。前述したように、ある意味では、「ばけもの世界」とは人間界を歪んで映し出す世界でもある。つまりフゥフィーボー博士のセリフは元のカントのセリフなしではそれほどの意味をもたないのと同様に、「ばけもの世界」も人間界の異形として存在する。同時に、「ばけもの律」が「宇宙を支配す」ることからすると、またばけものが一方的に人間界へ往き来できる有利な存在だということからすると、反対に人間界は、「ばけもの世界」の映しにすぎない、という可能性も残されている。

「ばけもの世界」においてばけものの「秩序」をもたらすと思われる要素は「ばけもの律」である。その言葉を多様な意味で読むことができる。まず、カントとの対応からすると、人間の「道徳律」に当る意味があると思われる。出現罪を裁くネネムは、「ザシキをザワッザワッと掃いて居りました」というザシキワラシの行為を「その点は実に公益である」と評価する。また、「あまり面白かったもんですから」という理由から出現したウウウウエイを「お前は、最明らかな出現罪である」と判断を下す。したがって、出現したばけものの動機は一応問題にされ、「公益」的な態度の方が評価される。しかし、はたしてそれは「道徳律」とまでいえるであろうか。「ばけもの世界」の中では、ばけものとしてあるべき姿という理想もなく、内面的な善悪はそれほど問題にされない。裁判において被告人の弁護もない。「ばけもの律」はフゥフィーボー博士の発言によって「道徳律」という言葉と結ばれるが、内容からすればむしろ、同じく「律」のつく「法律」に近いものであろう。つまり、「ばけもの世界」の掟である。そしてもう一度フゥフィーボー博士の発言に戻ると、「ばけもの律」を「道徳律」と対応させながら、「地にありては」「宇宙を支配す」るものだと述べることから、「ばけもの律」とは、「ばけもの世界」を動かす基本的な法則、その世界を決める本質でもあると考えられる。換言すれば「ばけもの律」というのは「道徳律」という意味から出発し、「法律」の意味を踏まえながら、「ばけもの世界の法則」という最も大きな意味へ導かれる言葉だと考えられる。

こう考えれば、出現罪の意味はどうであろうか。前述したように、善悪を問題にしない「ばけもの世界」なので、「罪」というのは、人間が考える「悪い行い」としての罪とは異なるもので、具体的な意味では、ばけものの法律（裁判の方針）に反する行為をすることであり、より大きな意味では、ばけもの世界の本質に反する行為をすることであろう。人間は道徳律を失うと、心を充たせなくなり、人間としての成長、より善い人格が不可能になる。それに対して、「ばけもの律」が犯されると、どうなるだろうか。何らかの形で、「ばけもの世界」の本質が失われると推測できる。したがって、善悪問題よりも「ばけもの世界」そのものに関わる問題なのだと考えられる。

では、人間の道徳律の規準を決める理性に対して、「ばけもの律」の規準を示すものは何であろうか。上記で紹介した三浦氏の解釈によれば、ばけもの世界の本質は「過剰なパトス」である。つまり、人間の極めて感情的な側面が「ばけもの世界」を成すという見方であろう。確かに、「ばけもの世界」は、三浦氏がいうように、人間の潜在意識のような世界にもみえる。常識から外れた、喜怒哀楽そのものの世界は、単純に言えばカントが理性より低くみる感性によって動かされるものだと考えられる。しかし、「ばけもの世界」の意味はそれに留まらない。「ばけもの律」は「宇宙を支配す」るものとして、人間を超えたものであるということになるだろう。むしろ人間が自分の「奥」にある神秘的な領域を通じて触れることができる、より大きく力のある世界であると思われる。佐藤通雅氏もまた、この作品を次のように評価する。

この自由奔放さ。荒唐無稽なまでに幻想世界が次々と展開され、全く息をつく暇もないほどだ。調子が昂揚し、エクスタシーをむかえる場面で歌が出てくるのは、賢治のよく使うやり方であって、ここにおいても舞台をいよ〳〵炎上させる役割を果たしている。（中略）賢治の作品中でもきわだって自由奔放で、しかもダイナミックな世界が展開されているといってよい。(30)

「ばけもの世界」は確かに人間からみた合理性の欠けたものである。その代わりに、佐藤氏のいう「自由奔放」なところは、その世界を動かすエネルギーになり、ある意味では「ばけもの世界」を統一させる要素にもなる。換言すれば、「ばけもの世界」は自然科学の法則や人間の常識に反する性質をもつが、人間界にはみられない勢いを持ち、それがその世界を成りたたせるものだということである。ネネムの生涯もそのような「ばけもの世界」の勢いに乗せられ展開される。その代わりに、いきなり世界裁判長になるというような動きや、頂点に達してから再び元まで落とされるというような動きの激しさもみられる。その勢いの力こそ「ばけもの律」の正体であろう。出現したネネムは「ばけもの律」を犯し、世界裁判長のポスト、つまり名誉と社会的な権力を失うのは、その力を失った象徴でもある。後に人間界で活躍するブドリとして生き返ったネネムは、そのような力がまったくなくなり、同じ道を歩むために彼の人生を動かす力として理性と人間的な道徳が必要になる。

人間界に出現したばけものは、少なくとも「ばけもの世界」におけるその社会的な地位を失うことになる。一方、逆に人間の「奥」の部分に働きかける力を発揮できる。理性と道徳で動く人間界であるが、その理性に反する力を否定しながらも、それに憧れるところもある。また、信仰や迷信という形でその力の存在を認める。ザシキワラシ、ウウウウエイ、ネネムも、それぞれ出現した場所はまったく異なるが、三人ともその信仰や迷信という領域と関係のある状況で出現することになった。理性を確かなものとする人間にとっては、もちろん恐れながらの憧れである。たとえば、最後に登場する「魔除けの幡」は人間の感じる驚異を表現する。その信仰や迷信の領域は人間界の「奥」である。その領域が人間が分からない、より広い異界への窓口にはなる。たとえば、出現したばけものと接することが可能になる領域である。

「銀河鉄道の夜」において賢治がカントの「「道徳的に判断する理性」つまり「実践理性」を、（中略）「信仰」に置き換えている」(31)と菅野宏氏は指摘する。「ペンネンネンネンネン・ネネムの伝記」の中にカントの道徳律に相当するものとして設定する「ばけもの律」は「銀河鉄道の夜」とは異なる角度かもしれないが、類似した置き換えだと思われる。「銀河鉄道の夜」におけるジョバンニの旅を考えれば、ばけものの出現とうらはらの関係に当たるものではないだろうか。ジョバンニは「向こうの世界」へ旅した結果、世界を変える、ある

「力」をもらって帰ってくる。というのは、その体験によってジョバンニは、彼にさまざまな苦労を負わせる人間の世界の日常から解放され、「宇宙的な」希望の考え方を身につけ、新しく生活に臨むからである。

人間にとっては、ばけものの出現は力の源となるとも考えられるが、少なくともばけものとの接触によって、道徳以前の、自分のより根本的な部分を刺戟される。そしてそれによって、理性の限界を知らされるのである。ある意味では、人間性を失っていくが、その代わりに「ばけもの律」の支配する宇宙の一部になることができるというように読むことができる。

自由奔放な「ばけもの世界」やその独特の因果性を考えると、それは一つの完結した空間というよりも、さまざまな出来事や性質を自由に併せたものにも思われるであろう。それは幻想文学にみられる手法の一つである。上記で述べたように、「ばけもの世界」自体は人間界の歪んだ写しとしてみることができる。出現によって人間界のパラレールワールドのばけものと人間とのやりとりが可能になる。一方、人間界の写しという観点からみれば、「ばけもの世界」を人間界と隣り合う空間というより、人間とより密接に結ばれた空間として考えることができる。そうすれば、人間界との別の種類のやりとりを追求できる。J・P・サルトルはカフカなどの幻想文学を論じながら、次の例を挙げる。

カフェにはいると、まず器具類が眼につく。（中略）それぞれが屈従した物質の一片をあらわし、その全体は、明らかな一つの命令に従っており、その命令の意味するところは、一つの目的にある。——それは私自身、あるいはむしろ私のなかにある人間、私という消費者という目的である。（中略）私は腰掛けて、クリームコーヒーを注文する。ボーイは私に三度注文を言わせ、彼も聞きちがいのないように、復唱する。彼は飛んで行って、第二のボーイに私の注文を伝える。彼はそれを手帳に控え、第三のボーイに渡す。最後に四人目のボーイがやってきて「お待ちどおさま」と言って、食卓の上にインク瓶をおく。「ちがうぜ。注文したのは、クリームコーヒーだよ」と私は言う。――「ですから、それを持って参ったのです」とボーイは言って、立ち去ってしまう。この種の話を読んで、読者がこれはボーイたちのいたずらだと思ったり、なにか集団的精神異常だと思ったりしたら、われわれの敗けである。だが、こうした奇妙な表明が、あたり前の行為としてなされる世界の話をしているのだ、という印象をあたえることができれば、読者は一挙にして幻想のただなかに投げこまれる。人間の幻想とは、目的にたいする手段の反抗である。（中略）どこへも行きつかぬ廊下、ドア、階段の迷宮があり、なにも教えてくれない掲示板、なにも意味しない無数の道路標がある。（中略）《表側の》世界では、（中略）手段の価値は、一つしかない。それはその目的である内容にある。裏側の世界では、手段は孤立し、それだけで提出される。（中略）あるいは、目的は存在しているが、手段はそれを少しずつ喰らっていく。(32)

カフカの『審判』など、サルトルがここで扱う「幻想文学」の作品は悲観的で、そのような「手段の反抗」によって読者に人間の努力の空しさを思わせたりするものである。「ペンネンネンネンネン・ネネムの伝記」はそれほど重苦しい内容ではない。しかし、やはり物語の手法は同様だと考えられる。たとえば、教育を受けることによって人々を飢餓から救うことができたブドリに対して、ネネムは評判の高い講義を受けるが、前述したようにその内容は後の部分と関係もなく、教育自体も一日で終わる。しかもネネムのノートを博士が飲んでしまうというオチである。結局、ネネムが優れた人材になるための手段だったはずの講義は、裁判長のポストを紹介するきっかけにすぎない。つまり、サルトルが言うように、手段は目的から孤立する。また、ネネムが「黄色な幽霊」に町までの距離を訪ねた時は、「六ノット六チェーン」という答えをもらう。六チェーンとは約二〇メートルであるが、ノットとはそもそも速度の単位であり、それで距離を表しても何の役にも立たないはずである。しかし、ネネムはその答えを聞いた時は「あゝありがたうございます。六ノット六チェーンならば、私が一時間一ノット一チェーンづつあるきますと六時間で参れます。一時間三ノット三チェーンづつあるきますと二時間で参れます。すっかり見当がつきまして、こんなうれしいことはありません[33]」と答える。つまり、意味のない「幽霊」の情報を真に受け取り、さらにそれで距離を分かるのに役に立たない計算をする。旅行をしやすくするはずだった数字のデータは結局意味のない数字なので、そのやりとりも手段の孤立だといえる。もちろん、それは人間からすれば意味のない数字であるが、登場人物が何のためらいもなくその会話を交わし、ばけものにとってそれはあたりまえの現実のようである。ネネムは町に出る前一〇年もの間、疑問に思わずに昆布採りの仕事を続けるが、しかしその昆布を採る目的は何も説明されない。実はそれも何の意味もない作業かもしれない。一〇年間の労働は結局上着とズボンを買う手段に過ぎなかった。ここには目的が一応みられるが、ネネムは最初からそのために働いたわけでもない。昆布採りを終えてから、「偶然で」ちょうど上着とズボンを買うための「ドル」が貯まっていた。また、それは目的だったとすれば、目的に対する手段はあまりにもバランスを保っていないので、人間の考え方からすると、これも一つの非合理的な関係であるといえよう。

「幻想文学」的な空間として「ばけもの世界」を考えた場合は、いかにも現実的な内容の出世物語に非現実的要素がところどころ加わるとみることができる。非現実が現実であるかのように振舞う登場人物を追っていく読者は少しずつ非常識が常識だと思わされ「幻想のただなかに投げこまれ」、無意味に並べられたさまざまな出来事や「ばけもの世界」の要素を一つの塊の世界としてみるようになる。一つの非現実を現実として受けることができる。合理的に考えれば、無意味であることに変わりはないが、一つの現実として完成させられる。つまり、非現実が現実の中へ侵入し、「不久の掟に支配されるとみえていた世界の安定を破壊する[34]」という世界である。

本章ではカントの認識論という観点から考えてきたが、「ばけもの世界」のそのような構造は、賢治の「相対性」の思想にも添ったものでもある。「ばけもの世界」は単なるパラレール・ワールドではなく、ばけものの方から人間を眺めるという逆転の設定によって、一つの空間としての人間界を相対化するのみならず、人間の物事を見る感覚、あるいは人間の感じ方まで相対的にみることができる。さらに、「ばけもの世界」は表面的には人間界との類似点が多いが、「中心」が別のところに置かれた世界として再創造されるというところも興味深い。後に現れる「イーハトーヴ」とは異なる意味での、「現実」のもう一つの現れと認められる。一方、文学形式としての、優秀な少年の出世の「伝記」というものも相対化されることになり、先ほど例を挙げた教育、時間やお金など、人間界においてその機能や価値が明白に思われるような概念はここで不確実なものとなり、やはり相対化されるのである。

「ばけもの世界」の重要なところは、その存在がさまざまな意味で人間界の「安定を破壊」し、当然のことが「不確実になる」という点にあるとすれば、それは後の「イーハトーヴ」の重要な要素となる理想主義の思想がまだ含まれていなくても、非現実の侵入がもたらすという「幻想文学」的な不安を超えて、視野を広げ、視点を変えることによって、より広い意味での「現実」の可能性を、それも真実の一部として見せるというところにある。

おわりに

「ペンネンネンネンネン・ネネムの伝記」が宮沢賢治の代表作に数えられていない理由の一つは、印象として残るその「ばかばかしさ」にあるだろう。しかしながら、この作品の世界のもう少し中へ入ってみれば、第一印象に反して、内容の濃い作品だということが分かる。

押野武志氏は「「ネネムの伝記」から「グスコーブドリの伝記」への転成は、カーニヴァル的世界から意味化のプロセスをなぞるものとしてとらえられるだろう」[35]と述べるが、確かに「グスコーブドリの伝記」の舞台を人間世界へ移すにつれて、作品には物語の必然性がはっきりとしてくる。人間界はそういう意味では合理的であるが、平凡で予測できるところである。ほとんど日常的な要素で成り立っている現実である。それに対して、「ばけもの世界」を成す要素は人間界を成すものと同様の要素であるが、必然性はなく選ばれた要素のみを自由に並べ替えてある空間である。また、人間界に存在する「晴れ」の部分も「褻」の部分も、必然性とは無関係に、ネネムの人生におけるすべての出来事をよい方向へもっていき、そのすべてを「晴れ」に変える、まさに「カーニヴァル的世界」なのである。最後の場面でさえ、ネネムが泣くシーンとなるが、部下と一緒に泣いた勢いで火山を爆発させる結果となる。「何もかにもおしまひだ」とネネムが嘆くが、その悲しみ方にもエネルギーがある。

本章で考えた「奥」の世界としての「ばけもの世界」は、人間の合理的な考え方から離れた「奥」の空間でありながら、人間が認識する前の異界でもある。この作品を認識論という観点からみる場合は、その読み方が広がる一方、人間そのものについて考えさせられる。今回考えた内容の他にも、「ばけもの世界」における力強さの根源を追究する余地が残されている。認識論を通してみた「ばけもの世界」は、「グスコーブドリの伝記」のものとは別の意味を持ち、また別の意味をもつことこそその作品の重要な意味かもしれない。

中山真彦氏は「『ネネムの伝記』において、少年の立身が目指すものは、魔術による一種の楽園の実現であった」[36]と述べるが、「ばけもの世界」というのは、魔術で理想的世界が創れるというよりも「楽園の実現」というのは、むしろ何の理想ももたないということを意味するだろう。それはまた、後の「グスコーブドリの伝記」との大きな相違点でもある。さまざまな苦しみや問題も存在する世界でもあるが、そういう要素も含めてすべてが歓迎されるような、喜怒哀楽がそのままの現実である。

このように、賢治がいう「ばけもの律」とは、「宇宙を支配す」るものとして、単純に「ばけもの世界」における道徳律や法律やその世界の法則というようなものを超えるものだと考えられる。「ばけもの世界」を「奥」の世界としてみることができるのと同様に、「ばけもの律」は、カントとの比較において、理性とうらはらの関係にある人間の「奥」を規定するのである。

カントの思想を通しての解釈にしても、サルトルの考え方を手がかりにしても、この作品において賢治が、異なる法則で動くもう一つの世界の存在を示唆すると考えることができる。一方、牛山氏が述べるように、「現実世界との大きな違いは認められない」という「ばけもの世界」であるからこそ、その現実に近づく感覚では、サルトルが語る二〇世紀の幻想文学の流れに添ったものとも考えられる。また、賢治が「相対性」の思想を活しながら、さらに異なる面白さをみせる作品である。表面的に読めば、「ばかばかしさ」しか覚えない「ばけもの世界」であるが、いまだに発見し尽くされていない、さまざまな内容が潜む賢治の作品の一つではなかろうか。

注

（1）成立時期に関する諸説

1. 一九二〇（大九）年～一九二二（大一一）年の間　［三浦正雄］

2. 一九二一（大一〇）年　［谷本誠剛］

3．一九二一（大一〇）年か一九二二（大一一）年　［鈴木健司］
4．一九二二（大一一）年頃　［小森浩未］
5．一九二二（大一一）年一一月（トシの死）以前　［山田兼士］
6．一九二三（大一二）年以後～一九二四（大一三）年七月までごろ　［多田幸正］

（2）「「ペンネンネンネンネン・ネネムの伝記」と「グスコーブドリの伝記」――慢心から献身へ」『賢治童話の方法』勉誠社、一九九六年九月、p.212

（3）「［『ペンネンネンネンネン・ネネムの伝記』］」国文学　解釈と教材の研究、二月臨時増刊号「宮沢賢治の全童話を読む」、第四八巻三号、二〇〇三年二月

（4）たとえば谷本誠剛氏の考察がある（「『ペンネンネンネンネン・ネネムの伝記』――パロディとお化けの世界」『宮沢賢治とファンタジー童話』）。

（5）「奥州のザシキワラシの話」『佐々木喜善全集』第一巻、遠野市立博物館発行、一九八六年六月、p.3

（6）同上、p.5

（7）同上、p.7

（8）同上、p.21

（9）「ザシキワラシの話――ザシキワラシの種類及別名表」、前掲『佐々木喜善全集』第一巻、p.28

（10）『新校本宮澤賢治全集』第八巻、本文篇、筑摩書房、一九九五年五月、pp.319-320

（11）『新校本宮澤賢治全集』第一二巻、本文篇、p.170

（12）「ザシキワラシの話」『佐々木喜善全集』第二巻、遠野市立博物館発行、一九八七年五月、p.517

（13）『柳田国男全集』第二巻、筑摩書房、一九九七年一〇月、p.19

（14）「石神問答」、『柳田国男全集』第一巻、筑摩書房、一九九九年六月、pp.572-573

（15）「〈ばけもの世界〉と〈出現罪〉の謎――「ペンネンネンネンネン・ネネムの伝記」考」近代文学研究　第九号、一九九二年六月

(16)『新校本宮澤賢治全集』第八巻　本文篇、p.316

(17)『宮沢賢治とファンタジー童話』北星堂書店、一九九七年八月、p.101

(18)「引用・暗示引用の変改・消去——『銀河鉄道の夜』と『実践理性批判』」奥羽大学文学部紀要、第四号、一九九二年一二月

(19)一九一八年版の翻訳によれば「結論」という部分である。

(20)『実践理性批判』宮本和吉・波多野精一共訳、岩波書店、一九一八年六月、p.362

(21)『純粋理性批判』上巻、天野貞祐訳、岩波書店、一九二一年二月、pp.30-31

(22)『カントの超越論的主体性の哲学』理想社、一九九〇年一月、p.120

(23)「『ペンネンネンネンネン・ネネムの伝記』——パロディとお化けの世界」前掲『宮沢賢治とファンタジー童話』、pp.97-98

(24)前掲『新校本宮澤賢治全集』第八巻、本文篇、p.322

(25)「「超越論的」とは、まずさしあたっては決して事物（対象）の側への反省ではなくて、あくまでも、認識能力そのものの自己批判、すなわち認識主体の側への自己反省の問題なのである」、前掲『カントの超越論的主体性の哲学』、p.4

(26)『カント入門』筑摩書房　二〇〇五年四月、p.106

(27)前掲『純粋理性批判』、p.511

(28)前掲「「ペンネンネンネンネン・ネネムの伝記」と「グスコーブドリの伝記」——慢心から献身へ」」、p.212

(29)同上、p.213

(30)『宮沢賢治の文学世界』泰流社、一九九六年五月、p.219

(31)前掲「引用・暗示引用の変改・消去——『銀河鉄道の夜』と『実践理性批判』」

(32)「アミナダブ——または、言語として考えられた幻想について」『サルトル全集』第一一巻「シチュアシオンI」佐藤朔訳、人文書院、一九六九年一一月、pp.104-106

(33) 前掲『新宮澤賢治全集』第八巻、本文篇、p.313
(34) 序章、注14を参照
(35) 「〈宮沢賢治の伝記〉」、前掲『宮沢賢治の美学』p.119
(36) 「『グスコー(ン)ブドリの伝記』を読む」ユリイカ、第九巻第一〇号、一九七七年九月

第二章　「ペンネンネンネンネン・ネネムの伝記」から「グスコーブドリの伝記」へ――《イーハトーヴ》のユートピア思想

影像は、だれのものも死後にしか建てられません。しかし、新しい学芸や技術を発明したり、重要な秘密を発見したりした者、あるいは戦時と平時とを問わず国民のために大きな貢献をした者はみな、生前から英雄の書に記載されます。

T・カンパネッラ『太陽の都』

はじめに

「ペンネンネンネンネン・ネネムの伝記」は「グスコーブドリの伝記」（初出、『児童文学』一九三二年三月）の最もはやい先駆形と位置づけられる。両者は確かにおおよそのあらすじをはじめとして共通点が多い。少年の伝記という形式も同様である。「テクストの生成過程がそのまま（中略）ひとつの「物語」をなすような、ある種のメタ＝フィクション（中略）の可能性を示している」[1]と中山兼士氏が述べるように、それ以上の関連性を見出す研究もみられる。

反対に、鈴木健司氏も指摘するように[2]、両作品が別作品だと考えさせるほどの相違点の一つは、「ペンネンネンネンネン・ネネムの伝記」の主人公ペンネンネンネンネンネン・ネネム〔以下、ネネム〕はばけものであるのに対し、「グスコーブドリの伝記」の主人公グスコーブドリ〔以下、ブドリ〕は人間である、という設定である。したがって、後者の場合は作品の世界も「ばけもの世界」から人間の世界へと移る。氏はその「ばけもの世界」から人間の世界への変化に伴って「《空間構造》の相異」が生じると述べる。ここで、鈴木氏が「問題は、賢治が何故、先行作品において化け物の世界を描き、後、人間の世界に書き換えたのかという点にある。私見では、おそらくそれは、《鬼神》の棲む《空間構造》から《鬼神》のいない《空間構造》への変容として捉えることができるのではないか」というふうに問題を提起しながら、「では、賢治が己れの視点を《鬼神》から《人間》へと転換しなければならなかったのは何故か。(中略)賢治の宗教観はもちろんのこと、賢治の社会思想や農業実践等も視野に入れたトータルな視点が求められる[3]」と、その問題は賢治のさまざまな側面に関連していることを示唆している。

一方、この二つの「伝記」の舞台における、「ばけもの世界」から人間の世界への変化を考える際、人間の世界は通常の人間の世界ではなく、賢治にとってある種の理想郷を意味したイーハトーヴであるという点は重要である。賢治が「イーハトーヴ」という言葉をはじめて使ったのは、詩「イーハトーヴの氷霧」の中である[4]。一九二三年一一月頃である。その成立時期を考えれば、「ペンネンネンネンネンネン・ネネムの伝記」の推定成立時期の範囲である。この両世界の存在が賢治文学において相次いだことを考慮すると、確かにイーハトーヴは最初に「ばけもの世界」から発芽し、徐々にその独自の姿を形成していったように思われる。

この両作品は、あらすじが類似するとはいえ、舞台が変わるにつれてそれぞれの「環境」と「条件」に合わせて、ネネムとブドリの生き様が大きく異なる。「グスコーブドリの伝記」と比較すれば、確かに「ペンネンネンネンネンネン・ネネムの伝記」の方が非現実的要素がより多くみられる。しかし、それは空想の世界を描くファンタジー小説からリアリズム小説へと変わったということを必ずしも意味するのではなく、何よりも主人公の「伝記」の意味合いが変わったといえる。

本章では、「ばけもの世界」から、人間界でありながら賢治が考えた理想郷としてのイーハトーヴへの移行の過程に注目しながら、イーハトーヴの性格を分析し、賢治のユートピア思想について考察していきたい。先ほどの、鈴木氏が提起した問題を換言すれば、「ばけもの世界」はなぜイーハトーヴへ発展していったのか、また、作品世界がその「鬼神」から「人間」へ変わる意味は何だったのか、という問題である。また、賢治の「理想」はイーハトーヴという一つのキーワードでみる場合、どのようなものとしてみえてくるのか、ということも考察したい。

第一節　ドリームランドとしてのイーハトーヴ

そもそも「イーハトーヴ」というものはいかなる空間であろうか。まず、作者自身がイーハトーヴを紹介する文章をみてみよう。賢治は一九二四年に出版された童話集『注文の多い料理店』の広告文の中で、イーハトーヴを次のように説明する。

> イーハトーヴは一つの地名である。強て、その地点を求むるならばそれは、大小クラウスたちの耕してゐた、野原や、少女アリスガ辿《ママ》つた鏡の国と同じ世界の中、テパーンタール砂漠の遥かな東北、イヴン《ママ》王国の遠い東と考へられる。
> 実にこれは著者の心象中に、この様な状景をもつて実在した
> ドリームランドとしての日本岩手県である。
> （中略）

これは新しい、よりよい世界の構成材料を提供しやうとする。けれどもそれは全く、作者に未知な絶えざる警《ママ》（「驚」の誤植）異に値する世界自身の発展であつて決して畸形に涅《ママ》（「捏」の誤植）ねあげられた煤色のユートピアではない[5]。

この文章でまず分かるのは、イーハトーヴは「ドリームランドとしての日本岩手県」という非常に具体的な意味をもつということである。賢治という著者の心象を通してみた現実の場所である。つまり単純に考えれば賢治の想像力や感受性が加わって非現実化された現実の場所であり、賢治という個人がみて主観化した岩手県である。しかし、その点について作者自身の考え方は少し異なると窺える。賢治は、イーハトーヴは「著者の心象中」のものでありながら、「実在した」ものでもあると宣言する。それは、普段の岩手県と異なる所とはいえ、賢治が考え出したものというよりも、賢治の心象を通して姿をみせた、実際に存在する客観性をもったものという意味であろう。賢治はただの媒体であり、イーハトーヴが「心象に」映りうるという人間なのである。

一方、賢治はイーハトーヴを「ドリームランド」つまり「夢の世界」と位置づける。このように表現する、現実と隣り合うパラレル・ワールドは理想の世界となるはずであるが、賢治が断るにはそれは「よりよい世界の構成材料を提供しようとする」所であるとはいえ、「世界自身の発展であって決して畸形に捏ねあげられた煤色のユートピアではない」。換言すれば、「ドリームランド」は「人工的に」完成させたユートピア的世界ではないが、「童話」の中の要素から作者の意図を超えて「よりよい世界」、つまりユートピアに相当するものができていくという考え方だろう。

しかしながらユートピアを目指すその世界自体もある種の理想の世界だと考えられる。現実世界を異なる視点で視る特別の体験を与えるという意味での理想の世界である。そしてそれは岩手県の一つの現れとして現実世界の性格をもつ。現実とユートピアの間にある途中段階だともいえるが、そのような中間的な存在としても「ドリームランド」という肯定的な位置づけである。このように、賢治が考えた理想の世界の構造とは、二段階のユートピアというべきものだと考えられる。

このように、賢治は短い広告文の中で、現実世界、岩手県のパラレル・ワールドのイーハトーヴ及びこれから目指すユートピアとの間につながりを設けながら、自分の考え方を説明する。ユートピアのモチーフを扱う文学の伝統において、イーハトーヴの位置づけは興味深いものだと思われる。

ユートピアというのは理想郷、理想的な場所である。その言葉が由来するトマス・モアの同名小説をはじめとして、そのような場所を考え出し、より完璧な空想の世界を描く作品は、文学史上においては少なくない。賢治もユートピア思想に興味をもっていたと思われる。たとえば、「銀河鉄道の夜」の主人公である「カムパネラ」は『太陽の都』という、一種の社会的なユートピアを描いたイタリア人の思想家トマス・カムパネッラの名前に由来する、という説が有力だろう。また、教育を通して農民救済を夢見ていたL・トルストイ及び芸術を通しての労働改革を考えたW・モリスとの関連が指摘される。このように、賢治におけるユートピア思想との関わりをさまざまな形でたどることができる。その中の一つの重要な表れとして、イーハトーヴの存在が認められる。

T・モーア著『ユートピア』もそうであるが、文学作品の中で描かれた理想郷とは、たいてい距離的に離れたものか簡単にたどり着けない場所であり、読者は容易く確かめられないからこそ物語として成り立つ。自分の周りにある世界はユートピアではないと読者はよく理解しているので、距離やそこへ行くのが困難だという点はその理想郷の信憑性を高める訳である。そういう場合は作者がそこへ行って来た者の役目を果たし、その距離を埋めるための仲立ちとなる。しかし、賢治はそのパターンに逆らい、これからユートピアになっていくだろうというイーハトーヴを敢えて自分の住んでいるところと重ね合わせる。彼は距離という手段の代わりに、すでに触れたように、その理想を二つの段階に分ける。場所は同じものであるが、その性格が変わるにつれて、ユートピアとなっていく。また、具体的な形というよりも過程としてみる。イーハトーヴは現実の世界をユートピア化する可能性を備えている理想の世界なのである。しかし、「理想」は「完璧」という意味よりも、相対的な意味での理想であり、現実にはないユートピアを実現できるための要素から成り立つ世界という意味合いだと考えられる。そして、それまでの過程は読者とユートピアを隔てるのである。このように、どの問題にも最初から答えを与えてくれるようなユートピアでないという世界を提供してもらう読者も、賢治が提供するユートピアの要素を使いながら自らもユートピアの作り手にもなれるだろう。

その他に賢治は、イーハトーヴは「大小クラウスたちの耕してゐた、野原や、少女アリスガ《ママ》辿つた鏡の国と同じ世界の中、テパーンタール砂漠の遥かな東北、イヴン《ママ》王国の遠い東」だと記すように、他の世界の童話を通じてその世界を体験できることを示唆する。つまり、具体的な場所であると同時に、普遍的な空間でもある。また、賢治が岩手県を眺める視点を変えながら、そこを重層化すると同時に、人間ひとりひとりが「心象」を通してたどりつく世界だとする。「心象」においてこそイーハトーヴは普遍性を得るのである。換言すれば、客観的な要素と主観的な要素を独特の仕組みで組み合わせた世界だといえる。

まとめると、賢治がイーハトーヴに託したユートピア思想とは、ユートピアが成り立っていく過程つまり「進化」、文学的世界つまり彼の場合は「童話」、そしてイーハトーヴを映しうる「心象」、その三つのキーワードをめぐると考えられる。そしてその軸となるのは岩手県という場所なのである。

また、イーハトーヴという空間は現実世界に隣り合うパラレル・ワールドと、作者がそれを報告する媒体にすぎない、つまりその存在の客観性がより強調されるユートピア的世界の性格とを、組み合わせた空間だという点も興味深い。

第二節　ばけもの世界からイーハトーヴへ

ネネムとブドリに話を戻そう。鈴木健司氏はばけもの世界を次のように表現する。

一見、《ばけもの世界》は奇妙奇天烈な因果律によって支配されており、《人間世界》を拒絶しているかに見うけられるが、実のところ《ばけもの世界》は《人間世界》を進化させた理想世界の一側面をもっている。(6)

たとえば、氏はその証拠に「ばけもの世界」における農業の地位が高いことをあげる。一方、氏は「現実の理想化という世界操作は、賢治作品の場合、通常「イーハトーブ」という概念の成立とパラレルな関係にあると見なされている」と述べ、さらに、その両世界の共通点を挙げながら「《ばけもの世界》は半ば「イーハトーヴ」化したその姿をわれわれに示している(7)」と「ばけもの世界」がイーハトーヴを予告するとも思われる存在であるとして論じる。

上記の記述はばけもの世界とイーハトーヴとの間の関係においての、ある問題を浮き彫りにする。鈴木氏によれば、「ばけもの世界」は人間世界に対して「進化させた理想世界の一側面をも」つ一方、「半ば「イーハトーヴ」化した」姿をみせる。イーハトーヴを「現実の理想化」と結びつける引用部分と合わせてみると、「ばけもの世界」は人間世界より理想的な世界であるとするならば、理想世界としてのイーハトーヴはどのような位置に置かれるのか、という疑問が現れる。つまり、イーハトーヴは、その先駆形と考えられるばけもの世界との比較において、理想の側面をもつ「ばけもの世界」をさらに進化させたものなのか、それとも異なる性質をもつ理想の世界として現れたのか、という問題である。

「ばけもの世界」が消えるとほぼ同時に、イーハトーヴが現れたという経緯を考える限り、後から成立したイーハトーヴの方が理想の世界として完成度が高いと思われる。また、鈴木氏の指摘通り、イーハトーヴは賢治の「現実の理想化」に関する思想に密接に関わるのであり、その思想が一つの具体的な形になったものだという見方もできるので、賢治の思想において重要な意義を持ち続けたイーハトーヴの方が理想の世界として完全な姿となったと考えられる。

しかし、実際に「ばけもの世界」と比較してみれば、イーハトーヴにおける理想郷の性質は定めにくいことが分かる。「ペンネンネンネンネン・ネネムの伝記」に内容的に近い「グスコーブドリの伝記」は、「ばけもの世界」と比較する対象にしやすいが、この場合は、単純に暮らしやすさで比べれば理想郷に近いのはむしろ「ばけもの世界」だといえる。「グスコーブドリの伝記」におけるイーハトーヴの世界は当時の岩手県と同じ程厳しいものであるのに対し、「ばけもの世界」での暮らしはより明るく穏やかなものにみえる。同じく出世していく二人の主人公であるが、ネネムよりブドリの方が苦労が多いのも明らかだろう。

また、ここで注意を払うべき点は、イーハトーヴは作品によって実に異なる性質をもつということである。すでに触れたように、賢治が最初に「イーハトーヴ」という言葉を使ったのは一九二三年頃であり、「ペンネンネンネンネン・ネネムの伝記」が書かれたとされる時期の範囲である。また、賢治がイーハトーヴを「ドリームランド」と表現するのは一九二四年、その翌年である。その初期の作品をみれば、同名の「イーハトーヴ」とはいえども、「グスコーブドリの伝記」とは相当異なる姿をみせる空間である。

「ペンネンネンネンネン・ネネムの伝記」と「グスコーブドリの伝記」を隔てるおよそ一〇年の間、イーハトーヴの様相が大きく変化していったのであるが、ことにイーハトーヴにおける人間の役割に変化がみられる。イーハトーヴを位置づける文章が書かれた童話集『注文の多い料理店』においては、人間の存在感が弱く、自然界は比較的に穏やかなものである。その序の中では、賢治は「きれいなすきとほつた風」のような食べ物や「朝の日光」のような飲み物を好むというように、また彼はその童話を「虹や月あかりからもらつてきた」と考えるように、この時期の賢治にとって自然は理想的な世界としてみえていると考えられる。初期作品のイーハトーヴの雰囲気は「グスコーブドリの伝記」にみられる苦しい世界ではなく、全体的な雰囲気ではむしろ「ばけもの世界」に近いといえる。その穏やかな自然界像は、時間が経つにつれて変わっていき、「グスコーブドリの伝記」においては、反対に自然界の過酷な姿をみせ、人間が表に出て主役になるのである。

つまり、以上のことから言えるのは、ユートピアという概念を理想的な現実を描くという行為と結びつけるならば、賢治は「ばけもの世界」からイーハトーヴへと移行する際、文学史におけるユートピア文学の永い伝統にみられるように、調和的な暮らしの世界を描くことを意図するようにみえない。「ばけもの世界」と比べれば、よりユートピア的な性格を得てはいないということになる。そもそもイーハトーヴという世界は、作品によってイーハトーブなどと表記が異なることもあるように、各作品に共通する中身がみられない。

それにもかかわらず、ばけもの世界は「ペンネンネンネンネン・ネネムの伝記」以来姿を消し、イーハトーヴこそが賢治の創作全体の一つのキーワードとなる。「ばけもの世界」に不充分だった何か、それがイーハトーヴに生まれ変わり、賢治の複数の作品においてその形で存在しつづけるのみならず、「よりよい世界の構成材料を提供する」とまで表現される要因となっただろう。賢治が「ばけもの世界」ではなくイーハトーヴにこだわった理由は、おそらくその世界の具体的な形というよりも、「イーハトーヴ」という概念の中身にあったと思われる。具体的な形なら完結した、客観的な一つのものとなるが、賢治はむしろ条件によって異なるものにみえる、固定されていない相対的な外形にしながら、それぞれの現れをつなげる思想に重点をおくといえる。つまり、賢治にとってのイーハトーヴは、理想郷のある特定の形においての実現ではなく、ある理念においての実現なのである。

中山真彦氏は両作品の世界を次のように比較する。

『ネネムの伝記』において、少年の立身が目指すものは、魔術による一種の楽園の実現であった。少年ネネムは、物語の進行につれてますます「ばけもの」的になっていく作品世界の怪奇を化肉して成長し、遂には「超怪」と呼ばれるまでに至り、世間を苦しめていた高利貸の組織を一網打尽にとりおさえたり、火山の噴火を予告し、さらにはその叫び声で地面を揺るがし再度火山を爆発させる。〔ブドリは〕人を救うために「勉強」し「工夫」する。つまりブドリはもはやばけもの的「超怪」を目指すのではなく、科学的学問を志している。こうして『ネネムの伝記』にはなかった二つのものが、『ブドリの伝記』の主題となる。献身と科学である。（中略）献身と科学が少年の成長の方向を示すようになるという作品の意味の変化は、作品の基本構造をも大きく変えた（中略）ついに「超怪」の域に達したネネムが歌いかつはね踊る場面は、ますます幻想の色彩を強める。これに対し『ブドリの伝記』は、ネネムの「超怪」力を、科学と献身という人間の力とその条件に転じて、人間の宿命に関わるドラマを描く。(8)

中山氏による記述から分かるように、「ばけもの世界」からイーハトーヴへの変更は、異なる法則で動く世界への変更という意味のみならず、主人公の出世の仕方、つまりそれぞれ現実の改善を追い求める方法においても変化がみられる。ここで重要なのは、氏がいう「魔術」がなくなり、「グスコーブドリの伝記」において献身と科学が「魔術」の役割を果たすということである。「ペンネンネンネンネン・ネネムの伝記」と比較すれば、現実化してきた「グスコーブドリの伝記」の世界においては、その理想を目指すことはむずかしくなり、命の犠牲さえ必要となる。ネネムと比べればブドリはより多く地味な努力をしなければならない。しかし、献身と科学は「魔術」のように、奇蹟を起こす力として世界を変える可能性を含む。「グスコーブドリの伝記」の世界にも奇蹟が存在するが、人間の努力による奇蹟となるのである。

一方、そのようなネネムとブドリの物語内容の変化を賢治自身の体験から見出す研究者もいる。たとえば、多田幸正氏は両作品を次のように解釈する。

（前略）この二つの「伝記」の背後に、作者賢治の体験に即した、時間的な連続性を読み取ることが出来る。（中略）つまり、化け物世界の出世・慢心と自己処罰を描いた「ネネムの伝記」の背後にあるのは、大正十年を中心としたいわゆる東京体験であり、農民への献身と自己犠牲的な死を描いた「グスコーブドリの伝記」に投影されているのは、羅須地人協会活動を中心とした農民体験である。（中略）発展的、肯定的につながるのではなく、否定的連続性、つまり前者のネネム的な生き方（利己）を、後者のブドリ的な生き方（利他）が批判・否定するところに成立する、作者賢治の内的体験（内的事件）の投影としての連続性だといえる。(9)

その両作品を確かに賢治の体験を通してもみることができる。人生の経験が増えると同時に彼の考え方も変わっていった。しかし「利己」から「利他」へ、という具体的な過程を確認する前に、「ばけもの世界」から手を引くという決断は、まさに自分の体験と作品との関連性を主張する宣言だったとみることができる。というのは、賢治の東京体験から羅須地人協会活動へ踏み込むという伝記的事実と合わせてみると、空想の「ばけもの世界」から「実在した」イーハトーヴへと動く賢治は、その決断の意味を、イーハトーヴを舞台にする複数の作品においてさまざまな形で表現している、ということが分かるからである。前述したように、イーハトーヴ自体はすでにある種の理想郷であるという考えもあれば、これからユートピアを築く場所でもある。つまり、イーハトーヴへ移行することは、理想郷を「ここで」実現するために受動的「思索」から能動的「実

賢治が自分のユートピア創りの活動の拠点をおいた羅須地人協会の建物……

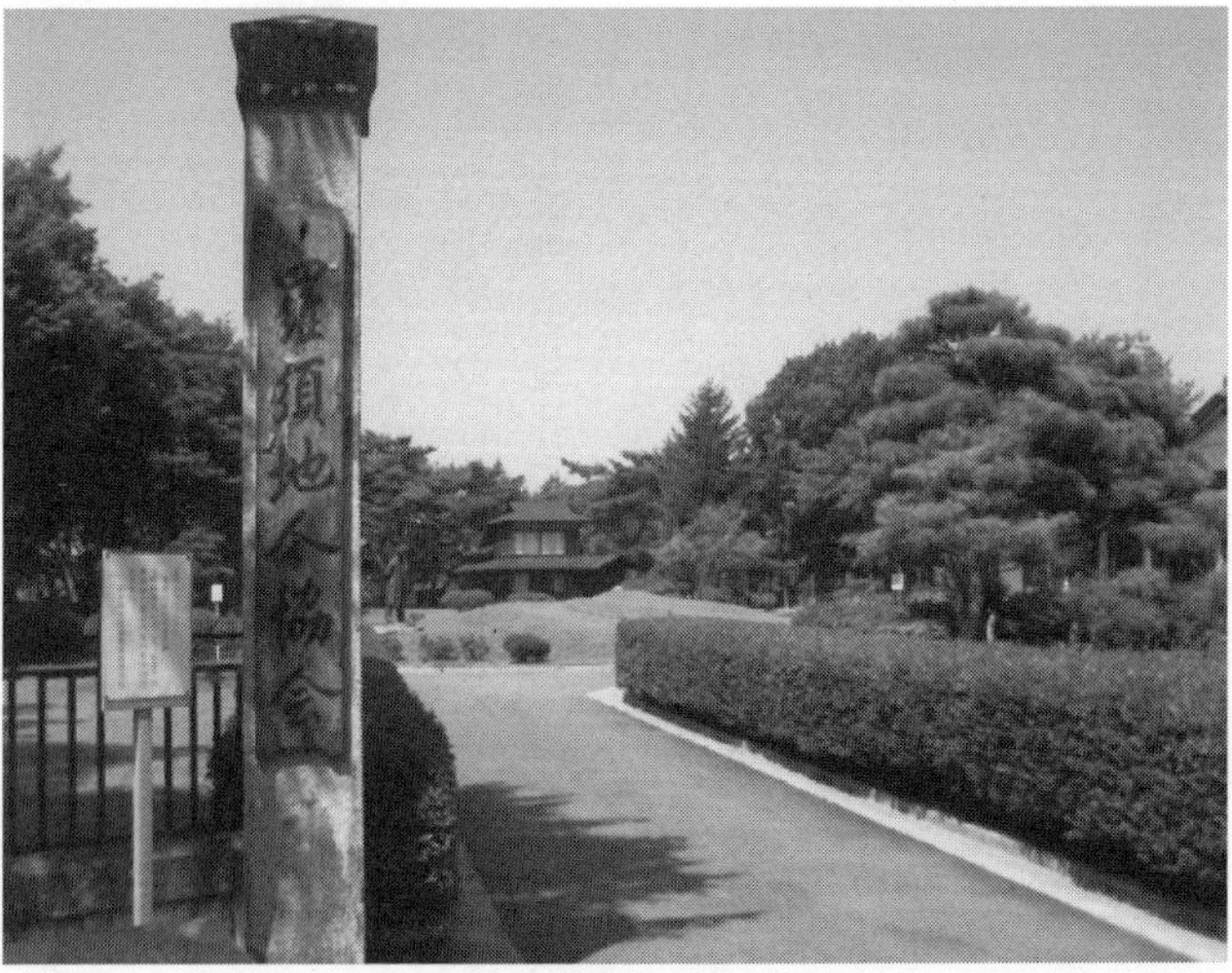

……現在、岩手県立花巻農業高等学校の敷地内にある。

践」へ移るということを意味する。その受動性と能動性の延長線としては、魔術と科学及び利己と利他、といった概念も位置づけられる。前章でみたように、ネネムの態度を「利己」といえるかどうかは考える余地が残されているが、少なくともブドリとの比較において「利他」ではない。魔術の代わりになった科学は人間自身の能力を活かすという意味で、能動的であり、また「利他」という事柄において実践と繋がっている。さらに、賢治にとって、イーハトーヴのことを伝達する、つまり童話を書きとめることは、羅須地人協会活動と同様に、現実の理想化のための手段の一つであろう。

作品の舞台を「実在した」イーハトーヴへ移し、理想郷を「ここで」実現する賢治は、その二つの事柄を自分の故郷を軸に考えた。つまり、「岩手県」こそ賢治の実体験とイーハトーヴを結びつける要素となるのである。そして、「ばけもの世界」を離れた主な要因でもある。「ばけもの世界」の経験を経た賢治は、イーハトーヴを成立させる際、そこでの出来事は、岩手県の存在を通じて自分の体験と、「イーハトーヴ童話」を通じて全人類と、両方に繋がっているものとして考える。それは、「魔術」から、徐々に「人間の力」へと向かうということも意味する。その点は、おそらく概念としてとらえたイーハトーヴの基盤となり、「ばけもの世界」とイーハトーヴが理想の世界として根本を異にしたものである。また、「ばけもの世界」からイーハトーヴへの移行を促した考え方は、最終的に「グスコーブドリの伝記」において、その人間の役割は究極の形に達する。

黒井千次氏は「ペンネンネンネンネン・ネネムの伝記」と「グスコーブドリの伝記」の両作品を次のように解釈する。

> 奔放な想像力によって思いきりふくらみあがってしまった「ばけものの国」の世界を、「イーハトーヴ」の領域に追い込み、限定し、おさえつけてしまう、その作業が「グスコーブドリの伝記」の創造過程に他ならなかったのだろうとぼ

くは考える。いわば、非現実から現実へ（もちろん相対的な意味においてであるが）というこのベクトルが、「イーハトーヴ」の世界に独特のリアリティを与えていると思われる(10)。

黒井氏の指摘通り、確かに、そのイーハトーヴへの移行は自由自在の「ばけもの世界」を「おさえつけてしまう」処置に思われるが、それは「岩手県」であるという事柄を考えれば、その移行の結果としては、さまざまな面での現実の世界とのつながりができあがり、非現実の空間としてのイーハトーヴの意味がむしろ広がるともいえる。イーハトーヴへの変更は、黒井氏が述べるように童話の世界に「独特のリアリティを与えている」のであるが、それは作品の舞台の変更についていえることのみならず、賢治は現実の理想化を主張する故に、理念のレベルにおいてもより現実的内容となったとみることができる。その意味では、イーハトーヴの方が「よりよい世界の材料」にふさわしいと思われる。

そして、岩手県としてのイーハトーヴである限り、人間の世界から離れることができない。これも、賢治にとって重要な点だったと考えられる。鈴木氏がイーハトーヴを「《鬼神》のいない《空間構造》」と述べるが、イーハトーヴは「人間のいる空間」であるということは、ユートピア思想という観点から考慮すれば、特に重要な意味をもつと考えられる。賢治が「グスコーブドリの伝記」で強調しているように、「よりよい世界」を実現できるのは現実の性格をもつ人間の世界のみなのである。賢治自身が、「世界全体が幸福にならないうちは個人の幸福はあり得ない」と述べるように、人間のひとりひとりの幸福こそ、彼が目指していた終着点となっていたからである。

賢治は、「ばけもの世界」という経験をへて、人間の世界でもあり、自分の思想を実践できる場でもある岩手県を基盤にイーハトーヴという空間を考え、それこそ「よりよい世界の材料」だという結論に至ったのではなかろうか。

第三節　「グスコーブドリの伝記」におけるユートピア思想

「グスコーブドリの伝記」は、伝記的な事実との関連がみられ、人間の役割が強調されたものであるとすでに触れた。一人の少年ブドリの一生を描いた物語である。

作品の内容は次の通りである。主人公のブドリは、木樵りの息子として生まれる。森の中で妹ネリと一緒に幸せな幼年時代を過ごしているが、ある年イーハトーヴを寒波が襲い、ブドリの家族が飢饉に遭う。ブドリはまず両親を失い、次に悪人に妹を連れていかれる。その後、養蚕業者がブドリの家を含めてその森を購入する。ブドリはやむをえずその工場に勤めるが、工場がだんだん発展しているところに、イーハトーヴの火山が噴火し、蚕の幼虫が火山の灰で全滅してしまう。次の数年間をブドリは農村で過ごす。さまざまな不運が重なり、一緒に暮らしていた農家の生活が苦しくなっていくので、ブドリは町へ旅立つ。そこで農業技術を専門とするクーボー先生と出会ってその下で学んだ後、新しくできた火山局に誘われ、ペンネン技師の指導で勉強しながら、イーハトーヴの火山の活動を抑えたり、肥料の散布をしたりして、農業の収益を増やすことに努めた。五年後、ブドリの幼年時代と同様の寒波に襲われることが予知される。寒波を防ぐ唯一の方法は、カルボナード島にある火山を噴火させて地球全体の温度を高めることである。しかし、そうする場合、噴火させる執行者の一人は撤退できず、死に臨まなければならない。ブドリが自らの希望で犠牲となり、イーハトーヴを寒波から救う。

「ばけもの世界」からイーハトーヴへと移行した意味の一つは、イーハトーヴは人間世界として創られたことにあるとみてきた。「ペンネンネンネンネン・ネネムの伝記」のあらすじとの類似点が多い「グスコーブドリの伝記」はその移行の過程が観察しやすいということである。さらに「グスコーブドリの伝記」において、賢治は「イーハトーヴの人間」の見本をみせながら、人間の役割を真正面から取りあげるという点でも興味深い作品例である。この作品は、ブドリという一人の人間を中心に展開していくことが明らかである。題名及び作品の時間の枠組みも、ブドリの寿命によって設定される。また、この童話において、ブドリはネネムのように他人を裁くような役割を果たすことなく、彼が対決するのは自然の厳しさである。ブドリが農民に攻撃される場面と妹ネリが連れ去られる場面を除けば、この童話においてイーハトーヴで起こるすべての惨事は、自然現象に由来する。一方、ブドリの命の犠牲も含めて、すべての成功は自然現象を改善する努力と関わっている。作者はここで、人間が不完全な自然の欠陥を直すべきだというテーゼを立て、一貫してその考えに基づいて話を進めているのである。そのために彼は、人間が地球の気候に介入すべきだという先鋭的な主張まである。

過激だと受けとめられるもう一点は、主人公の自己犠牲の結末である。それはこの作品で描かれたブドリの人生からして一貫性をもった帰結であり、徹底した「利他」の主張かもしれないが、違和感が残る。ブドリは自ら死を選び、それにより人々を次の寒波から守るという意味で肯定的な結末であるが、少年の主人公が積極的に死の方へ進んでいくという童話の終わり方は、それほどみられないものであろう。

久慈力氏が指摘するように、「グスコーブドリ」の内容は、他の賢治の作品でみられるような「人間と自然との交感の世界とは明らかに異質である」[11]。また、その直接の先駆形である「グスコンブドリの伝記」と比較すると、賢治の考え方がより過激に変化していることが分かる。以下は、その中の、ブドリがその犠牲をはらうための許可を願う箇所である。まず、先駆形においてのものである。

ブドリが云ひました。

「私にそれをやらせてください。私はきっとやります。そして私はその大循環の風になるのです。あの青ぞらのごみになるのです。(12)」

最終形の場合はこのセリフは次のようになる。

「先生《せんせい》、私《わたくし》にそれをやらしてください。どうか先生《せんせい》からペンネン先生《せんせい》へお許《ゆる》しの出《で》るやうお詞《ことば》を下《くだ》さい。」

「それはいけない。きみはまだ若《わか》いし、いまのきみの仕事《しごと》に代《かは》れるものはさうはいない。」

「私《わたくし》のやうなものは、これから沢山《たくさん》できます。私《わたくし》よりもつともつと何《なん》でもできる人《ひと》が、私《わたくし》よりもつと立派《りっぱ》にもつと美《うつく》しく、仕事《しごと》をしたり笑《わら》つたりして行《い》くのですから。(13)」

以上の二つの引用でみられるように、その場面におけるブドリの言葉は、相当に異なる印象を与える。先駆形においては、ブドリがイーハトーヴの住民たちを救うために死を遂げた後、「青ぞらのごみ」として、自然、あるいはより広くとらえれば、宇宙の一部となる。つまり、自然界と闘い、努力して偉大なる自然のメカニズムをいじるブドリであるが、最終的に自然に「還元される」。それどころか、最終的にその自然に吸い込まれ、その中の「ごみ」にすぎない存在となる。しかし、主人公の、そのセリフは、自然界への「負け」を認めるというより、当然の成り行きとして受けとめるようにみえるという点も印象深い。

それに対して、最終形の方は、ブドリのセリフの意味は変わってくる。ブドリが語る「人間」は今自分がなる「青ぞらのごみ」から将来現れる「何でもできる」存在へと、重点が移動する。今から将来へ、自然に吸い込まれる存在から「何でもできる」存在へ、二つのレベルでの変更であるということに注目をしたい。今までみてきたように、自分のユートピア思想を徐々に人間に託していった賢治であるが、舞台を「ばけもの世界」からイーハトーヴへ移行するときのみならず、このように作品の推敲においても、その考えが明確になっていくプロセスを見届けられるのである。

ここでつけ加えるべきことであるが、賢治がそのプロセスを表現しているのは、ブドリの物語に限らない。たとえば、少し異なる形となるが、童話「ポラーノの広場」及びその先駆形の中でも、同様の内容を読み取ることができる。ポラーノの広場というのは、昔話に出てくる伝説の広場である。そこへ行けるのは、つめくさに記された番号、つまり「自然」のメッセージが読み取れる人間のみである。主人公のファゼーロとその仲間は、語り手のキュースト を連れてポラーノの広場を探した結果、そこに行き着く。しかし、そこは伝説の広場に外見的にしか似ておらず、人間が作った酒盛り会場なので、彼らには「卑怯」なものにみえる。実際には物語が結末に向かうにつれて（また、推敲が先駆形から最終形に進むほど）、賢治が自然界に頼らずに、人間の手に将来のことを任せる。作者はポラーノの広場にたどり着いた物語の主人公に次のように語らせる。

「さうだぼくらはみんなで一生けん命ポラーノの広場をさがしたんだ。けれどもやっとのことでそれをさがすとそれは選挙につかふ酒盛りだった。（…）けれどもむかしのほんたうのポラーノの広場はまだどこかにあるやうな気がしてぼくは仕方ない。」

「だからぼくらはぼくらの手でこれからそれを拵えやうでないか。」(14)

「ポラーノの広場」の例を挙げたのには、もう一つの理由がある。「ポラーノの広場」と合わせて考えれば、先ほど引用した「グスコーブドリの伝記」の最終形におけるブドリの言葉から、もう一点の重要な内容がより明白にみえてくる。それは、ブドリは「イーハトーヴの人間」のお手本であっても、ただ一人の英雄なり偉人なりではない。理想郷は共同体の中で実現するものなのである。久慈氏がいうように、賢治の理想は「小さな共同社会」[15]であった。「ポラーノの広場」を「ぼくらはぼくらの手で」作ると同様に、ブドリも「これから沢山」現れる立派な人間の中の一人にすぎない。しかし、ブドリのお手本は、まさに「今」と「これから」をつなぐという点で、欠かせない存在である。そのように考えると、ブドリの死は少し異なってみえる。それは特別な死というよりも、ブドリ個人の死というよりも、大勢の人間がやる仕事の中の一つであろう。ブドリの死の必然性は多く論じられてきたが、賢治はそういう結末をむりやり設定したとし、それは物語の内容に一貫性をもった結末として科学の力を超えた人間性の勝利という解釈をとるならば、それはおそらくブドリの人間性より、人類そのものの勝利という意味合いの方が強いと考えられる。

ブドリの自己犠牲の死は宗教的な意味で解釈されることもしばしばある。大塚常樹氏は「他者のために命を捨てる行為、すなわち命を賭けた利他行は、理想社会実現のための手段であるが、それは同時に、修羅や人間よりも上位の生き方、つまり菩薩や如来につながる行為でもある」とし、「賢治は科学と宗教の一致によって理想的な共同体を創出しようとしたことは（中略）明白である」[16]と述べる。また、M・フロム氏も「「グスコーブドリの伝記」を通してはっきり分かるのは、賢治が、科学を、人間の（物質面での）幸福をもたらす道具とみなしていたことである。科学は真の力、善をなす力ではあるが、人々に幸福をあたえんとする志をもってつかわれるときにのみ、そうした力をもつ――そう賢治はほのめかしている。（中略）賢治のドリームランドとしての岩手では、科学は、しごく当然のように、志ある活動と結び合わされている」[17]と示すように、科学と自己犠牲がこの作品において強く絡み合う問題である。

それらの記述が直ちに思い起こさせるのは、大塚氏やフロム氏等の研究者も触れる「銀河鉄道の夜」においてブルカニロ博士が信仰は科学と同様になると宣言するという場面である。「グスコーブドリの伝記」の場合、そのような内容が直接に述べられていないが、ブドリの死を宗教心に由来する行為とみなすならば、「利他」の精神において宗教と科学とが融合するというメッセージは、この物語の全体の主題にみえる。「銀河鉄道の夜」と少し異なる観点となるが、賢治はそのことをあるいは「銀河鉄道の夜」以上に明確に表現しているようにさえみえる。つまり、「銀河鉄道の夜」のブルカニロ博士の発言を考えれば、「グスコーブドリの伝記」における、科学者としての活動と宗教人間としての死を区別すべきでないかもしれない。この童話において、その二つの側面が完全に融け合っているとも考えられる。賢治は地味な仕事も自己犠牲の死も、宗教行為としてとらえていたのではなかろうか。

おわりに

本章ではイーハトーヴに焦点を当てながら賢治のユートピア思想について考えたが、ことに「ばけもの世界」との比較において、この概念の意味は賢治にとって一般的に考える「ユートピア」とは異なる点が多いことが分かる。賢治がいう「畸形に捏ねあげられた煤色のユートピア」はその「ユートピア」に関する伝統的な考え方を指すと思われる。それに対して賢治の「ユートピア」はこれから目指す理想的世界と同時に、その理想的世界の可能性を含む、「心象」の中で実在する現実という二つの意味をもっているとみてきた。現実の世界、進化中の世界や未来の世界が一つの概念の範囲に収まるのは、賢治のユートピア思想への柔軟的なスタンスを語る一方、賢治は「ユートピア」の概念そのものを相対的に考えていたということを意味する。

岩手県の別の現れであるイーハトーヴは賢治のユートピア思想の終結であるが、そのイーハトーヴの重要な要素の一つだと思われる「自然」は初期段階のイーハトーヴにおいて人間の糧となるが、「グスコーブドリの伝記」ができあがる時期には、その意味合いが相当に異なる。赤坂憲雄氏は「賢治は人間ともりや獣や自然との調和的な共生関係を描いた作家ではない。人間と自然とが共生するありかたをだれよりも深く夢想しながら、そのゆえにこそ、賢治はむしろ、その絶対矛盾を孕んだ関係のあやうい均衡と破綻を、くりかえし語らざるをえなかった。（中略）人間と自然が共生・融合する姿など、所詮はかなわぬ夢だ[18]」と賢治の創作を解釈するが、「ばけもの世界」との比較においても「グスコーブドリの伝記」の中でみるイーハトーヴの自然はむしろ厳しいものとなるので、イーハトーヴを絶対的なユートピアとして考えることができない。しかし、「グスコーブドリの伝記」の中でみる人間の役割の極端な美徳化が、賢治のユートピア思想が進化していっている結果としてみることができ、彼がいう「よりよい世界の材料」というユートピアの可能性を多く含むといえる。つまり、賢治はその出発点において、人間は、理想的な学問や文明の成果よりも、原始的な本能の求めるものを認識し、実現することによってユートピア（本当の幸福）に達することができると考えたが、徐々にそのユートピアを人間は自分の力で作らなければならないと、彼は自分のユートピア思想の内実を変えてきたと考えられる。赤坂氏が述べるように、人間は自然との一体感を得られないと実感した結果、岩手県のもう一つの姿であるイーハトーヴは、比較的に穏やかな場所からむしろ過酷な場所へと変身しながら、フロム氏がいう「志」のある「イーハトーヴ人間」が育っていくユートピアとして築かれたのであった。そして「志」は、知識と宗教心の連携であろう。このように考慮すれば、「グスコーブドリの伝記」は、おそらく賢治のユートピア思想を最も明確に表現した作品の一つだと考えられる。そのような「イーハトーヴ人間」は最終的に現実まで変えられる、と彼は考えたであろう。

吉田文憲氏は「イーハトーヴとはむしろ徹底して逆ユートピアの場所であ[19]」ると述べるが、それは絶対的な意味でのユートピアという意味であろう。相対的な意味では独特な内容のあるユートピア思想だと結論づけられる。

注

（1）「ペンネンブドリの肖像――未然の父性をめぐる一考察」宮沢賢治　第八号、洋々社、一九八八年一一月
（2）「「ペンネンネンネンネン・ネネムの伝記」試論――鬼神の棲む空間」日本文学、第四一巻二号、一九九二年二月
（3）同上
（4）前掲『新宮沢賢治語彙事典』、pp.59-60
（5）前掲『新校本宮澤賢治全集』第一二巻、校異篇、pp.10-11
（6）『宮沢賢治という現象――読みと受容の試論』蒼丘書林、二〇〇二年五月、p.239
（7）同上、pp.239-240
（8）前掲「『グスコー（ン）ブドリの伝記』を読む」
（9）前掲「「ペンネンネンネンネン・ネネムの伝記」と「グスコーブドリの伝記」――慢心から献身へ」、p.213
（10）「ブドリとネネム」ユリイカ、第九巻第一〇号、一九七七年九月
（11）『宮沢賢治――世紀末を超える預言者』新泉社、一九八九年二月、p.237
（12）『新校本宮澤賢治全集』第一一巻、本文篇、筑摩書房、一九九六年一月、p.67
（13）前掲『新校本宮澤賢治全集』第一二巻、本文篇、p.229
（14）前掲『新校本宮澤賢治全集』第一一巻、本文篇、p.118
（15）『宮沢賢治――世紀末を超える預言者』、p.241
（16）「『グスコーブドリの伝記』」国文学　解釈と鑑賞、第六一巻一一号、一九九六年一一月

(17)『宮沢賢治の理想』川端康雄訳、晶文社、一九九六年六月、pp.267-268
(18)『『注文の多い料理店』考』赤坂憲雄・吉田文憲編、五柳書院、一九九五年四月、p.16, 31
(19)同上、p.264

第三章　「ためらい」の面白さ――「チュウリップの幻術」

空間とは、物事の単なる背景ではなく、それそのものが自律的な構造をもっているのです。

A・アインシュタイン『アインシュタインの150の言葉』

はじめに

「チュウリップの幻術」は生前未発表の作品で、書かれたのは一九二三（大正一二）年頃と推測される。『新校本宮澤賢治全集』によれば、(1)「若い研師」の第二章と「研師と園丁」という二つの先駆形がある。原稿とは異なって、表紙には「チュウリップの幻燈」という題が書かれている。

洋傘直し兼研ぎ師はある農園を訪れるが、頼まれた仕事を終えた後、彼の相手をしていた園丁の剃刀も研ぐ。その剃刀の分の給料を受け取りたくないという洋傘直しに、園丁が感謝の気持ちをあらわすと言って花の園をみせる。チューリップの多種多様を自慢する園丁は、白いチューリップを「あれは此処では一番大切なのです」と特別な扱いをする。花を眺めているうちに、それが徐々に幻想的な風景にみえてきて、「どうせチュウリップ酒の中の風景です」と園丁が説明する。不思議な風景をしばらく見つめてから「チュウリップの幻術にかかってゐるうちに」ずいぶん時間がたってしまったと気づいた洋傘直しは「よろよろ歩」きながら入口へ向かうと、「なんだか顔が青ざめ」た園丁は彼を見送ってから園の奥へ入り、ついに二人が別れる、という内容である。

「チュウリップの幻術」に関する先行研究は少なく、他の作品との関連、つまり作品の系統を考えるもの、またこの作品にみられるモチーフの意味を考えるもの、という二つの観点から論じられてきた。ただし、モチーフを考える研究者も、それを賢治の他の作品との比較において行い、この作品のみを扱う作品論は見当たらない。

本章では「若い研師」と「研師と園丁」にも触れるが、「チュウリップの幻術」を一つの完結した作品としてみて、その世界の構造に注目したい。つまり、この作品の世界におけるそれぞれの要素の間にある関連やそれぞれが互いに与える影響をたどることによって、この作品でみられる要素が、一つの虚構の空間であるこの作品の世界を、どのように形成していくか、という新しい観点から考察したい。

たとえば、題名のチューリップの花であるが、先行研究では、象徴的な意味でとらえられる。このような研究の中では、大塚常樹氏が数編の作品を比較しながら賢治における花のモチーフを考える研究がある。賢治の作品における白い花の特別な意味を示したうえで、「つまり「光の酒」とは、何でも溶かして融合させてしまう聖なるエネルギーである《光》、すなわち如来の知恵（正法）の比喩なのである。このような「光の酒」を湧き出させる「チュウリップ」が《白》に限定されているところに、《白蓮華》をシンボルする『法華経』の暗示が見出せよう(2)」と解釈する。

また、秋枝美保氏は果樹園のモチーフを検討しながらこの作品にも触れる。「花園、果樹園という甘美な世界にいる「頬うつくしいひとびとと」は、やはり女性を思わせるものであり、なにかせつない感情がただよう(3)」というふうに、そうしたモチーフを「恋」や賢治自身の内面的な葛藤と関連させる。

同じく秋枝美保氏は同一の成立時期の数編の作品を比較しながら、やはり白い花の意味や闘争のモチーフを検討する。氏は、短歌から発想を受け継いだ「ガドルフの百合」をこの作品群の先駆的な作品とする。(4)

これらの研究に対して本章では、この作品のイメージ的な面白さから離れて、園での出来事をある種のドラマとして考えたい。「詩」と「童話」の「心象スケッチ」を比較しながら、この作品における世界の構造に注目する。そこでチューリップを象徴的な意味ではなく、出来事のクライマックスでありながら、序章で説明したように、本書の全体テーマである「二重性」をもつ世界をつなぐ「小道具」としてみることができよう。また、その世界にみいだすことができる要素の間の関係を考えた上で、この作品の「裏」をさぐる。さらに、「チューリップの幻術」の幻想文学としての分析を進みながら、相対的な観点から人間と自然の関係や現実そのものを見つめなおし、この作品の新しい読み方を提案する。

第一節　「心象スケッチ」の「童話」

宮沢賢治にとって「童話」とはどのようなものであったのか。「童話」に関する、賢治の考え方を最も明白に表現した文章は生前出版された賢治の唯一の童話集『注文の多い料理店』(5)における「序」、またその広告文である。「序」の中には、賢治が自分の「童話」を「みんな林や野はらや鉄道線路やらで、虹や月あかりからもらつてきた」と記し、その創作過程について「ほんたうにもう、どうしてもこんなことがあるやうでしかたないといふことを、わたくしはそのとほりかいた」と言う。そして、最後に、「わたくしは、これらのちひさなものがたりの幾きれかが、おしまひ、あなたのすきとほつたほんたうのたべものになることを、どんなにねがふかわか(6)」らない、と読者へのメッセージを込める。また、広告文の中には、賢治が作品の舞台となるイーハトーヴを「実にこれは著者の心象中に、この様な状景をもつて実在したドリームランドとしての日本岩手県である。そこでは、あらゆる事が可能である」と述べ、それに「この童話集の一列は実に作者の心象スケッチの一部である。それは少年少女期の終りころから、アドレッセンス中葉に対する一つの文学としての形式をとつてゐる」とする。最後に、その「童話」の特色として次の四つの項目を挙げる。

一 これは正しいもの、種子を有し、その美しい発芽を待つものである。而も決して既成の疲れた宗教や、道徳の残澤《ママ》（「滓」の誤植）を色あせた仮面によつて純真な心意の所有者たちに欺き与へんとするものではない。

二 これらは新しい、よりよい世界の構成材料を提供しやう《ママ》とはする。けれどもそれは全く、作者に未知な絶えざる警《ママ》（「驚」の誤植）異に値する世界自身の発展であつて決して畸形に涅《ママ》（「捏」の誤植）ねあげられた煤色のユートピアではない。

三 これらは決して偽でも仮空でも窃盗でもない。

多少の再度の内省と分折《ママ》（「析」の誤植）とはあつても、たしかにこの通りその時心象の中に現れたものである。故にそれは、どんなに馬鹿げてゐても、難解でも必ず心の深部に於て万人の共通である。卑怯な成人たちに畢竟不可解な丈である。

四 これは田園の新鮮な産物である。われらは田園の風と光との中からつやゝかな果実や、青い蔬菜を《ママ》（「と」の誤植か）一緒にこれらの心象スケッチを世間に提供するものである。[7]

「心象スケッチ」は賢治の「詩」と関連づけて論じられる方が多くみられるが、賢治は明らかに自分の「詩」のみならず「童話」まで「心象スケッチ」であるというふうに認識する。

では、なぜ「詩」形式の「心象スケッチ」と「童話」形式の「心象スケッチ」の両方が賢治にとって必要であったのか。その二つをいかにして使い分けたのか。

たとえば、春の自然を題材にした「チュウリップの幻術」での表現と、同じ時期に成立し、やはり春をテーマにした「春と修羅」と「小岩井農場」という賢治の代表的な「詩」形式の「心象スケッチ」の表現とを比較してみると、「チュウリップ＝杯」という発想は「童話」に限らず、「小岩井農場」には「あすこなら空気もひどく明瞭で／樹でも艸でもみんな幻燈だ／もちろんおきなぐさも咲いてゐるし／野はらは黒ぶだう酒のコップもならべて／わたくしを款待するだらう」という表現がみられ、「黒ぶだう酒のコップ」は「チュウリップの幻術」と同様に花を指すと思われる。

また、「そして日が照ってゐるために荷物の上にかざされた赤白だんだらの小さな洋傘は有平糖でできてるやうに思はれます」「よっぽど西にその太陽が傾いて、今入ったばかりの雲の間からたくさんの白い光の棒を投げそれは向ふの山脈のあちこちに落ちてさびしい群青の泣き笑いをします」「それから今度は風が吹きたちまち太陽は雲を外れチュウリップの畑にも不意に明るく陽がさしました」「太陽は少しの午睡のあとのやうにどこか青くぼんやりかすんではゐますがたしかにかゞやく五月のひるすぎを拵えました」などのように太陽の陽射しを描写する表現が多い「チュウリップの幻術」であるが、「詩」においても「(正午の管楽よりもしげく／琥珀のかけらがそそぐとき)」(以上「春と修羅」)「雲に濾された日光のために／いよいよあかく灼けてゐる」「口笛をふけ　陽の錯綜／たよりもない光波のふるひ／すきとほるものが一列わたくしのあとからくる」「たのしい太陽系の春だ」(以上「小岩井農場」) など太陽に関連する表現が多くみられる。

さらに、「チュウリップの幻術」において「雲はひかって立派な玉髄の置物です。四方の空を繞ります」「高い処で風がどんどん吹きはじめ雲はだんだん融けて行っていつかすっかり明るくな〔った〕」「かすかにかすかにゆらいでゐます」など、雲や風に関する表現も多い。一方、太陽や雲の明るさや風の軽やかさに対して「しめった五月の黒つちにチュウリップは無雑作に並べて植えられ〔た〕」などのように、春の自然が暗く、湿ったように描写される表現がみられる。それと同様に、「詩」においても「砕ける雲の眼路をかぎり／れいろうの天の海には／聖玻璃の風が行き交ひ」「雲はちぎれてそらをとぶ／ああかがやきの四月の底を」「雲の火ばなは降りそそぐ」（以上「春と修羅」）「山ではふしぎに風がふいてゐる／嫩葉がさまざまにひるがえる」「ぐらぐらゆれる風信号を／わたくしはもう見出さない」「雲はけふも白金と白金黒／そのまばゆい明暗のなかで」（以上「小岩井農場」）など、雲や風に関する表現が豊富で、「黒い木の群落が延び／その枝はかなしくしげり」「ZYPRESSEN いよいよ黒く」（以上「春と修羅」）「みちはまつ黒の腐植土で／雨《あま》あがりだし弾力もある」「けれどもこれは樹や枝のかげでなくて／しめつた黒い腐植質と／石竹いろの花のかけら／さくらの並木になつたのだ」（以上「小岩井農場」）など、春の自然のイメージがやはり黒く湿ったものであることが分かる。(8)

それらの引用を比較してみると、完全に一致する表現はみられない。しかし、イメージ的にも、内容的にも相当類似すると言えるであろう。ここで例として挙げたものに限らず、類似するモチーフはより多くみられる。上記の例に限って言えば、「童話」においても「詩」においても賢治が春の自然を描写する際には、太陽、雲や風のモチーフをよく使用する、とまずは窺える。ことさらに太陽は光の「特殊効果」をもたらす要素として賢治にとって非常に重要であるように思われる。「詩」と「童話」の材料は同様の自然現象であり、形式が変化しても、言葉使い自体はそれほど変わらないと思われる。賢治の場合には、たとえば「童話」にはより簡単な語彙を使うなど、「詩」の表現と「童話」の表現を使い分けていたとは思えない。では、「詩」と「散文」という違いを別として、それぞれの形式によって作品世界がどう変わるのだろうか。

「心象スケッチ」としての「童話」は賢治の独特な手法であるとする中地文氏は「心象スケッチ」を「「機会のある度毎に、いろいろな条件の下で」自己の心に映る世界のさまざまな様相を写し取るというもの、いわば唯心的世界認識の諸相の記録である」と定義づけたうえで、「詩」形式の「心象スケッチ」の役割を「第一に様々な条件下における自己の世界認識の諸相をサンプルとして写し取るという実験性であり、第二にその時々における自己の認識を記録するという記録性であった」とする。一方「童話」形式の「心象スケッチ」について「賢治の唯心的世界認識の諸相がそのまま記録されているのではなく、それらの認識に基づいて造型・構築された一つの世界像が描出されている。（中略）賢治の世界認識の諸相を素材として一つの世界像を造型し描出するもの(9)」であると述べる。

中地氏の主張は妥当だと考えられる。確かに、「詩」と比較すれば、「童話」の内容の方が一つの世界を成していると思われる。というのは、「詩」の場合、賢治は「自己の心に映る世界の様々な様相を写し取る」というように「認識の諸相の記録」のみ行うとしても「賢治」という実物の存在が常に読者の意識の中にあり、現実とのつながりが切れないからである。つまり、「詩」を読む読者にとってはその内容は詩人賢治がその中心にあるイメージであり、彼の独特な感覚で吸収し、表現する現実なのである。賢治が「詩」に付けた日付は彼の実際の行動とは一致しているかどうかはともかく、その日付を書くことにより、表現される世界は、賢治の周りにある現実世界であるという印象はさらに強まる。

一方、「童話」にも語り手が登場するものもあるが、それは「イギリス海岸」のように賢治自身の生活を題材にする内容であると思えるものもあれば、「ポラーノの広場」のように、語り手は賢治とは相当離れたイメージの人物として設定されたものもある。語り手が登場するかどうか、またそのありかたによって、それぞれの「童話」の読み方が異なってくるだろうが、語り手が賢治と類似点のある人物にしても「童話」という形式によってそれを賢治と同一視するのは不可能である。「童話」の場合は語り手が中心にではなく、どちらかといえば横からその世界を眺めているからである。詩人賢治という現実とのつながりがなくなることによって、そのような「童話」は独自の法則をもつ世界として独立するといえるであろう。「詩」は賢治の意識を投影した現実であるが、「童話」は「あらゆる事が可能」な、賢治自身を超えて存在する世界なのである。それは読者の立場からみれば、空想の世界である。賢治は自分の「童話」は「実在した」ものとするが、「詩」の「現実」に対して、彼がみた風景は「童話」の形式で表現されることによって虚構化される、ということである。「賢治の唯心的世界認識の諸相がそのまま記録されているのではなく、それらの認識に基づいて造型・構築された一つの世界像」という、中地文氏が考えた「童話」の性質を具体的な手法に訳すと、「虚構」という意味になると考えられる。

「心象スケッチ」の「童話」と「詩」の比較において、「相対性」の問題はどうみるべきか。「虚構」が特徴である「童話」は、「現実」の記録である「詩」よりも、「相対性」を見出しやすい。当然であるが、「虚構」がもう一つ世界となる、つまり「現実」そのものを相対的にみるからである。また、主観性を前提とする詩人の存在もないのである。

また、この節にて紹介した賢治の「童話論」をみる限り、それは「作者に未知な絶えざる驚異に値する世界自身の発展であ」り、「決して偽でも架空でも窃盗でもな」く、「深部に於て万人の共通である」というように、賢治自身の作為を否定し、「童話」そのものの客観性や普遍性を強調する記述が複数みられる。また、賢治は「これは田園の新鮮な産物である」とまで記し、「童話」が岩手県という土地から自然に成ることを示唆する。つまり、これらの物語の根源は人間の能力を超えるところにある。

さらに、後にみていくように、作品内の世界も、「詩」の場合は詩人の視点を中心に展開していくのに対し、「童話」の場合はその視点がより柔軟性をもつことで、「チューリップの幻術」という作品の場合は、類似する内容の「詩」の作品と比べれば、別の読み方が可能になり、現実を相対的にみるという感覚がより強まるのである。

第二節　「幻想文学」としての「童話」

「造型・構築された一つの世界像」という領域において、「相対性」と並んで「虚構」と密接に関わるのは「幻想」という概念である。「幻想文学」を徹底的に考える一人である文学批評家のツヴェタン・トドロフ氏も「虚構」を「詩」と「幻想文学」を峻別する基本的な要素の一つとする。

賢治の童話はしばしば「幻想」という概念で評価される。序章において「幻想文学」の意味を紹介したが、簡単にいえば幻想とは「実際にありそうもないことを、あれこれと想像すること。とりとめもないことを頭に思い浮かべること。妄想。空想」[10]である。したがって「幻想文学」は、そういう「幻想」をテーマにした文学ジャンルであり、たいてい「ファンタジー文学」と同様の意味で使われる。また、序章の中でも述べたが、賢治研究においてもその童話を「幻想文学」として考える場合が多い。たとえば、宮廻和男氏は、

賢治の手法のみごとさは、幻想世界の描き方にもみられる。このような世界は存在しないとわかっていながら、読み進めていくうちに、知らず知らず幻想世界が〈現実化〉している。[11]

と、賢治の童話の中の世界を「幻想世界」としてみる。また、谷本誠剛氏は、賢治の童話について次のように述べる。

賢治の作品には、それまで存在していた日常的な世界が突如急変して、幻想の別世界が始まるものがある。その場合

は、現実界と幻想界がはっきりと区切られた形で入れ替わるのが特徴である。これはいいかえると、この種のファンタジーとしての作品には、ものごとを写実的にとらえるリアリズムの姿勢が伴うということであろう。現実から幻想への移行をはっきりと表すことにそれが示されているのである。[12]

本章では「チュウリップの幻術」を「幻想文学」として取りあげる。そして「幻想」という概念を、一般に流通している「幻想」としてではなく、先ほど触れたトドロフ氏による説[13]を手がかりにしたい。一般的にいう文学における「幻想」は、その作品の世界の次元を表現するのに対し、トドロフ説の「幻想」は、読者のその作品への反応を基準とする。この点が両者の最大の相違だといえる。ことに、トドロフ氏が考えた「幻想文学」において重要な用語の一つである「ためらい[14]」に注目したい。その「ためらい」を通して、童話「チュウリップの幻術」の新しい解釈を試みる。

では、まずトドロフ氏による「幻想文学」の概念を紹介しておこう。序章の中でも、トドロフ説の中にある「驚異」と「怪異」に触れたが、ここでトドロフ説をより詳しくとりあげたい。氏は「幻想」に関するさまざまな説を紹介しながらそれらを次のようにまとめ、文学における「幻想」を定義づける。

すなわち、幻想というものは三つの条件が満たされることを要求する。まず第一に、テクストが読者に対し、作中人物の世界を生きた人間の世界と思わせ、しかも、語られたできごとについては、自然な説明をとるか超自然的な説明をとるか、ためらいをいだかさなければならない。第二に、作中の一人物がこのためらいを感じていることもありうる。この場合、読者の役割は、当の作中人物にいわば委ねられているのであり、それと同時に、ためらいもまたテクスト内に表象されることとなる。(中略) 最後に読者がテクストに対し特定の態度をとることが重要である。すなわち、読者が、《詩的》解釈をも、寓意的解釈をも、ともに拒むのでなければならない。これら三つの要請は、すべてが等価なのではない。第一と第三の要請が真にジャンルを構成するものであって、第二の要請は必ずしも満たされなくてもよい(15)。

それに加えて、次のように述べる。

ひとつのテクストを読むにあたって、一切の表象作用を拒否し、ひとつひとつの文を純粋に意味論的な組合せとみなしていくならば、そこから幻想などあらわれはしない。

幻想とは、表現された世界で起こっているできごとに対して、一定の反応を要求するものであったことを想起されたい。こうした理由からして、幻想は虚構の中でしか存続しえない(16)。

以上の引用文からトドロフ氏の説において、「虚構」の他に、「《詩的》解釈」と「寓意的解釈」が重要な用語であることが分かる。それらを氏がどういう意味で使うか、説明をつけ加える必要がある。まず「詩」であるが、氏は「詩」と「虚構」が対立的な関係にある、と示し、その相違を次のように述べる。

虚構を論ずる場合には普通、人物、行為〔筋〕、雰囲気、背景などといった用語が用いられるのであるが、これも単なる偶然ではない。これらの用語はすべて、非テクスト的な現実を指示する用語でもあるのだ。それに反して、詩が問題になると、どうしても、脚韻、律動、修辞的文彩などが語られることになる。ただしこの対立は、文学における二項対立の大部分がそうであるように、すべてか無かといったたぐいのものではなくて、むしろ程度の問題なのである。詩といえども表象的要素を含んではいる。そして、虚構にもやはり、テクストを不透明なものにし、他動的ならざるものにする諸特性が含まれているのである。

（中略）

詩的イメージとは、語の組合せなのであって、物の組合せではない。したがって、かかる組合せを感覚的な用語に翻訳することは、無益であるばかりか有害なことでさえあるのだ(17)。

さらに寓意性については、次のように説明する。

第一に、寓意は同一の語群に少なくともふたつの意味が存在することを前提とする。ただし、第一の意味は姿を消すべきだとされることもあり、ふたつの意味が併存していなければならぬとされることもある。第二に、この二重の意味は作品内に明示的な方法で、指示されているのであって、特定の読者の解釈（恣意的であるとないとを問わず）に依存しているのではない(18)。

まとめておくと、トドロフ氏が考える「幻想文学」の作品とは、①虚構の世界を描く作品で、②その世界の出来事について読者、また人間界に属する登場人物が「ためらい」を感じ、③「寓意的解釈」と「《詩的》解釈」を拒む解釈でありうる、という三つの点を満たすものである。したがって、まず「チュウリップの幻術」がその条件を満たすかどうかを、みてみたい。

第三節　「幻想文学」としての「チュウリップの幻術」

一　虚構

前節において「幻想は虚構の中でしか存続しえない」という言葉を引用したが、「チュウリップの幻術」の世界を、まず虚構という観点からみていきたい。

トドロフ氏が言う虚構というのは、詩と対立するものである。賢治の場合は、「心象スケッチ」が「詩」と「童話」という二つの形式で表現されるなか、「童話」の方が基本的に虚構に基づいた形式である。トドロフ氏の考え方を簡単にまとめると、詩は「修辞的文彩」などを重視するテクスト的なものであるのに対し、虚構は喚起した対象を重視する非テクスト的な要素を含むものである。「心象スケッチ」でみると、詩人賢治の心で成立した「風景」をイメージとして表現する「詩」に対して、「童話」は賢治の周りにあって彼が観る、独特の法則で動く、独立した世界を表現するものであろう。「チュウリップの幻術」も虚構の世界を舞台にする作品である。もちろん、トドロフ氏もいうように、詩と虚構の「対立は、文学における二項対立の大部分がそうであるように、すべてか無かといったぐあいのものではなくて、むしろ程度の問題なのであ」[19]り、これからみていくように「チュウリップの幻術」も「詩的」要素を含むのである。

二 「寓意的解釈」と「《詩的》解釈」

「真にジャンルを構成する」二つの条件の中から、さきに「寓意的解釈」と「《詩的》解釈」を拒むというものからみていきたい。

まず「寓意」であるが、「童話」は昔から「寓意性」が多くみられる形式であるといえる。文学における「寓意」はさまざまな役割を果たすが、特に「童話」という形式と結びつく場合は、寓意的意味とはたいてい世界や人間について何か教えるという教育的な内容を伝えるためのものだと考えられる。教育的な役割は「童話」の重要な役割の一つでもあるからである。

「寓意性」を明確にさせるために、「チュウリップの幻術」をもう一つの童話作品と比較してみてみたい。一九二一（大正一〇）年に出版された[20]、秋田雨雀（一八八三―一九六二）著の童話集『太陽と花園』に収められた同名の「太陽と花園」である。賢治の作品に近い成立の時期と、類似するモチーフ、また顕著な「寓意性」によって、両者の比較は「チュウリップの幻術」の性格への理解を深めるであろう。

「太陽と花園」では、父親から受け継いだ菊の庭に手入れすることを負担に感じはじめた主人とその奥さんが、「町の酒屋の若主人」に相談された通り、菊をやめてコスモスを植えることにする。翌年に立派に育ったコスモスであるが、咲いた後すぐに、嵐のせいで一つも残らなくなってしまう。コスモスを諦めた主人は「教師」「友達」「養蚕教師」などからそれぞれに別のものを勧められ、どれにも納得して、最終的に何を植えるか決められないままである。そうするなか、植える時期が来て、「仕方なく」また元の菊をつくることにする。しかし、自慢の菊が前のように綺麗ではなく、通りかかる人が「顔を見合はせて笑つて行」く。ここで物語の視点が変わり、「太陽はある日、／「人間といふものは何うして自分自身の考へを尊ばないもんだらうね?」／とお月様にお言ひになりました。奥様のお月様はたゞ笑つておいでになりました」[21]という場面で終わる。

両者の作品は、同じく庭を舞台に展開される物語であるが、「チュウリップの幻術」の筋は、結末の「チュウリップの酒」で幻術にかかる、という特殊な「体験」に導くのに対し、「太陽と花園」のプロットは、読者も生きる現実の世界をより明瞭にさせる、太陽のコメントという「オチ」に導く、という相違点がみられる。

ここで、この二つの作品を少し異なる角度からみてみたい。清水眞砂子氏が現代児童文学の二つの例（M・エンデの『モモ』とU・K・ル＝グウィンの『影との戦い』）を挙げる。それらの間にある相違点は、「チューリップの幻術」と「太陽と花園」の間にあるものと類似すると思われる。清水氏は、エンデの作品については、次のように述べる。

エンデに、もちろん、想像力がなかったわけではない。だが、エンデには準創造したい物語世界より先に、伝えたい観念があった。もう一つの世界をつくりだしたい欲求より、自分の思想、観念を伝えたい欲求がまさっていたのではあるまいか。（中略）そのためにエンデの名づけは、もうひとつの世界が世界として自立し、独自の空間、時間をもつには不十分なものとなった。観念を伝えようとあせる余り恣意的かつ、あまりにストレートになったからである。[22]

（前略）エンデは安全な所に身をおいて『モモ』を書いていた（中略）これは読み手にも言えることで、答え以外の道にさまよい出ることが許されていない分、読者の安全は保障されている。読者は作者の示す道を、道草もくわず、ただたどっていけばいい。迷おうにも小道はなく、一服しようにも、遊び心をさそう風景はどこにもひらけていない。[23]

また、『影との戦い』について次のように述べる。

『モモ』に比べると、「ゲド戦記」には無駄がたくさんある。（中略）そのうち物語に直接必要なのはごくごくわずかである。（中略）こうした細部の、一見無駄とも見える書き込みによって、私たちの物語体験は可能になる。物語を読むということが、まさにそのまま体験になっていくのだ。日々の暮らしを生きるように、五感をいっぱいに目覚めさせて、私たちは物語世界を生きていくことができる。[24]

もちろんル＝グウィンに語るべき思想がないわけではない。伝えるべき理念がないわけではない。ただ、（中略）観念に物語が追随するのではなく、物語るという行為から思想が紡ぎ出され、形成されてくる作家であった。（中略）答えが先にあり、それを証明するために作品が書かれるのではなく、意味があるのかないのか、答えに行きつけるのか行きつけないのか、そんなことはわからないまま、いや、わからないからこそ「もう一つの世界」を創造し、「探検」を始める作家だった。[25]

このように、清水氏は、その二つの作品に関して「観念」と「物語」という中心になる要素を見出す。それはまた、「太陽と花園」と「チュウリップの幻術」の対比と類似すると考えられる。両者は清水氏が挙げる作品より短く簡単な構造であるが、やはり同じくその中心になる部分が「観念」と「物語」に分かれると思われる。「太陽と花園」は安全な世界で、非現実の部分があるとしても、それは作者も読者もコントロールできるものである。庭のことで悩む家族の紹介からその舞台の外にある太陽と月のコメントまで、物語の筋は最後の教訓(=観念)を伝えるための枠組みであると思われる。読者は確実で決定された答えへと導かれる。それに、作品の内容もまた「無駄」な描写と詳細が極めて少ないことから、「物語」よりもやはり他人の意見に左右されず自分の考えを大事にするべきだというメッセージを伝えるのが作者の主な目的だと窺える。さらに登場人物は、「観念」を伝えるための手段で、興味を引く部分もなければ、細かい描写や心理描写もなく、ありふれた人物なのである。

それに対して、「チュウリップの幻術」は、『影との戦い』と同様に、「五感をいっぱいに目覚めさ」せるのみならず、「無駄」な部分も多く、作者のはっきりしたメッセージがみられない。どこかでコントロールできない、危険な要素もある。清水氏も引用する、ル＝グウィン自身のエッセーのなかで、彼女は、「わたしには主題に関する選択権はほとんどなかった。〔主人公の〕ゲドが、常に恐るべき意志の強さを発揮し、わたしを驚かせることばかり話し、思いもよらぬ行動を示して、この作品の主導権を完全に握ってしまったのだ」[26]というように、ユーモアを込めて、自分の力で決められない作品の部分があることを語る。それはまた、賢治の言う「どうしてもこんなことがあるやうでしかたない」という言葉を思わせ、少なくとも一部分の「童話」に関して、賢治はそうした「物語」的性格を意識していただろう。「チュウリップの幻術」の登場人物は、単純に「園丁」「洋傘直し」とのみ考えれば、それも当時としてはよくみかける人物だと思われる。岩壁有里氏は、さまざまな用例を挙げながら賢治における洋傘は旅人の象徴やさらに宗教的な意味や宇宙という意味も含むと主張するが、この作品ができた当時は洋傘がすでにそれほど珍しくはなく、洋傘直しも盛岡農林学校の学生らが頻繁にみかける姿であったことを述べる[27]。一方、洋傘の色使いなど、その二人の様子が比較的細かく描写され、「太陽と花園」と比べれば、心理状態を伝える部分も多い。作者が考えた世界を充分に味わえる構造である。

清水氏の考えた「観念」というのはトドロフ氏がいう「寓意」の別の形ともいえる。「観念」の方は作者の意図に焦点を合わせ、「寓意」の方は読者の読み方に注目する。しかし、両者とも、その作品の主とした楽しみ方はその物語の世界を楽しむことにあるのではなく、「メッセージ」を探すところにあるのである。寓話の先駆者とされるCh・ペローのように単純に教訓的な内容を伝えようとする作者もあれば、先ほど引用でみたM・エンデのようなもう少し広い意味での、読者を成長させる「人間教育」を行う作者もある。「太陽と花園」を読み進めると、疑問の余地が残された部分はなく、主人公の行動の意図を二通りに読める部分もない。そうした内容に、太陽のコメントがつき、今までの物語の内容はより具体的な意味を持ち、寓意が完成される。しかし、逆にこの物語を括る最後の部分がなければ、この作品を読む面白さは見出せなくなる。トドロフ氏は「寓意」を規定して、「第一に、寓意は同一の語群に少なくともふたつの意味が存在することを前提とする。ただし、第一の意味は姿を消すべきだとされることもあり、ふたつの意味が併存していなければならぬとされることもある[28]」とする。その条件が「太陽と花園」において満たされており、この作品の場合、意味の併存というよりも、文字通りの意味は面白さが少ないため「第一の意味は姿を消すべきだ」というパターンになるだろう。トドロフ氏がいう、「この二重の意味は作品内に明示的な方法で、指示されているのであって、特定の読者の解釈（恣意的であるとないとを問わず）に依存しているのではない[29]」という二番目の条件もやはり満たされる。「明示的な方法」とは最後の太陽のコメントであり、読者が個人的に解釈を行える余地もほとんど残されていないと言える。

それに対して、「チュウリップの幻術」を考えると、作品の枠組みからそうした教育的内容は読み取れない。また、作品においてたとえば最後の部分にみえた園丁の青ざめた顔など、謎の、その理由が明確でないところもあり、読者一人一人が解釈できる余地が残される。さらに、園丁と洋傘直しの行動は、その順番、内容、彼らの台詞の全体が一つの文字通りのものとは異なる、もう一つの意味を考えられるような構造をなさない。つまり、作品全体における「明示的な方法」で知らされる寓意的意味が見当たらない。しかし、そうした二重の意味は、この作品を味わうのに必要がない。したがって、「寓意的解釈」を止める、というトドロフ氏が言う「幻想文学」を成す一つの基本的な条件が、「チュウリップの幻術」の場合には充分に考えられるのである。

さらに「《詩的》解釈」であるが、第一節で詳しくみたように、賢治の場合は同じく「心象スケッチ」である「詩」と「童話」は通じ合うところもある。本作品にもやはり「春と修羅」や「小岩井農場」という春を題材にした「詩」とは共通のモチーフが多くみられ、「詩」の要素を見出すことができる。「チュウリップの幻術」の中の杯であるチュウリップ、しかも光の酒を「製造」するチュウリップは、「小岩井農場」に出る「野はらは黒ぶだう酒のコップもならべて／わたくしを款待するだらう」と類似する、一つの風景である。「チュウリップの幻術」は賢治がそれを膨らませて、ちょっとした「出来事」を描く作品にしたものである。文章をひとつひとつ追っていくと、賢治の連想が面白く、イメージが綺麗である。この短い作品は比喩に溢れると言える。詩人賢治は日光の変化や風の動きを観察しながら、次から次へと読者に自分の目を通してみた春の風景を紹介していき、詩人賢治の春への思いの象徴として読み取れる「すてきに強い酒」のイメージへと導く。また、すでに紹介した大塚常樹氏の論文によれば、この作品において、「白い花」は特に重要なモチーフのようである。[30] 園丁は「白い花」については「此処では一番大切なので」あると言い切る。また彼には「あの白い小さな花は何か不思議な合図を空に送ってゐるやうに」みえる。「一番大事な花」である「白い花」は、この作品において「《詩的》解釈」としても最も解釈の余地のある箇所の一つであろう。この作品をこういうふうに読んでいくと、確かにテクスト的な面白さがあり、「チュウリップの酒」という連想など、賢治の独特な春の観察の仕方が楽しめる。しかし、作品が短いということもあって、いくつかのモチーフを別として、「《詩的》解釈」はそうしたイメージ的な面白さに留まるだろう。むしろ「《詩的》解釈」を離れて「語の組合せ」としてではなく「物の組合せ」としてみた方がこの作品の意味が広がるのではないか。

三 「ためらい」

ここで、「幻想文学」のもう一つの条件である「ためらい」の存在を確認したい。トドロフ氏がいうには、「テクストが作中人物の世界を生きた人間の世界と思わせ」なければならない。もう一度「太陽と花園」に戻ると、この作品の大部分も主人公も世界もむしろ「チュウリップの幻術」よりも現実的だといえる。しかし、その現実的なレベルでは超自然的な力を考えるきっかけはまったくない。また逆に、最後に太陽とお月様の会話はそうした世界からはみ出てしまう。太陽らがいる世界がすでに「生きた人間の世界」ではないため、「ためらい」も起らない。太陽とお月様が会話をするということは、疑いもなく超自然的なことだからである。「太陽と花園」の場合、自然的部分と超自然的部分が明確に分かれ、「ためらい」に必要な緊張感がない。それに対して、「チュウリップの幻術」の主人公の二人は少し変わった雰囲気でありながらも、あくまでも人間である。その出来事の舞台となった世界もまた庭という限られた、特別なルールで動く世界であると同時に、間違いなく「生きた人間の世界」でもある。

境忠一氏は先駆形の関連を整理しながら、「このように、「〔若い研師〕」は二つにわかれて、「チュウリップの幻術」と「タネリはたしかにいちにち噛んでゐたやうだった」の二作に転生しているが、この二作の共通性は、「チュウリップの幻術」が研師と園丁、「タネリはたしかにいちにち噛んでゐたやうだった」がタネリというように、主人公が人間化し、小説的な要素を加えることによって、リアリティを獲得していることである。

賢治の、特に後期の童話が童話というジャンルを越えて、小説に近い感じを与えるのは、このような人物創造のための改稿によるところが多い[31]」と述べる。このように、推敲を重ねて主人公が人間化していくというのは、逆説的に幻想文学としての性格がより濃くなってくることをも意味すると考えられる。というのは、「生きた人間の世界」となり、「ためらい」を喚起させる条件が整うからである。

では「ためらい」は、「チュウリップの幻術」の中でいかにしてできるか。ここでは、この作品の先駆形に少し触れたい。先駆形の文章は、周知のように、残念ながら断片的にしか残らず、最初に書かれた「若い研師」の中の、「チュウリップの幻術」の基になったとされる第二章は、二枚程度の文章である。その次の「研師と園丁」は六枚程度のものである。両者とも途中で切れて結末が分からない。「研師と園丁」は冒頭部分もない。しかし、そういう断片的な文章からでも、ある程度賢治の作意、作品の変化の傾向を知ることができる。

「若い研師」の物語は後の二つの形とは内容的にそれほど変わらないが、舞台と空間に関する感覚は相当異なる。チュウリップの酒も含めて、すべての動きは研師と園丁の目線の高さで展開される。殆ど会話形式で、その他の描写はすくない。「空のひばり」と「遠い死火山」以外に焦点が花と二人の主人公に合わされる。花が少し「風にゆら」ぐが、他に天候についての情報がない。周辺に関する情報もない。チュウリップの酒が現れてはじめて、「花の杯をあふれひろがり湧きあがりひろがりひろがり」、この限られた舞台が大きくなり、解放されるといえよう。

「研師と園丁」になると、舞台の様子は相当変化する。作品の残った部分の構造は会話、長めの描写、会話、長めの描写、長い会話の部分、という順番で続く。前の形と比較すれば、舞台は広がる。物語が二つの舞台をもつようになる。一つ目は花のレベルの物語で、もう一つは空のレベルであるということである。つまり、空間は上下に広がる。また、研師と園丁のみでなく、能動的な太陽や風はチュウリップと並び、この物語の世界を作っていく、対等な主人公になる。

「チュウリップの幻術」の段階になると、二つの大きな変化がみられる。一つは「研師」が「洋傘直し」となることである。この変化については、傘という想像力を活かせる小物をもつ「洋傘直し」の方が人物として面白さがあるなど、さまざまな理由が考えられる。あるいは、鈴木健司氏が

「〔研師と園丁〕」の研師が「チュウリップの幻術」で洋傘直しと姿を変えたことも、語り方の差異が物語に要求した結果である。洋傘直しがその仕事の実質において研師と変わりないにしても、研師＝詩人という、「〔若い研師〕」（第二章）から「〔研師と園丁〕」へと継続して成り立っていた図式が、ここで破棄されたと判断したい。すでに洋傘直しは詩人としての存在、すなわち《鏡》の世界を覗く者としての役割を負ってはいない。（中略）園丁こそ、《鏡》の世界の通行者に他ならない。（中略）園丁の酔いしれた「チュウリップの光の酒」とは、少女アリスの通った《鏡》であり、詩人はそのことに自覚的であったに違いない。(32)

と述べるように、先駆形での異界を覗く「詩人」としての「研師」はより「現実的な」人物となった一方、園丁の方はその異界を行き来する人物へと変わったというみかたもできる。

もう一つの変化は、賢治が「研師と園丁」の中に積極的に取り入れた自然の描写がこの作品に細かく分けられ、会話の間に挟まれる点にある。一見するところでは、文章の訂正にしかみえないが、その変化によって作品全体の印象が相当変わる。前述したように、太陽や風が「研師と園丁」の中では対等な登場人物の資格をもったが、その動きの描写が会話の間に入ると、その動きと、主人公の様子や会話で表現されるチュウリップの様子とが、お互いに影響しあうという印象が生じる。たとえば、冒頭の会話部分の後「園丁はまた唐檜の中

にはいり研師は道具の箱をおろしてひき出しをあけ、缶を持って水を取りに行った。それから風が吹き陽がまたふっと消え風がふいた。そして研師は缶の水をパチャパチャこぼしながら戻ってきた。鋼の上で金剛石がぢゃりぢゃり云ひ、チュウリップがぷらぷら揺れ陽がまた降ってきて赤い花が光った[33]」という描写があるが、視線がさまざまなところへ行きわたりいくつかの事柄をひたすら並べているとも読めるが、吹く風によって水がこぼれたり、チュウリップがゆれたりするか、逆に「金剛石がぢゃりぢゃり云」うことによってチュウリップが揺れるとも考えられる。本来研師と園丁が主人公なので、徐々にその存在感を示し始める自然は細かい動きによって人間界へと突入していくような印象を与える。一度限りの急な変化の場合、「超自然的な行為」の可能性が高い。一方、細かい動きとなると、その変化が見届けにくくなる。

「研師と園丁」の内容はこのように解釈できるが、「チュウリップの幻術」の中では、その印象がさらに強まる。たとえば、上記の例の場合は、「園丁は又唐檜の中にはいり洋傘直しは荷物の底の道具のはいった引き出しをあけ缶を持って水を取りに行きます。そのあとで陽が又ふっと消え、風が吹き、キャラコの洋傘はさびしくゆれます。それから洋傘直しは缶の水をぱちゃぱちゃこぼしながら戻って来ます。鋼砥の上で金剛砂がぢゃりぢゃり云ひチュウリップはぷらぷら揺れ　陽が又降って赤い花は光ります[34]」となるが、研師が洋傘直しへ変わり、揺れる洋傘は風の動きの印象をさらに強める。それぞれの要素の描写が細かく刻まれることによって、能動的な自然がつねに物語の出来事の中にあることを示唆すると言える。

しかし、それぞれの要素の間に因果関係を明確に示すのではなく事柄を並べるのみなので、その影響関係についてはあくまで「示唆」に留まる。ここでこそ、トドロフ氏がいう「ためらい」が生まれる。人間の世界と自然界の間の交互の動きがもたらす、解釈の余地が残される緊張感は、また、単なる詩的表現を超えるという疑いの余地のある、上下の両世界の動きを伴う独特な色彩の使い方は、この作品の世界における「ためらい」

を少しずつ築いていくのである。それぞれの要素は単独には大きな意味合いをもたないが、物語が展開するにつれて、徐々に書かれていない内容の可能性を何気なく示し、読者に「ためらい」を抱かせるのである。

このように、「若い研師」から出発して、「研師と園丁」を通して、最も著しく変化した太陽や風といった自然の働きの描写がもたらした効果をいくつか考えることができる。その中の一つには、「ためらい」の効果が強くなり、作品全体において、トドロフ氏のいう「幻想性」が高まったということもあると思われる。

以上のとおり、「チュウリップの幻術」は、虚構の世界を表現したものであり、「寓意的解釈」も「《詩的》解釈」も拒むことができ、読者の「ためらい」を誘う作品であると言えよう。次の節では、この作品における「ためらい」の働きをより詳しく分析する。

第四節　「チュウリップの幻術」の「幻想的解釈」と「相対性」

では、「幻想的解釈」であるが、ここで焦点が当てられるべきなのは「ためらい」と「物の組合せ」である。これは、大人と比較すれば「《詩的》解釈」を考える能力が未熟な子供の読者にとって、むしろ自然な読み方かもしれないので、児童という読者層の観点からみた場合でも、「童話」の前提にある読み方だともみることができる。また、先ほど述べたようにたとえば「チュウリップの幻術」の場合、確かに「《詩的》解釈」もできるが、神話や昔話に強く根づく「童話」は世界の説明、その原理を探すことが一つの重要な役割であり、したがって世界を一つの総体としてみようとする特徴がある。つまり、テクストから離れて、世界を「物の組合せ」としてみようとする「幻想的解釈」は「童話」を読むのに効果的であるといえよう。

「チュウリップの幻術」を「物の組合せ」としてみるために、今度はそのイメージ的な豊かさではなく、まず出来事と作者の視線の変化の連鎖としてみてみよう。たとえば、最初の部分をみると、次のとおりとなる。

青じろい花─雲は光る─雲は四方の空を繞る─（洋傘直しが来る）─黒い脚─日が照る─洋傘は光る─顔は熱って笑う─五月の黒つち─（言葉のように聞こえる、ゆらいでいる花）─黒い独逸唐檜から園丁─青い上着の園丁が消える─陽も消える─太陽が西に傾く─雲の間から沢山の白い光─群青の泣き笑い─赤と白のキャラコの傘─風が吹く─明るく陽がさす─真っ赤な花が光る─（洋傘直しと園丁の会話）……

というように続く。このようにみていくと、この作品の世界がさまざまな意味で対極化しているとまず分かる。

まず、地上と空の上という二つの空間があるといえる。人間も配される地上界が、「黒」「茶いろ」など暗いイメージの色彩で表現されるのに対し、空の上の動きやその地上へ反映した動きの結果が「白」「光」「赤」など、明るいイメージの語で表現される傾向がみられる。その「動きの結果」に特に注目したいが、最初はその両者が分かれていると読むのは自然だと思われるが、徐々に、描写と会話の連続によって読者は、その両者が単にそれぞれの領域で両立するのではなく、お互いの動きは何か関係のあるものかと疑うようになる。それは、色彩の使い方や文章の構造がもたらす効果である。しかし、地上のグループが空の上のグループに影響を与えると思える文章はなく、つまり地上の主人公の動きで空の上のものが明るいイメージから暗いイメージへ変化したと取れる部分はみられない。地上と空の上の描写が交互で、たとえば「いま入ったばかりの雲の間から沢山の白い光の棒を投げそれは向ふの山脈のあちこちに落ちてさびしい群青の泣き笑いをします」のような、あえて明白に書かれていないが、地上の方が影響されると疑える文脈が多い。空の上のグループが一方的に地上へ影響を与えるのではないか、という小さい「ためらい」が読者に生じ、それはまたこの世界の本質に

「園丁がこてをさげて青い上着の袖で額の汗を拭きながら向ふの黒い独逸唐檜の茂みの中から出て来ます。」
園という舞台の幕となる独逸唐檜。

宮沢賢治は大の花好きだったようである。
宮沢賢治記念館の周辺にある……

……賢治が設計した花壇である。

ついての根本的な「ためらい」へと繫がる。いうまでもなく、両界の関係が明白に書かれていれば、「ためらい」も起らず、この物語の「幻想的解釈」も成り立たない。両者の間にある、ある種の緊張状態の可能性が、つまり読者が文脈から窺えるその絶え間ない上下反応の「影」が、この作品を楽しむ鍵の一つでもあるといえよう。

では、主役である花はどうであろうか。その両界を結ぶ特殊な存在ではなかろうか。「五月の黒つち」で植えられたチュウリップに「火がはいった」と思うほど、まぶしい「酒」ができる。「黒つち」と「光の酒」なので、色彩のイメージからすると、地上に属しながらも、空の上との関連ももつと考えられる。酒が湧き上がるという動作も両界を連ねることを示すと思われる。

この作品の世界は、他にも人間界と自然界というように対極化される。二つの「物語」が並行的に展開するようにみえる。一つは園丁と洋傘直しが剃刀を研ぐ仕事をめぐる会話とチューリップの見物で、もう一つは自然界のダイナミックな動きである。「チュウリップの酒」は両者のたどりついた共通の結末となる。両方の「物語」をつなげる要素である。つまり、この対立においても花は特別な意味をもつ、両者をつなげる存在である。人間（園丁）が植えて育てる花でありながらも、自然の一部でもある。そうした花を通じて人間（園丁と洋傘直しはもちろん、読者もそれに当てはまる）が自然界との一致を体験できると言えるのではないか。

もう一度並行的な二つの「物語」に戻るが、筒井康隆氏は「虚構と現実」という文章の中で、ワキとシテの役割に触れて、次のように述べる。

シテひとりが虚構を演じ、ワキは文字通り傍《そば》にいるだけでいわばシテに劇的昂揚をあたえる為の背景としての役割しか持たないという設定は日本の虚構における伝統的なもので、この影響は小説にまで及んでいる。(35)

「チュウリップの幻術」もそうである。自然を登場人物として認めると、「チュウリップの酒」を体験する園丁と洋傘直しがシテで、「シテに劇的昂揚をあたえる為」ワキの自然があると容易にみることができよう。筒井氏はまた、虚構内の風景描写から伏線を探し出すことができるというが、(36)「チュウリップの幻術」においても、ワキとして考えた自然はそうした機能をもつと考えられる。冒頭部分の花の「歌謡」や自然の能動的な動きを「チュウリップの酒」というクライマックスの予告として読むことができよう。それを意識するのは、園丁と洋傘直しではなく、読者のみである。

対極化したこの作品の世界の面白いところは、逆の見方もできる点にある。つまり、「チュウリップの酒」を巡るというそれぞれの自然界に属する現象（風や雲など）がシテで、それを傍から眺めるだけの人間界の二人はワキとして認められるだろう。人間の二人の会話は実は自然に起こるドラマの「休憩」にすぎないのである。換言すれば、自然を背景にして人間の「物語」を主とするのではなく、人間界を背景として自然界で起こる出来事を主とする見方もできる。どちらかといえば、自然がシテであるかもしれない。というのは、自然の方が人間より能動的で、全体の状況も把握しているようにみえるからである。園丁と洋傘直しは周辺の変化について決める力はまったくない。それを眺める立場である。しかし、ワキの存在として、その二人は「チュウリップの酒」をみることのできる能力を持ち、その意味では選ばれた人間でもある。読者もまた、園丁と洋傘直しの体験を通してワキとなるが、園丁と洋傘直しと同様に舞台となる庭に起こる事態に参加できる。

そのような「物の組合せ」の世界の中では、いかにして「ためらい」が現れるか。「生きた人間の世界」である作品の世界において、たとえば「光の酒」のように、決定的に超自然だと決めつけなければならない理由もないが、超自然的ではないかと疑う余地のある要素があるので、それに読者が当然目をとめることになる。そしてここで、作品の世界について、具体的に言えば、その本質について、「ためらい」をいだくようになる。

そうすると、作品の世界を全体としてみるならば、文章を一つ一つ読む時に気づかない内容を発見することができる。先ほど述べたように本作品の場合は、作品世界に登場する主人公や物の間の、テクストの「裏」にある何らかの関係の可能性がみえてきて、それは本物なのかどうか疑問を感じるのが一つの「ためらい」である。そしてまた、クライマックスとなる「チュウリップの酒」についてであるが、その「酒」は園丁と洋傘直しに共同の幻想なのか、あるいは「裏の関係」から導かれた結果なのか、あるいは超自然的な出来事か、「ためらい」が生じるわけである。その二つの「ためらい」に関しては、結末での人間界の主人公の反応はその疑問をはらさないので、読者がその「ためらい」を読み終わってからでも抱くことになる。

その「ためらい」はいかなる意味をもつであろうか。まず単純にいえば、「ためらい」が自分の生きる人間界の法則は唯一のものではないかもしれない、という可能性に気づかせるのである。すぐ傍に普段気づかない、まったく異なるレベルの世界が存在する可能性を知らせるのである。つまり、園丁と洋傘直し、また読者は「ためらい」によって、「世界を構成するすべての要素間に、あらゆるレベルで関係が存在しているというのであるから、この世界は高度に有意味なものとなる」(37)のではないか、ということに気づくのである。つまり、人間を中心にしたみかたに対して、世界を複数の観点からみつめることが可能になるというように、読者の視線に相対性を与えるわけである。そのような相対的な視線によって、世界を成すそれぞれの要素の通常の均衡が失われ、その要素により新しく再創造された世界は、性質的に異なる世界となる。人間が考える通常の、人間を中心にする世界の枠組みが曖昧になることから、トドロフ氏のいうある特殊な「汎決定論」へと読者は導かれるのであるといえる。氏はその語を、

（前略）最高度に抽象的なレヴェルでの汎決定論とは、物理的なものと、物質と精神、物と語などの間の境界が、浸透

不能なものではなくなることなのである。(38)

と説明するが、それはまた賢治の目指していた物質と精神の統一という考え方と類似する。たとえば「農民芸術概論綱要」の中の「新たな時代は世界が一の意識になり生物となる方向にある／正しく強く生きるとは銀河系を自らの中に意識してこれに応じて行くことである／われらは世界のまことの幸福を索ねよう　求道すでに道である(39)」という記述からそのことは分かる。賢治の「童話」の舞台とは、「ドリームランドとしての日本岩手県」というところである。賢治は「そこでは、あらゆることが可能である」（傍点引用者）と書くので、同じ岩手県と言っても、「普通の世界」の「ここ」とは区別する。それはそうした物質と精神の統一の訪れた岩手県の理想像でもあるので、「チュウリップの幻術」の、人間の常識に従わない世界というのは、そうした思想を表現したものでもあると考えられる。したがって、賢治の世界構造への理解は、そういう神秘的な発見へと繋がる。それは「チュウリップの幻術」のみならず、賢治の多くの作品に託された「裏の」内容ではないだろうか。

さらに、その対極の構造から生じる「ためらい」は自然と人間との関係のみ示唆するのではなく、人間の「心象」の風景でもあると解釈できる。賢治の理解では一つの「心象スケッチ」である「童話」は、特に上で示したように、賢治自身の「心象スケッチ」である詩「春と修羅」との類似性を考えると、この作品において繰り返し変化する「光」と「暗」を通して、心の明るい部分と暗い部分との緊張感を表現するものとしてみることができる。U・K・ル＝グウィン氏はH・Ch・アンデルセン作の、自分の影をなくした男の話で、影が心の暗い部分を意味すると読み、次のように述べる。

すぐれたファンタジーや神話や昔話は実際夢に似ています。それは無意識から無意識に向かって、無意識の言葉―象徴と元型によって語られます。言葉そのものは使われても、その働きは音楽のようなものです。つまり字義を追い、論理的に組みたてて意味をとらえる過程をすっとばし、あまり深くに潜んでいるので言葉にされることのないような考えに一足とびに到達するのである。こうした物語は理性の言葉に翻訳し尽くすことはできませんが、論理的実証主義者でベートーヴェンの第九交響曲を無意味だと思うような人でもなければ、だからこの物語には意味がないと言いはしないでしょう。こうした物語は深い意味に満ちていますし、利用価値も高い—実用的とさえ言えるのです。倫理という点で、洞察という点で、人間的成長という点で。(40)

「チュウリップの幻術」も人間の心の中のことを教えると思われる。しかし論理的に分からせようとする「寓意」と異なり、自然界におけるダイナミックな変化を味わわせることによって、そのことを「無意識に」感じさせるのである。賢治自身の心の中、また人間だれもの心の中では、この作品の世界と同様に、「明るい要素」と「暗い要素」との間、また「意識」と「無意識」の間に、絶え間ない緊張感が続く。しかも、その緊張感は作品と同様に明瞭な形で終わることはなく、最終的にどちらが勝るかも分からない。「詩」の「心象スケッチ」では「修羅」の概念で表現した人間の心の中は、「童話」になると、そうした「無意識的な」メッセージとして表現されるといえよう。「ためらい」を感じる読者は、知らず知らず自分自身の心の本質を思い知ることになる。

このように、この短い作品の構造を考えてみれば、さまざまな内容を読み取ることができる。先駆形との比較から、賢治は推敲を重ねるにつれて、「ためらい」をより感じさせる構造に書き直し、「幻想文学」の作品として完成度の高いものに仕上げていったといえる。また、この作品の結末でみる「何だか顔が青ざめ」た園丁は、第五章でやはり「幻想文学」として扱う「注文の多い料理店」の結末でみる「紙くづのやうになった」紳士らの顔に類似し、それらの体験は同格の体験だということも推測できる。

「チュウリップの幻術」において「ためらい」が増すと同時に「相対性」という面でも、より高度なものとなっていくと考えられる。前述したように、先駆形と比べればこの作品において、作品の世界が上下に広がり、人間の世界と自然の世界と二つに分かれる。その結果として、自然界は人間が主人公である物語の単なる背景にすぎない存在から、ダイナミックな存在へと変わり、シテとして考えた人間のワキのみならず、視点を変えることによって、自然自体をシテとしてみることができる。つまり、作品の構造自体が世界をみるという動作に柔軟性を与えるわけである。それは、世界を固定された枠組みから外し、人間の役割を非中心化し、日常的な現実感を相対化することへと繋がる。また、自然の能動的な動きや、その動きによって人間界へ働きかけるという示唆、人間界は非中心化されるのみならず、自然に対して、人間が劣等的な存在であるという可能性も読み取ることができる。この作品の場合において、賢治はパラレール・ワールドを創考することなく、日常的な現実の範囲で、その現実の要素を使い思いがけない新しい世界を築くのである。

おわりに

以上、トドロフ氏の説を通して、「チュウリップの幻術」の「幻想性」をみてきた。この童話は「詩的な解釈」の場合はイメージ的な面白さで留まるという作品であり、また「太陽と花園」との比較において明らかにしたように「寓意性」がまったく確認できない作品なので、非テクスト的な要素を含む「物の組み合わせ」を通して行う「幻想的解釈」によって、この作品の内容は膨らみをもち、読み方も広がることが分かる。類似した内容の「詩」の形式の「心象スケッチ」との比較において、「チュウリップの幻術」を例にして、ある程度賢治による「童話」の性格をみることもでき、また、この作品は「ためらい」の面白さを通して読むことができる作品だと確認できた。「ためらい」をもたらすその世界の正確な構造からして、「チュウリップの幻術」は賢治の「童話」の中でも「幻想文学」としての性格を最大限に活かした作品の一つだと考えられる。

さらに、この作品における特殊な世界は、「相対性」の思想を背景に再創造された世界としてもみることができる。先駆形と比べれば相対的な要素が濃くなった「チュウリップの幻術」では、通常の現実世界とは異なる性格をもつ、新しく出来上がった世界をより見出しやすくなるといえる。通常の世界の枠組みを揺るがし、人間の自分自身を中心にした考え方を無効にさせるという動作では「相対性」的な考え方と「幻想文学」が共通の領域を占めると思われるが、「相対性」は「ためらい」という事柄に反して、「驚異」や「怪異」、つまり読者の気持ちや感覚を不安定にさせることに重点をおくのではなく、むしろ人間にはまだ分からない「世界は高度に有意味なものとなる」ということに希望をもたせるということである。このように考えると、「幻想文学」としての読み方と「相対性」的読み方は同様の感覚を元にしながら、お互いに補足しあうといえる。

この作品のみならず、他の賢治童話の中でも「ためらい」の要素がみられると思われる。「詩」の「心象スケッチ」の存在も影響を与えるだろうが、賢治の童話研究においては、「《詩的》解釈」が優先されている作品もあるように思える。しかし、トドロフ氏の考えた「幻想性」を考慮すると、賢治童話はさらなる一面をみせてくれるのではないだろうか。

注

（1）『新校本宮澤賢治全集』第九巻、校異編、筑摩書房、一九九五年六月、p.73
（2）『宮沢賢治　心象の記号論』朝文社、一九九九年九月、p.301
（3）「宮沢賢治　大正一三年年夏・秋の執筆活動――童話「土神ときつね」の成立の背景をめぐって」論攷宮沢賢治、第三号、中四国宮沢賢治研究会、二〇〇〇年八月
（4）「『ガドルフの百合』」、国文学　解釈と鑑賞、第五八巻九号、一九九三年九月
（5）一九二四（大正一三）年一二月出版
（6）『新校本宮澤賢治全集』第一二巻、本文篇、筑摩書房、一九九五年一一月、p.7
（7）前掲『新校本宮澤賢治全集』第一二巻、校異篇、pp.10-11
（8）「春と修羅」「小岩井農場」の引用部分は『新校本宮澤賢治全集』第二巻　本文篇、筑摩書房、一九九五年七月、による。また、「チュウリップの幻術」の引用部分は前掲『新校本宮澤賢治全集』第九巻　本文篇、による。
（9）「「心象スケッチ」としての童話――大正期童話観における賢治の童話観の独自性」『日本文学研究資料新集』第二六巻、栗原敦編、有精堂、一九九〇年一二月
（10）『日本国語大辞典』第二版、第五巻、小学館、二〇〇一年五月
（11）「夢の中へ――宮沢賢治の〈異空間〉への行き方」文学研究論集　第八号、筑波大学比較理論文学会、一九九一年三月、p.23
（12）前掲『宮沢賢治とファンタジー童話』、p.7
（13）*Introduction à la littérature fantastique*（Éditions du Seuil 一九七〇年）で展開されている理論である。本書では、引用部分も含めて『幻想文学――構造と機能』（渡辺明正・三好郁朗訳）朝日出版、一九七五年二月、の訳文を使う。
（14）原文では、トドロフ氏は *hésitation* という語を使うが、トドロフ氏の説に言及する「コロンビア大学　現代文学・文化批評用語辞典」（杉野健太郎他訳、松柏社、一九九八年三月）は、その *hésitation* を「読者が解釈を迷う」と説明す

るのが、広義の「ためらう」より正確かもしれない。
(15) 前掲『幻想文学——構造と機能』、p.53
(16) 同上、p.94
(17) 同上、pp.93-94
(18) 同上、p.99
(19) 同上、p.93
(20) 精華書院　一九二一年七月
(21) 複刻版（日本児童文学館、名著複刻）、ほるぷ出版、一九七一年五月、pp.19-20
(22) 「モモとゲド」『岩波講座　文学6——虚構の愉しみ』岩波書店、二〇〇三年一一月、p.40
(23) 同上、p.47
(24) 同上、pp.47-48
(25) 同上、pp.48-49
(26) 『夜の言葉』岩波書店、一九九二年五月、p.50
(27) 「素描「宮沢賢治と洋傘」」瓔珞、第二号、実践近代文学研究会、一九九〇年七月
(28) 前掲『幻想文学——構造と機能』、p.99
(29) 同上、p.99
(30) 前掲『宮沢賢治　心象の記号論』、p.301
(31) 「〔若い研師〕系作品群——呪術とモラルの系譜」国文学　解釈と教材の研究、第二〇巻五号、一九七五年四月
(32) 「チュウリップの幻術」国文学　解釈と教材の研究、二月臨時増刊号「宮沢賢治の全童話を読む」、第四八巻三号、二〇〇三年二月
(33) 前掲『新校本宮澤賢治全集』第八巻、本文篇、p.216
(34) 前掲『新校本宮澤賢治全集』第九巻、本文篇、p.200

（35）『筒井康隆全集』第20巻、新潮社、一九八四年一一月、p.312
（36）同上、p.332
（37）前掲『幻想文学――構造と機能』、p.172
（38）同上、p.173
（39）「農民芸術概論綱要」『新校本宮澤賢治全集』第一三巻、本文篇、筑摩書房、一九九七年一一月、p.9
（40）前掲『夜の言葉』、p.99

第四章　伝説の神々のおもかげ——「土神ときつね」

この世の物語は一つあって、一つしかない。（中略）人は、その生活において、思想において、飢餓と野心、貪欲と残酷、親切と寛容において、善悪の織りなす網の目に捕らえられている。それが私たちの持つ唯一の物語であり、その物語こそが人の感情と知性のあらゆるレベルで展開されている。

J・スタインベック『エデンの東』

はじめに

宮沢賢治の「土神ときつね」という童話は、生前未発表で、書かれたのは一九二三（大正一二）年頃と推測されている。特に暴力的要素、残酷な結末、また恋愛をテーマとすることなどの点から、賢治の作品の中でも異色の童話であると言われてきた[1]。原稿の表紙には、題名の他に、「土神……退職教授、きつね……貧なる詩人、樺の木、…村娘」というメモと「寓話よりも蓋《ママ》ろシナリオ風の物語——」そして「物譚詩」という記入がある[2]。

作品の内容を紹介しておこう。まず、第一節はこの童話の中心となる三人の主人公の性格描写から始まる。

一本木野という野原に立つ「奇麗な女の」(3)樺の木には二人の、恋人のようなものがいる。一人は「ごく乱暴で、髪もぼろぼろの木綿糸の〔束〕のやう眼も赤くきものだってまるでわかめに似、いつもはだしで爪も黒く長い」という形容で紹介される土神で、もう一人は「大へんに上品な風で滅多に人を怒らせたり気にさわるやうなことをしな」いと設定される狐となる。そして、その主人公の外見および性格の描写に、作者が、「たゞもしよくよくこの二人をくらべてみたら土神の方は正直で狐は少し不正直だったかも知れません」と、コメントをつけ加える。第二節から第五節にわたって、時間の枠組みにおいては夏のはじめから秋になるまでの間、その三人をめぐるドラマが展開していく。どちらかというと狐の方を好きな樺の木であるが、土神に対しても断りきれない。一方で、その二人の関係を徐々に意識してくる土神は、狐に対する嫉妬に由来する怒りを感じ出す。さらにまた、狐に対して怒りを感じるはずはない自分に対して失望し、益々怒りを覚えるといった悪循環が生まれる。その中には、「狐の言ってゐるのを聞くと全く狐の方が自分よりはえらいのでした」と、知識人なり、文明人なりに設定された狐に対する、劣等感のような気持ちも入ってくる。そういう土神であるが、話の終わりに近づいたところで急に様子が変わる。作者に言わせると、「もうあの不思議に意地悪い性質もどこかへ行ってしまって樺の木なども狐と話したいなら話すがいゝ」といった良い心的状態になる。まして、樺の木の所に行った土神が「わしはいまなら誰のためにでも命をやる。みみずが死ななけぁならんならそれにもわしはかはってやってい丶のだ」とまで宣言する。にもかかわらず、そこに来て自分を無視した狐のことで大変怒り、狐を彼の住んでいる所まで追いかけ、そこで殺してしまう結末に至る。そして、狐の穴に入った土神は、それがからっぽであることをみて、狐の自慢の書斎兼研究室は全部空虚だと分かるのである。

この作品についても、さまざまな解釈が行われているが、最も目立ったものとしては、賢治が好んだ語の一つである「修羅」を通じての理解、またさまざまな意味での「民俗性」に関連させた理解がある。本章では、基本的には「民俗性」によるアプローチに従いながら、特に日本の伝説における神々の世界の性質を追究しつつ、この童話の主人公である土神の意味、また作品の全体の意味を検討していくという方法をとってみたい。伝説の具体的な例としては、東北地方の赤神と黒神が十和田湖の女神に恋し、それを争う伝説を挙げ、賢治の作品と比較する。

その伝説を選んだ理由は、話の構造、主人公の設定など、この童話との類似点が多くみられるところにある。ゆえに、伝説の童話への影響関係を考える可能性がまず生じるわけである。賢治がこの伝説を知っていたかどうかについては、確かな証拠を提出するのはむずかしいであろうが、賢治はそもそもそういう類の話に興味を示していたことや、また彼の故郷とこの伝説の舞台となる十和田湖も距離的に近いことからすると、賢治がこの物語を知っていた可能性も十分に考えられるのである。そして、その二つの関係を考察することは、「土神ときつね」の解釈の可能性を広げる手がかりになるであろう。

この作品を赤神と黒神の伝説と比較させることのもう一つの意義は、「土神ときつね」における「民俗性」の意味を考えなおすことであると思われる。先行研究をみた限りでは、この童話において考えられている「民俗性」というのは、作品の舞台に焦点を合わせた、またそこを出発点とする考え方が支配的であると言っても過言ではない。これに対して、赤神と黒神の伝説との比較によって、そうした舞台の方からではなく、物語の方からその「民俗性」を見つめることができる。つまり、この作品にみられる「民俗性」のもつ意味を広げて、この作品を考察することになる。

さらには、同様の構造性をもつ物語《ストーリー》が、伝説と童話ではそれぞれどのように機能するかを比較することもできよう。それはまた、伝説と童話そのものの特徴を明らかにすることになるので、最終的に伝説を対照させることによって、賢治における童話の意味の可能性も考えてみたいのである。

第一節　赤神と黒神の伝説

赤神と黒神の伝説の内容をまず紹介しておきたい。管見の限り、もともとの形で語られたものまで見あたらないが、なるべく簡単な形、語り加えた部分が最も少ないと思われる形で紹介しよう。『秋田の伝説』からの引用である。

> 大昔のこと、十和田湖に美しい女神がいて、糸をつむぎ、機《はた》を織って暮らしていた。この女神を好きになったのが、男鹿《おが》半島に住む赤神と、津軽の竜飛崎《たつぴざき》に住む黒神であった。きのうは黒神が竜に乗って訪ねてくると、きょうは赤神の子分の鹿が、米代川をのぼって使いにくるようになり、女神を間にして黒神と赤神の心は乱れるようになった。やがて、黒神と赤神とは顔を合わせることが多くなり、ついには自分たちが神であることを忘れて争うようになった。
>
> この時にみちのくの神たちは、津軽の岩木山に集まってこの戦いを見守ったが、山頂の右手には黒神が勝つという神々、左手には赤神が勝つという神々が並んだが、右の黒神が勝つという神が多かったので岩手山〔「岩木山」の誤りか…引用者注〕の右の肩が低くなったのだという。
>
> 戦いは黒神の竜が、赤神のくりだす鹿の群れを次々と空高く吹き上げてしまったので、赤神は血に染まって野山を赤くしながら男鹿へのがれていった。ところが、戦いに勝った黒神が十和田湖の女神を妻に迎えに行くと、青々とすきとおった湖のどこにも女神の姿はなかった。女神は負けた赤神の後を追って、男鹿半島に行ったのだった。黒神はすごすごと竜飛崎へ帰ったが、十和田湖に背を向けて大きなため息をついたため、大地はめりめりとさけて今の津軽海峡がうまれ、津軽と蝦夷は離れてしまったのだという。(4)

以上の話である。これから、その伝説の他のバージョンも紹介しておこう。それぞれ、やはり優しい赤神、荒っぽい黒神と、選択を躊躇う美しい女神が登場する。恋敵になった赤神と黒神はそれぞれ女神に求愛した挙句、争いを始める。岩木山に集まった神々は、それぞれに応援するが、赤神を応援する神の数の少なさなどからすると、黒神が優勢である。そして、予想通り黒神が勝つが、女神は負けた方の赤神の所に行ってしまうのである。そこで、黒神が悲しい気持ちで大きな溜め息をついた結果、津軽と蝦夷の間に海峡が開かれる結末にいたる。それぞれのバージョンには以上のような共通する要素がみられる。そして、この話は大まかなあらす

岩手山の麓にある一本木野。曇りの日は「土神ときつね」の悲劇を予告する雰囲気となる。

じや三人の主人公の設定という点で、一見して「土神ときつね」に類似した内容をもっているが、それに触れた研究はこれまでなかった。細川律子『宮沢賢治の国より』(5)にもこの伝説は紹介されるが、賢治との関連は一切触れられていない。より明確なイメージを伝えるために、もう少し古いバージョンを二つほど引いておこう。二つとも賢治と同時代のバージョンである。一つ目は『三千里』(6)という紀行文集の中に収められたもの(7)である。『三千里』がはじめて発表されたのは、『日本』そして『日本及日本人』での連載であったが、この伝説が入るのは『日本及日本人』の一九〇七(明治四〇)年七月十九日の日付けの連載の部分となる(8)。

昔々のこと、津軽の竜飛に黒神といふ神がおはせられた。南部の十和田に一人の女神がおはせられた。出羽の男鹿に赤神といふ神がおはせられた。黒神は竜に乗つて飛行せられた。赤神は鹿を使ひ者にされた。黒神と赤神の間に十和田の女神の恋争ひが出来た。双方から言ひ寄せられたので。女神も片手落ちの沙汰には及びかねて、途方に暮れてござる。女神の姿は玉をのべたやうで、緑の深い〳〵裳裾の色は百里四方にも輝いたといふ。女神の心では赤神の情け深い優にやさしい方に一旦はきめられたけれども、黒神の面は黒鉄のやうでも、万事が雄々しい働き振りも無下にはと思ひかへされる。きのふ黒神が竜に乗て訪ねられた。身にしみるやうな詞も聞こえる。けふは赤神の鹿が使ひに来る。思ひのたけを繰り返したこま〴〵との御文ぢや。彼の詞を思ふにつけ、此の文を見るにつけ、何といらへ〔返事〕せんやうもない。これがこの身の幸であることかと、文を伸べた上にくづをれて、ホロ〳〵と声を立てゝ泣かれた。今でも十和田湖で南蛮鳥というてをる鳥の声は、その時の女神の泣声につれて、山の鳥共が一度にホロ〳〵と鳴いたその名残であるといふ。黒神も己れと馬を競べん赤神のあることに気がつき、赤神も我に先鞭をつけた黒神の振舞を快からず思はれて、いつとなく二神の間に争ひが起つた。争ひの果はゆゝしい戦ひとなつた。かたみに巌の楯、瑪瑙の剣、風雲を捲き、波濤を飈げていく度か寄せつ寄られつせられたけれども勝負がつかぬ。その時八百万の神達は津軽の岩木山に神づまりして、二神のめざましい働きをみられたさうな。黒神が勝つといふ方は右の方に、赤神が頼母しいといふ方は左の方に、自ずと見物の神達も二派に分れた。黒神が勝つと言ふ方が六七分通りで、赤神の方が三四分しかなかつた。岩木山の右の肩が低うなつてをるのは、其の時踏み崩されたのであるといふ。戦さの劇しかつたことはそれを見てもわかる。赤神の軍師に菟道の何某といふ老武者があつたが、日輪中空から海に落ちたと夢見て、一夜の中に亡きものとなつた。それからは、赤神の勢ひきのふに似ぬやうになつて、黒神は直ちに男鹿の根城の下に迫つた。刀折れ矢尽きて赤神は空寂の窟といふ穴にかくれて、再びこの窟を出ることあるまじと誓はれたので、黒神もさらばと、凱歌を奏して帰陣になつた。黒神はこの吉報をと、刀の血糊も拭はずに、すぐ十和田に走せつけられたが、こはそも如何に女神の姿は見えなかつた。津々浦々をさがされた後、始めて女神は空寂の窟に在ると知つて、天を抑《ママ》いで百千年の息を一度に吐いて嘆息された。其の吐息で蝦夷が津軽から離れたのぢやともいふ[9]。

（引用にあたって旧字体を新字体に改めた。）

もう一つは、一九一三（大正二）年に発行された『日本伝説集』のバージョンである。

昔、陸奥国の竜尾崎に、黒神と云ふ神が住み、羽後国の男鹿半島には、赤神と云ふ神が住み、陸奥国と陸中国との境なる十和田湖には、美しい一人の女神が住んでゐた。黒神は龍に乗つて飛んで歩き、赤神は鹿を使者にしてゐた。美しい女神の評判が、何時までも聞えずにゐる筈がない。赤神と黒神は、双方から女の許に云ひよつた。途方の暮れたのは女神である。

女神の姿は、玉の展べたやうに美しい。深緑の裳裾の色は、百里四方にも輝き渡つたと云ふ。女神の心は、情深い優しい赤神の方へと、一旦は傾いたけれども、雄々しい黒神の威勢を見ては、頼母しいやうにも思はれて、とかくの返辞を延ばしてゐる。黒鉄のやうな顔をした黒神は、龍に乗つて来て、毎日のやうに口説く。赤神の方からは、鹿の使者の催促に来ぬ日がない。女神はつくぐ〜身の不運を嘆いて、泣くより外は無かつたのである。今でも、十和田湖にゐる南鸞鳥といふ鳥の啼く声は、その時の女神の泣声につれて、山の鳥が一度に泣いた、その名残だといふことである。

赤神と黒神との間には、到頭戦争がはじまつた。岩の楯、玉の剣、風を起て、波を揚げて、幾度か寄せつ返しつ戦かつたが、勝負が見えぬ。

其時、八百万の神達は、岩木山に陣取つて黒神と赤神の働き振を見物される。黒に贔負の神は右の方、赤神が勝つと見た神は左の方と、見物の神達までが右と左に立別れる。其神々達の中で、黒神贔負が六七分、赤神贔負は僅かに三四分しか無かつたので、岩木山の右の肩は、今に左の肩よりも低い。大勢の神達に踏崩されたからである。

赤神方の軍師に、菟道と云ふものがある。その軍師が、日輪空から真逆様に海の中に落ると夢見て、一夜の中に死んで了ふ。すると、赤神方の軍が忽ち乱れて、黒神方が勢を得て男鹿の城の根元に迫る。赤神は降参して、またと再び出まいと誓つて、岩屋の中へ隠れて了つた。

黒神は其足で、十和田湖へ駈けつけて見ると、女神の姿が見えない。津々浦々を探した後に、赤神の隠れた岩屋の中に、女神もともに隠れた、と聞いた黒神は、百千年の息を一度に吐いて嘆息した。

其吐息で、蝦夷が津軽から離れたさうだ。(10)

(引用にあたって旧字体を新字体に改めた。)

それぞれ発行された時、賢治は一一才と一七才であった故に、『日本及日本人』の連載、また『日本伝説集』からこの伝説を知った可能性はあるが、確かな証拠はない。「土神ときつね」との類似は、逆に賢治の童話の影響でこの伝説の上記引用のような文章が出来たとも考えられるが、今挙げた二つのバージョンは「土神ときつね」が書かれたと推測される時期より明らかにはやいので、その可能性を一応は除く根拠となる。また、その二つは、他のバージョンと比べると、この童話とは細部も重なり内容はかなり近いものである。そうすると、賢治がこの伝説を知ったとするならば、それは今挙げた二つのバージョンのどちらか、あるいはそれに近い形であったと推測できる。

今まで確認できたこの伝説のバージョンは五つだけであるが[11]、それぞれを見ていくと、細かい箇所が異なっているとはいえ、やはり基本的な構造はどれも同様である。ここでは、上記の三つを参照しながらこの伝説を「土神ときつね」と比較してみよう。

第二節　「土神ときつね」の伝説との比較

一　色彩のイメージ

「土神ときつね」を赤神と黒神の伝説と比較する際、まずこの伝説と童話の関係について多様に考えさせられるのはそれぞれの主人公の色彩のイメージが重なるという点である。すでに先行研究において指摘されるように、作品の中では、土神が黒色で特徴づけられ、狐が赤色で表現される。そのような土神の「黒」と狐の「赤」については、今までに、賢治自身の色彩の表現意識としてしか論じられてこなかった。たとえば、清水正氏はその「黒」と「赤」を次のように解釈している。「黒」の場合は、「〔黒〕は中途半端とか曖昧さとは無縁な、絶対とか極端をイメージさせる。土神の怒りや嫉妬が〔黒〕で例《ママ》えられる場合には、それは絶対的な怒りや嫉妬を意味しており、もはやそれを抑えることはできない」といい、「赤」のイメージについては、「上品、新品、富裕、美の〈赤革の靴〉の対極に、見せかけ、貧困、空虚の〈赤剥げの丘〉が存在している」とみている[12]。また、山根知子氏は「私はこの黒と赤というイメージの描き分けに込められた象徴的な意味を、土神の造形に関わる土の要素、さらにはこの作品全体を貫いている土に関わるテーマとの関連で読み取っていきたい」とし、土神と狐は黒土と赤土との対立について、「腐植土の黒土は、死んだ動植物が分解されることによって有機的な肥えた土になってゆく」のに対し、「赤土というのは（中略）無機的で命の乏し[13]い」と述べる。

さらに、井上克弘氏は「この地に棲む「黒い瘠せた脚」で特徴づけられる土神は、地味の低い黒ボク土を暗示している[14]」と指摘する。このように主人公を特徴づける色彩を彼らの性格や土壌の色彩との関連を通じて解釈する研究が見受けられる。

それに対して、伝説の主人公は「赤」神と「黒」神—それぞれの名前に色彩のイメージが含まれ、「土神ときつね」をこの伝説との関連を通して考えれば、童話の主人公の色彩における位置づけは伝説における神の名づけと一致するので、伝説の色彩設定に由来するとまず推測できる。賢治の他の作品において赤と黒の明白な対立は形跡がないという事実が、共通しているその色彩表現が伝説からの影響の可能性を高めるのである。

先行研究にみられるそれぞれの解釈には筆者も共感を覚えるが、土神の「黒」と狐の「赤」の、伝説の黒神と赤神との関連の可能性を視野に入れると、色彩表現について重点をおくところが異ってくる。つまり、賢治は色のイメージを考えた結果その二色を選んだというよりも、そもそも話の中にあった色彩表現のイメージを膨らませたということになる。それは一見同じことにみえるかもしれないが、実際に作品の読み方が大きく異なってくると考えられる。たとえば、さきほど引用した解釈をあらためてみると、土神の嫉妬や怒りの仕方は「黒」で決まるのではなく、そのモデルとなった荒っぽい黒神の影響で形づくられたにすぎず、「黒い瘠せた脚」や「爪も黒く長い」というような表現でその「黒」のイメージが強調される。また、狐の「上品」さと「赤」そのものとの関連も副次的なものとなり、本来伝説の中で赤神が優しい存在として描かれていた事実に由来することになるであろう。そのように考えると、賢治がその「黒」と「赤」に託した意味がそれほど大きくないということになる。また、この考え方に従うと、山根知子氏の解釈に関して言えば、その二色に「象徴的な意味」があるかどうか、少なくとも賢治が意識的にそれを象徴的な意味で使ったかどうかをあらためて問うことになる。土神という主人公は、黒神にさらに具体的な「土壌」のイメージを与えられた結果、変じたものであるといえるかもしれない。しかしその場合も、やはり「黒」と「赤」の対立がそれより先であったと考えなければならない。

さらに、色彩表現とも関連している問題であるが、今まで「修羅性」を表現する風景としてしかみられなかった土神の住処の描写は、その一部が「修羅」とまったく関係がなく、黒神の住処のイメージと重なる描写にすぎないとも確認できる。あるいは、ここも黒神を「修羅」のイメージで膨らませたものであると考えてもいいかもしれない。たとえば、狐の住処である「赤剥げの丘」の下の「円い穴」に対立する、「苔やからくさやみぢかい蘆」があり、「せいの低いひどくねぢれた楊」がある土神の住処という描写は、詩「春と修羅」などにおける「修羅」のイメージに近いため、「修羅」と本作品との関連については、詩集『春と修羅』の中の何編かの詩編との関係が指摘される。[15] たとえば「春と修羅」という詩では、賢治は自分のことを「修羅」と規定して、その様子を次のように述べる。

　　のばらのやぶや腐植の〔湿〕地
　　いちめんのいちめんの諂曲《てんごく》模様

また、

　　いかりのにがさまた青さ
　　四月の気層のひかりの底を
　　唾《つばき》し　はぎしりゆききする
　　おれはひとりの修羅なのだ[16]

これに対して、童話では土神が住んでいる所は湿地であったり、彼が狐のことで非常に怒った場合、やはり「はぎしり」また「ゆきき」するというところで先ほどの引用部分との類似点がみられる。それに基づき、一つの解釈として土神の「修羅性」が論じられてきた。土神の「修羅性」とその住処との関連について、たとえば、栗原敦氏は、「土神の棲んでいた「冷たい湿地」「ひどくねじれた楊」などもある土地(17)」だと指摘する。一方、大塚常樹氏はその関連を次のように述べる。「土神の住居は「苔やからくさやみぢかい蘆などが生えてゐ」る、「冷たい湿地」である。賢治テクストにおいて、怒りの心的状況を表象する《修羅》という本能的な生物は、湿地とむすびつけて表現される（『春と修羅』『小岩井農場』など）から、土神は修羅の一つの具体的なキャラクターであるといってよかろう(18)」。また、別のところでも氏は「要するに賢治にとって《修羅》のさまよう空間は、《湿地帯（氾濫原）》であり、それはまた「石炭紀」や「白堊紀《はくあき》」、「侏羅紀《じゅらき》」といった地質年代と強く結び付いていたのである」（ルビは引用者(19)）と「修羅」のより深い解釈に踏み込む。山根知子氏もやはり、「詩篇「春と修羅」の最初の部分に、（中略）修羅の心象風景として「腐植の湿地」が出てくる」ことに注目して、「これは、修羅の形象化とも言うべき土神が、腐植の湿地を背景としていることと結びつく(20)」とする。

このように、土神の住処の描写は「修羅性」のイメージと重ね合わせることができる要素がある。一方、ここで問題にしている伝説においても「赤神」と「黒神」の名に含まれた色彩イメージの他に、土壌の色彩のイメージに関わる描写がみられる。前節で引用した『三千里』と『日本伝説集』の方には、伝説の内容を語り終えてから、それぞれ次のような記述がある。

今でも竜飛に行くと、岩が皆黒い、形が奇ぢや。さうして浪が荒い。さも黒神のやうな雄々しい神の住居であつたかと思はれる。男鹿の岩は大方赤味を帯びてをる。大桟橋、小桟橋など他に類のない鬼跡もあるが、岩はいづれかと言へ

ば概ね穏やかな形である。赤神の昔の備へも思ひやられる。(21)

今でも、竜尾に行くと、岩が黒く、形が奇怪で、其あたりの浪が荒い。男鹿の岩は大抵赤い。西海岸の大戸瀬、小戸瀬の奇勝地は、其時の激しかつた軍の名残を止めてゐるのである。(22)

これより新しいバージョンでは、その箇所に相当する部分はみあたらないが、賢治と同時代のバージョンにおいてそのような記述が存在するということは、賢治の主人公の住処の風景描写がこれに影響された可能性を除くことはできない。それらは上記引用の「概ね穏やかな形」で「大抵赤い」岩と描写される赤神が棲む男鹿と、「岩が皆黒」く、「形が奇怪で」あると描かれる黒神が棲む竜飛との対立に通じるものでもあるということに注目したい。

また、この作品を上の記述と合わせて見直してみると、たとえば多様に論じられてきた、主人公の二人を表現するものとしての「黒土」と「赤土」の読み方に関しても、伝説の「黒い岩」と「赤い岩」と重なるので、「土」の色彩の原型も伝説に由来するのではないかと推測できよう。

狐については後ほど取りあげたいが、ここで色彩の事柄に限って言えるのは、土神は黒神よりも「土」のイメージを通して、「黒」のより具体的な表現となるのと同じく、やはり「赤革の靴」を履き「茶いろのレーンコートを着」る「茶いろの」狐も赤神と同様に「赤」で特徴づけられる存在でありながら、その「赤」のより具体的な表現でもあるということである。

赤神と黒神の伝説を参照した上で、色彩の問題に関してもう一ついえるのは、黒と赤は土神と狐を対立させる二色であるが、作品の中で他に表現される赤と黒とは関連が薄いかもしれないということである。たとえば、「眼も赤く」と第一節で紹介された土神は、第五節において「「わしはいまなら誰のためにでも命をやる。

みみずが死ななけぁならんならそれにもわしはかはってやってい、のだ。」土神は遠くの青いそらを見て云ひました。その眼も黒く立派でした」とあるように、自分の命を捧げられるぐらい悪い感情から開放された土神は目が赤色から黒色へ変わるが、それは主人公を対立させる赤と黒のイメージとはあるいは無関係であると考えられる。

二　主人公の設定

土神という主人公であるが、前述したように、先行研究において、土神の性格を論じる際、多くの研究者が問題にするのは、その主人公における、またその作品の全体における、「修羅性」というものである。「修羅」―「阿修羅」ともいうが―というのは仏教の中の六道に属する存在の一つであり、賢治が最も好んだ表現の一つでもある。たとえば、『春と修羅』という一九二四（大正一三）年に彼が自費で出版した詩集の中では、「修羅」が一つのキーワードとなっている。

「土神ときつね」に関しては、賢治自身はこの作品で「修羅」という言葉を使っていないが、先行研究において研究者が「修羅」の意味をどういうふうに説いているかみていくと、この作品に限る解釈だとしても、それぞれ大きく異なるという点に気づかされる。

上で示したように、まず土神の住処の様子を詩編における修羅のイメージと重ね合わせる見方がある。一方、土神自身を「修羅」としてみる場合、たとえば、大塚常樹氏が言うような「もともと《天（神）＝Deva》の眷属でありながら、戦いに敗れて海底に棲むことになった悪鬼神《修羅》(23)（中略）とほぼ同一の位置づけだ」というものもあれば、「気分屋で感情屋で本能屋で反省のかけらもなく、頑なに自分が欲したものにしがみつき、妥協せず、ナイモノネダリのダダッ子、ワガママのかぎりをつくさないと気がすまない無垢――こうしたキャラクターを賢治は、時として修羅、時としてデクノボーとよんでいつくしんでいる[24]」と中村文昭氏がいうような、前者とは相当意味が離れていると思われるものもある。つまり、仏教的な教えという側面からみた「修羅」は、別のところではその性格の悪さがその存在を規定する基準となる。また、同じく性格という側面であるが、自己葛藤という点に重点をおく研究もある。秋枝美保氏によると、「この三者には、それぞれの本来の志向がまっすぐに伸びず、ねじ曲げられた形で表現されるという、共通した心的状況が存在する。これが、いわゆる「修羅」的状況というものであろう[25]」という理解も可能であり、大沢正善氏の「「修羅」とは根源的に、理不尽な受苦を怒りながら同定すべき自己を見失い彷徨する存在、あるいは、その昏迷した状態なのである[26]」という理解を経て、天沢退二郎氏の「つねにいいしれぬ至高なものを求めて苦悶している性格[27]」という意味にまで至る。このように、「土神ときつね」の研究においては、「修羅」という言葉の定義自体に振幅がみられるのである。

童話では「修羅」を思わせる具体的な記述については、前述したように、土神が住んでいる所は湿地であり、彼がきつねのことで非常に怒った時に、上記で引用した「春と修羅」でみられる修羅の様子と同様に「はぎしり」また「ゆきき」するという類似点を見出せる。土神の性格においてもそのような「修羅」を思わせるものも確かめられる。栗原敦氏はさらに、「通り過ぎようとする木樵から姿がみえないことや、「青い色のかなしみを浴びてつっ立」つこともあり、「泪は雨のやうに」降るのでもあることを思うと、詩篇「春と修羅」と重ねて読んでみたい誘惑にかられるのであった[28]」と詩編とのまた異なる関連性を語る。それに加えて、山根知子氏は「「春と修羅」では（中略）農夫には修羅である「おれ」の姿が見えない。それと同様に、（中略）木樵には修羅をかかえる土神の姿が見えない[29]」と同じ箇所を挙げながら、「修羅をかかえる土神」を見出すのである。さらに、伊藤典子氏のように、「逆に土神の外面を「神といふ名」に込められた〈神性〉とすれば、それに対比する内面は恋愛と嫉妬に煩悶する〈修羅〉となるのはすでに定説で〔ある〕[30]」とまで述べる研究者もいる。そうした見方を出発点に、土神を自分を「修羅」と規定する賢治自身と一体化させることが一つの流れとしてみられる。[31]

一方、「民俗性」の観点からの解釈もみられる。「土神の風貌は、賢治童話に登場する山男によく似ている。〈中略〉土神の容姿は確かに山男との近似性を感じさせるし、山男の愚直さと土神の正直さにも、両者の類縁性をみることができる[32]」と述べる川島裕子氏は、土神のことを山男という観点から見つめなおす可能性を示す。氏は続けて両者の性格をつぎのように述べる。「土神を信仰の対象とされた山男と解釈すれば、供物を供えられない土神のいらだちは、報酬を裏切られた山男の怒りにつながっていくのである[33]」とその類似性を指摘している。もう一つの土神の見方としては、谷川雁氏も少し触れるが[34]、主に小森陽一氏の取りあげた考え方がある。氏は土神のことを、「土神は、土公神と書かれ、「どくうじん」あるいは「どくじん」と呼ばれた、陰陽道の遊行神のひとつです。〈中略〉こうしてみると「土神ときつね」の物語は土神と樺の木に即して考える限り、陰陽道を枠組につくられているということがはっきりわかります[35]」と解釈する。そして、陰陽道は中国から渡来したものである、また狐はもともと稲荷信仰と結びつくものである、という理由をあげて「「土神」と「狐」の根深い対立は、実は在来と外来の宗教をめぐる対立であったといえるでしょう[36]」という考え方を示している。

さらに、秋枝美保氏は、『アイヌ神謡集』の中の神謡の一つの主人公である「谷地の魔神」に纏わるモチーフの類似性に注目する。[37]氏はその魔神と「春の修羅」に描かれる「修羅」の類似点は、「賢治の「おれはひとりの修羅なのだ」という自己規定において、アイヌ文化の受容が重要な働きをしたことを推測させる[38]」と指摘し、土神、修羅と魔神の共通するモチーフを分析しながら、「この三作品の共通点は、怒りと焦燥の強い感情があることと、それによって他者を追いかけたり、歯軋りをして歩きまわったり、破壊的な行動に及ぶこと、その際必ず「火」が周囲に飛び交うことである」(39)とも指摘する。また、氏は敗北した魔神の死に方に「賢治は、「修羅の成仏」の一つの姿をみたのではなかろうか」(40)というように、賢治による「修羅」と「谷地の魔神」の像がより深いレベルで重なりあうことにも注目する。

「土神ときつね」における「修羅」の解釈の可能性の幅広さや、上記で紹介した山男や魔神といった、その他のものとの共通点を考えると、この「童話」における抽象的なレベルでの「修羅」の解釈は一つのレベルにすぎず、「修羅」の像を見出すとしても、それが土着の文化の要素に強く根づいていると考えられる。「修羅」と「民俗性」という二つのレベルをもはや切り離し別次元として考えるのはむずかしいということであろう。

このようなアプローチに一貫するのは、赤神と黒神の伝説との比較である。この作品を赤神と黒神の伝説を通してみる場合は、土神の性格は黒神の性格との共通点が多いが、この伝説の場合は特に童話と同様にもう片方の赤神との比較においてそれがよりはっきりみえる。黒神は「雄々しい」や「黒鉄のやう」など争うのが得意な性格として記述される。また、ここで特に目立つのは、恋に負けたものの感情の強さというところである。樺の木を諦めた土神は自分の命をさえ犠牲にできるという強い肯定的な感情を覚えるが、黒神も異なる形で強い感情を発揮する。黒神の場合、「その吐息で蝦夷が津軽から離れた」とあるが、秋枝氏がいう「修羅の成仏」とまでいかなくても、それを地形を創造するというふうに考えれば、土神と同様に敗北が強い肯定的な力強さへと変わったとみることができる。さらに、鹿の使いを通して、手紙というもっと洗練された方法で女神とやりとりする赤神に対して、女神のところへ直接にきてそのまま自分の気持ちを伝える黒神を考えれば、ここでもどこかで率直で、正直な土神と一致する雰囲気が漂う。このようにみると、黒神は土神の重要な原型としてみることができる。伝説の童話のあらすじの類似点により、その可能性はさらに高くなる。

では、逆に、なぜ土神が黒神ではなく土神でなければならないかを問いなおす必要があるであろう。作品の中で土神の祭りのことや彼を信仰しているような人間について述べられていることから、土神は土の神としてまず解釈される。谷川雁氏がいうように、土神は「言葉のとおり土の神である。（中略）土そのものの人格化であるとともに、作者がくりかえしとりあげる山人の風貌もふくまれている」(41)という見方は自然であり、土神は土壌のイメージと結びつけて考えられる。また、金子民雄氏が「土神ときつね」のことを「イソップとグリムの童話に、東北の土臭い民話をこね合わせたような小品」(42)というように、この童話は舞台となる土地との結びつきを感じさせるものである。

つまり、童話の主人公が伝説の黒神に由来し土神へと変じたとすれば、その設定について一つ考えられるのは、上にも述べたように、漠然としたイメージの神＝黒神に対して、土神が同じく神でありながら、より具体性、土着性をもつということである。先行研究にあるように、確かにある種の生臭さを感じさせる主人公なのである。賢治にとって、そのような土神の方が身近な存在であり、みじめな退職教授のイメージにも合うように、「修羅」のイメージにも重なり合う側面も備わっていると考えられる。また、「土」そのものが「黒」の具現化されたものであるとも思われる。

次に狐に関する記述であるが、狐の意味づけとしては、そもそも日本の文化における狐を考えるものと、それに基づきつつ賢治の独特の意味を見出すものがある。前者の場合、たとえば、秋枝美保氏は狐のことを「時間、空間を越えて大事なメッセージを運ぶ使者」、また「狐は、芸術や宗教の虚構性を司る神ではないか」(43)と語っている。中野隆之氏によると、「僕らが狐について知っていることは、その優美な姿と、正の面での稲荷の使者、負の面での人を化かすこと。そして総体として、狐はずる賢いものである、ということ」であり、また「狐に、非常に学問、教養があるとするのは、民間伝承の狐観でもある」(44)と指摘している。賢治独特の意味づけとしては、同じく中野隆之氏が、「この童話の一方の主人公として狐を登場させたのはそれら正負のイメージがあるから、という理由だけではない。（中略）一人の心の中にある、相反する心情、すなわち土神的心情、狐的心情、それを具体化したのが土神と狐である。賢治自身の分裂と言ってもいいだろう[45]」という考え方を示している。また続橋達雄氏も狐の意味を「「土神と狐」では、善意に発しながらつい陥ってしまう人間の過誤を狐の一面に形象化[46]」するものとみている。秋枝美保氏もまた、民間伝承にすでにあった狐の意味と結びつけ、本作品における狐の虚構の世界のイメージについて論じている。「言葉の構築した世界が実態を伴わない時、我々はそれを「偽」と言い、構築された世界の見事さに圧倒されて実体を忘れた時、我々は「騙された」と感ずる。しかし、狐の虚構性が、未知なるものを人間にもたらし、人間の精神に展開をもたらすものであることは確かであろう。だが、その虚構に実体としての裏付けがなくなったとき、それはただの「虚偽」となる[47]」と言い、そして続けて「その言葉の虚構性が、西洋文明の世界を模倣する方向に流れ出すところも、賢治の作品中の狐がもつ一つの傾向である[48]」とつけ加えている。

　狐が赤神を原型とする主人公だとすれば、ここは赤に色彩が一致するとはいえ、神から動物へと、その変化は土神より大きいといえる。この主人公を先行研究で論じられたような「民俗性」の観点からみた意味を意識するならば、賢治がそれを狐にしたことは納得できる。同時に、童話の設定において、狐は上品で「滅多に人を怒らせたり気にさわるやうなことをしな」いと紹介され、情深く優しいと記述される赤神の性格に通じるところがみられる。一方、「優しさ」から「上品さ」へと、主人公の設定において重点をおくところが変化していくなか、上で触れたように、女神の所へ直接に行かずに鹿の使いを行かせながら手紙でやりとりするという赤神の特徴もハイカラの一方で「不正直」な狐に通じるところだと考えられる。さらに、伝説における、赤神が「空寂の窟といふ穴にかくれて」や「岩屋の中へ隠れて了つた」という部分をみると、それが「中はがらんとして暗くたゞ赤土が綺麗に堅められてゐる」狐の穴を思わせ、赤神が狐に転じた一つのきっかけとなったという可能性も否定できない。

女性の主人公について言えば、女神と樺の木とは、女神と植物という点で大きな相違があるが、ともに美しく、求愛されても一方を選べず躊躇うという点では、イメージ的に近い登場人物でもあるといえる。また、伝説における「緑の深い〳〵裳裾の色は百里四方に輝いた」「深緑の裳裾の色は、百里四方にも輝き渡つた」という女神の描写は木を思わせるところもある。一方、あらすじをみれば、樺の木は女神と比べて最後まで消極的な存在であり、自ら身を動かすことができない木としてその性格の特徴が象徴されるとも考えられる。樺の木の民俗的な解釈をみておくと、木の霊との類似性が指摘されている。[49] 秋枝美保氏は賢治童話に登場する他の精霊とのつながりを指摘したうえ、つぎのように結論を出している。「賢治の作品に登場する「木」は（中略）宿らすべき確固とした神霊や、木霊を失って、いささか惑いの状況にあるように思われる」[50]。そう考えると、逆に本来神聖さを備えるものだとみれば、ここでも女神と通じる側面を見出せる。樺の木という主人公において伝説の女神と土着のイメージが重なっているとみることができる。樺の木のそれらの特徴をみる限り、三人の主人公の中では伝説の内容から最も離れたものであるかもしれないが、この主人公の場合でも伝説の影響を充分に考える余地があるといえよう。

三　その他

その他の類似点であるが、伝説の赤神、黒神と女神という三角関係の構造は、童話の狐、土神と樺の木という三角関係の構造と類似する。地形の由来を説明する伝説となるが、ドラマチックな物語の展開という点では賢治がいう「シナリオ風の物語」の題材としてふさわしいだろう。

主人公の間の関係については、「修羅」の性質と言われる瞋《いか》り、諂《へつら》いと争いを土神、狐、またその二人が対立している様子に当てはめるのも、やはりこの作品の解釈方法の一つとなる。たとえば、秋枝美保氏は次のように作品の設定を説明する。「童話「土神ときつね」においては、詩に描かれた修羅の二つの感情――怒りと諂曲――を、土神と狐としてイメージすることにより、修羅の心の分裂の実体を描き出すという、詩にはない、修羅の心的状況についての認識作用が生じている[51]」。大沢正善氏も同様に、「土神はひとりの「修羅」なのだ。それならば、同じ荒廃と空虚をかかえた狐もひとりの「修羅」なのであろう[52]」と語っている。伊藤典子氏は先に紹介した大塚常樹氏の考え方を引き継ぎながら「〈穴〉に住む生物を他作品でみるとやはり興味深い共通点が得られる。（中略）リビドー（性的衝動の根源）という心理用語とともに用いられているように、両生・爬虫類同様、現世人類が進化してくる過程で避けては通れない下等な段階としてとらえており、意識下に眠るこの旧人類の本能的要素はやはり一種の修羅として賢治を脅かしたに違いない。こうしてみると〈穴〉は〈湿地〉とは別に、修羅的存在の生息地として描かれており、これに従えば「土神と狐」の狐もまた例に漏れず修羅の化身であることが分かる[53]」と解釈している。大沢正善氏がさらに「「修羅」とは（中略）瞋恚《しんい》（いかり）・闘諍《とうじょう》（あらそい）・諂曲《てんごく》（へつらい）をその性としている。土神は瞋恚に堕し、狐は諂曲に堕し、二人は闘諍に堕していると言えるかもしれない。あるいは、土神と狐の分裂こそ「修羅」の状態なのかもしれない[54]」とその登場人物の設定をみている。そして、土神を「修羅」の化身とする見方と同様に、ここもそういう作品の見方の展開としては、主人公の二人が分裂した賢治像だという論じ方をする文章もみられる[55]。また、小沢俊郎氏のように「この作品、ある意味では童話の形の心象スケッチだったのだ、と僕は考える。未だ心象スケッチという詩形を用いていなかつた頃の[56]」〔句点…引用者〕とこの童話を、賢治が自分の感じたことを書きとめる詩に近いものとする見方も確認できる。

伝説における主人公たちの三角関係であるが、ここでは直接に争うという展開となる。そして、黒神が勝つことになるが、女神は赤神の所へ行ってしまうので、結局負ける者となる。童話の方でも、やはり三角関係ができ、対決自体はむしろ心理的な力くらべとはいえ、やはりはげしいものである。そしてその結果、土神が狐を殺害したので、恋敵をなくして勝つともいえる。しかしながら恋の行方は伝説ほどはっきり記されていないなか、最終的には伝説と同様に、土神が女性の愛情を得ることはできないと推測できる。つまり、本作品における土神と狐の対決にも伝説の神々のおもかげを見出せる。なお、ここで重要なのは、「土神ときつね」を赤神と黒神の伝説を通して解釈すると、「修羅」とは異なるレベルで「争い」のモチーフを考えることができるということである。

さらに、主人公の居場所を大まかに見比べると、「黒」の方が北であり、「赤」の方が南である。というのは、伝説の場合はどのバージョンにも赤神は男鹿に住み、黒神は竜飛崎に住むというのが共通し、童話の中でもその配置を知らせる記述があるからである。土神は第二節で樺の木のところに「東北の方から」来ることからすると、また彼の住処である「谷地」を通る木樵が「谷地の南の方から」きて、一本木野の北である三つ森山の方へ向うことからすると、土神の居場所は北の方であると思われる。狐は「いつも野原の南の方からやってくる」と描写されるので、彼の穴は南の方であると思われる。また、それぞれのその伝説のバージョンを考えると、主人公の居場所に関する、方向性以外の共通点が読み取れる場合もある。たとえば、すでに述べたように、伝説の内容をみると、赤神が隠れて行った窟《いわや》／岩屋は、童話の狐の住みかまたは隠れ場所である穴との類似性を思わせる。

このように赤神と黒神の伝説と共通点が多くみられるが、ここで反対に両者の大きく異なるところもみておきたい。つまり、伝説と比べた場合、童話の内容がどう異なってきたのかを考えてみたいのである。伝説に対して最も大きく異なると考えられるのは、「たゞもしよくよくこの二人をくらべてみたら土神の方は正直で狐は少し不正直だったかも知れません」という設定、そして結末の部分、その二つではないであろうか。まず前者であるが、伝説において力強い黒神が力弱い赤神と勝負し、当然黒神が勝つはずであるが、結局「強い」「弱い」という段階ではなく、「荒い」「優しい」という段階で勝負が決まる。そういうふうにもともとの設定に対して物語の意外な展開が生じる。そして前述したように、赤神にも狐の上品さや不正直さに通じるところがあるが、賢治は「正直」「不正直」という新しい基準を強調することによって、あらためてその設定を逆転させる。つまり、伝説と比べると、より近代的で心理的な観察を含めて、その二人の主人公をさらに異なるレベルでみている。そして、伝説の場合は女神が負けた者の所へ行ったということと、童話の場合は土神が狐を殺したということと、両方ともプロットの展開における「ねじれ」があるというところでは、両者は構造的に類似する点があるが、「ねじれ」のレベルが異なる。

そして結末であるが、もともと事柄を説明するという役割をもつ伝説の場合は、津軽海峡を作るというような事物を生み出す積極性がみられるのに対し、「土神ときつね」の方が残酷でしかも望みのない結び方となる。大地をつんざく伝説の場合は最終的に負けた黒神は相手を死なせないばかりでなく、その負けた悲しみが巨大なエネルギーに変わり、そのエネルギーもまた創造力のある動作に変わっていく。これに対して童話の土神は、負けた気持ちから最初にだれかのために命も犠牲にできるという極めて肯定的な感情をいだくようになるとはいえ、最終的に狐を殺すという行為へはしり、狐を殺した後も、泣くことしかできないのである。これは、そのさまざまに考えられる理由のなかでも、主人公の関係構造を別のレベルで改めた、賢治の「正直」と「不正直」という規準から生れた、主人公の内面的な葛藤がもたらしたものである。

ところで、伝説の題であるが、調べた限りでは、それを二人の神の名で表現する場合は、「赤神と黒神」という形となり、「赤」の赤神の方が先である。それに対して、童話の場合は、「黒」の土神の方が先となるのは、また興味深い。それは賢治は土神の正直な方を重んじたかもしれないということである。そうするならば、結末でも逆転させて土神に勝たせるはずであるが、そうはならない。確かに表面的にみると勝つことになるが、実際に土神も狐も樺の木の愛情を得ることができない。つまり、二人とも負けた者となる。言い換えると、「正直」だからと言って、恋は叶うわけではない。あるいは、「正直」だからといって勝者となるとは限らないともみることができる。それは、特にその伝説と関係なく考えられる解釈であろうが、伝説との比較によって、それがよりはっきりみえてくるように思える。というのも、伝説の方も同様に、「強い」黒神が勝つことができなかったからである。そして、その「正直」と「不正直」という位置づけが、賢治のその赤神と黒神の新しい見方とでも言えよう。これこそ賢治がその伝説に与えた新鮮な解釈ではないであろうか。つまり、小説的な膨らみを加えたということである。

その他、伝説に対して童話の方が微妙に意味が異なってくるのは、登場する女性である。最後に赤神の所に行った女神の積極性に対して、樺の木は狐の死まで消極的なままで居続ける。それは物語の内容と関係なく、賢治の女性観、恋愛観に関する意見であるとみることもできる一方、女性への思いがその対立のきっかけであったことを特に問題にせずに、あくまでも土神と狐、その二人に焦点を合わせ、その関係を観察する方に意味を感じたとも思われる。

伝説の女神に関してもう一つ注目しておきたいのは、「土神ときつね」の中で狐が言及しているハイネの詩に登場する、「ロウレライ」(ローレライ)との関連性がみられることである。『ハイネ全詩集』[57]には、賢治が言うローレライという歌がみつからないが、石井直人氏[58]も指摘するようにそれは次の作品であろう。冒頭の部分をまず引用しておこう。[59]

どうしてこんなに悲しいのか
わたしはわけがわからない
遠いむかしの語りぐさ
胸からいつも離れない

ハイネの詩を読んでいくと、この詩も含めて恋をテーマにした詩が多い。その雰囲気もファンタジーの世界に触れる、童話的ともいえるものが多いことが分かる。ゆえに、「土神ときつね」の中にハイネの名前が現れるのは不思議ではないかもしれない。そして、ローレライの歌はその一例にすぎないとみることができる。しかし、今までみてきた赤神と黒神の伝説との類似性を考えると、その詩と本作品との関連は、もう少し密接であるとも推測できる。いわば、賢治にとって伝説は、その詩の中の「遠いむかしの語りぐさ」だったのであろう。その歌の続きをみていくと、ライン河の「かなたの岩」に座って、不思議な力をもつ歌をうたう美しき乙女が登場する。歌の結末は次のようである。

小舟をあやつる舟人は
心をたちまち乱されて
流れの暗礁《いわ》も眼に入らず
ただ上ばかり仰ぎみる

ついには舟も舟人も
波に呑《の》まれてしまうだろう

それこそ妖《あや》しく歌うたう
ローレライの魔のしわざ(60)

歌の内容は、赤神と黒神の伝説とは相当離れているが、川岸に座って男性の心を惑わせるそのローレライという異界の存在はどこかで十和田湖の女神と類似するようにも思える。そういう意味なら「ロウレライやさまざまな美しい歌」も「土神ときつね」において大事な小道具の一つであったと思われる。

「はじめに」で述べたように、賢治が赤神と黒神の伝説を知ったうえで「土神ときつね」の創作を考えた確かな証拠は今のところ提供できない。しかし、今までみてきたように、両者の共通点が多いことから、それはただの偶然と考えにくいところがある。特に一人の女性を争うというモチーフは伝説の内容と完全に一致する点なので、その伝説やその類話からの影響とまず推測できる。

赤神と黒神の伝説についての検討をひとまずおき、ここで同様のパターンの話を考えてみたい。

第三節　赤神と黒神の伝説との類話

日本の伝説や昔話の中には、神々が権力・妻・夫などを争うさまざまな話がみられる。ここではその中から、二人の男性の神が一人の女性の神（女神）を争う型の話を二つほど紹介しておきたい。岩手山をめぐる伝説とアイヌのユーカラ詩の二つである。

まず、岩手山の伝説であるが、その話にはいくつかのパターンが存在する。その一つについてはすでに金子民雄氏が、伝説の伝えるところでは、かつて姫神山の女神が岩手山の男神に嫁したものの、夫婦中が悪くうとんじられるところがあって、怨みを含んで帰ったという（中略）。また、『享保採集薬便記』というものには、奥州の南部籔川村から樺木、いわゆる〈しらかば〉を産するが、御姫岳（姫神山）からも同じく〈かば〉の木を生ずるということが記してある。しかし、姫神山の方の〈かば〉は本当の樺木ではなく、桜の一種の〈かんば〉の木で、この木の皮を煎じて腫物に用いる

花巻市の近くにある早池峰国定公園は訪れる人を厳かな雰囲気で出迎える。

姫神山を争うもう一方の男神の山は、賢治が愛し続けた岩手山である。

薬用樹だったという。(中略) この童話の女主人公《ヒロイン》でもある女の樺の木は、姫神山という推測も成り立ってくるのである(61)

というふうに「土神ときつね」との関連を語っている。一方、同様の伝説で早池峰山を入れたバージョンもある。「昔話・伝説必携」(62)の中では、その二つのバージョンが紹介されている。一つ目は、岩手山には姫神山という本妻と早地峯山という妾がいた。姫神山があまりにも嫉妬深いという理由で岩手山が彼女と夫婦の縁を切ったという内容の話である。二つ目のバージョンは次のとおりである。

南部の姫神山は、山容の美しさから女神の山といわれる。この姫神山を妻にめとろうと岩手山、早地峯山の両山がお互いに張り合い、熾烈な争いを続けた。姫神もどちらへゆくべきか大いに迷った。そのためこの三山は、そろって晴れた姿をみせることはなく、いずれかの姿が雲にかくれるという(63)。

いうまでもなく、この伝説の場合も、ここでは内容がごく簡単な形で紹介されているにすぎないが、やはり「土神ときつね」と共通する点がみられる。この場合に特に興味深いのは、伝説の舞台が童話のものとほぼ一致するということである。

次に、アイヌのユーカラ詩について紹介しておきたい。ただし、「土神ときつね」との共通点が最も多いアイヌのユーカラ詩は、すべて一九三二 - 一九三六(昭和七 - 一一)年の間に北海道で採集されたものであり、賢治がそれを知っていた証拠となる、一九二〇年代の資料がみつからない。したがって、赤神と黒神の伝説と比べても、あるいは姫神山をめぐる伝説と比べても、このユーカラ詩を知る可能性は低かったとも思われる。

一方、秋枝美保氏はアイヌのユーカラ詩と「土神ときつね」の関連を別の観点から考える。この作品が書か

れたと思われるのと同じ年（一九二三）、妹トシを亡くした後の賢治は樺太への旅に出る。氏は、

> 賢治が樺太に旅行した前後〔「土神ときつね」が書かれたと思われる時期とも一致する…引用者注〕は、一種の樺太ブームでもあった。考古学者の鳥居龍蔵は、賢治と相前後して大正八、十年と樺太を訪れ、少数民族の調査をしていた。そして、賢治が樺太へ行く三ヶ月前、岩手県からは、「サガレン派遣隊」なる軍隊が樺太に向けて出発していた。そのことは、岩手日報紙上でも十日ばかり関連記事の連載があり、トップニュースであった(64)。

と賢治のその旅の背景を説明している。

さらに氏は、前節で紹介した別の著書では、「土神ときつね」とアイヌ文学との関連を、共通するモチーフという観点からみる他に、金田一京助とわずかながら交流があった事実の背景を述べる(65)。

これらのことを考えると、賢治はアイヌ文化にある程度興味をもったとも推測できる。また、同じく一九二三（大正一二）年に賢治が学生を連れて再び北の方へと向かって北海道へ旅行することからすると、この時期の賢治の「北」への関心が樺太だけでなく、さらに広がっていたと思ってもいいであろう。「土神ときつね」が書かれたと推測される時期が、そういう賢治の「北」への関心が強まる時期と重なるのは、何かの意味をもつかもしれない。時期的にみれば、女神をめぐって嫉妬する神々が登場するというあらすじ上の類似性は「土神ときつね」の解釈に関しても興味深い例であり、考える余地のある課題ではないかと思われる。

これから紹介する話には『アイヌ叙事詩神謡・聖伝の研究』(66)において神謡と聖伝と、あわせて五つのバージョンがある。神謡60、61と62および聖伝16と17である。採集者が神謡60のところで、

> 本神謡60、次の61、62いずれもアイヌラックル或いはその偽称西浦の神と幌尻岳の神とが村主の梟神の妹神を妻争いす

る物語である。なお、聖伝16、17はアイヌラックルと西浦の神（神謡60-62ではアイヌラックルの偽称で、同一神であったのに、聖伝では別の神となっている）とが、それぞれ淵主の女神 Hattar-kor kamui、沼主の女神 To-kor kamui を妻争いする物語である(67)

とその全体的な様子を述べるように、神謡と聖伝の間で主人公に変化が起こるが、全体的な内容は近いものである。つまり、女の主人公には将来夫になるはずの男がいる（ただし、聖伝17の場合はすでに結婚している）にもかかわらず、それとは別の男性が現れ、前者の男が怒り、女性に対しての疑いが生じる。二人の間に戦いが起こり、（その経過にはそれぞれ少し異なる点があるが）それが終ってから住処に戻った後者の男のところに、女性が彼を追ってやってくる。そして、（結婚して）一緒に暮らすという内容である。

　そのバージョンを一つ一つ具体的にみると、本章のテーマからかなり離れた内容となるので、ここではそれを省略する。ただし、その中から、ユーカラ詩のイメージを伝えるため一例だけ挙げておこう。聖伝16(68)ではアイヌラックル（ここでは後者の男）の自叙の形式である。アイヌラックルが山狩に出かけ、「何処とも知ら」ないところに来た時、川がみえた。そうすると、「女が歌を謡う声が／高く空に聞こえて来た」。みてみると、「崖の上には／何と、驚くほど美しい／女が／いるものだろう！」とそこにいる少女に感動を覚え、近くに忍び、つい彼女の肌に触れてしまう。そうすると、少女が泣き出し、アイヌラックルに次のように言う。

「さあ、さあ　　ここに
私のいうことを　　村造りをするため
よく聴いて　　高天原から
下さい、　　降ろされた神の

淵主の女神（水の女神）は
私なのです。
夫を持たない女
でも私は
ないのです。
石狩を領する神の
西浦の神を
私の夫に持つように
決まっているのです。
ところが
その間に、先刻
あなたのした振舞いは
あのようだった。
そんなことをすれば
嫉妬の
激しい
石狩を領する神
だったのに、
あなたがあのような
ことをなさったら、
いい加減ですむようなことの
糸口を
あなたが作った
のではありませんよ。
あなたは図々しい男
だが、
決して
石狩の神
西浦の神に
負かされる
なんどと
思ってはなりませんよ。
（あなたは）生意気な男
だから
少しばかり難題をかけら（試練を受ける）
れるんだろう。
あなたにそれが出来ずば
生きている間
一生涯の汚名
を受けるでしょう。[69]」

と言ったとたん姿を消す。そこに恐ろしい音や風を伴い、西浦の神が現れる。アイヌラックルに向けた台詞の中で、次のようにいう。

（前略）
生意気なことをした男
の汝だから、
（これから）お互いに勇気の程を
試して見よう
と思うのだ。
（中略）
人間のやるような生温い戦いは
やりたくない

神々のやるような戦いこそ
私にふさわしいと思う、
人間のやるような戦いは
やりたくない
のだが、
私に侮辱を
汝が加えたからには
お互いに戦おうと
思うのだ。(70)

そして戦闘が始まる。徐々に他の神々も参加し、凄まじい戦いとなる。結局、アイヌラックルが西浦の神を死なせ、その霊魂が体を離れる。一方、アイヌラックルは「山城」に帰るが、「暫く経つ／うちに、」女神が彼のところを訪れ、そのあと夫婦になって一緒に暮らすという結末である。

このユーカラ詩と岩手山をめぐる伝説、それに赤神と黒神の伝説とを合わせて、あらためて「土神ときつね」と比較すれば、ここで挙げた三つの例と童話との間にある最もはっきりした共通点は、主人公の三角関係という構図である。挙げた伝説の例にすべて通じるのは、主人公が神々の世界に所属することである。これに対して、童話の方は、男性が神と動物、女性が木となる。反対に、主人公の性格などの事柄をみてみると、赤神と黒神の場合は、前述したように、男性の主人公の性格や色彩の対立など、賢治の主人公に類似する点が多いが、他の二例とも共通点がみられる。岩手山をめぐる伝説は、三角関係構造、男神の対立関係や女神の躊躇いといった点で、「土神ときつね」の内容を思わせる。また、男神の性格が分からないままではあるが、二人とも怒りやすい様子が描写されている。ユーカラ詩の場合も、上に挙げた話をみると、やはり三角関係構造であり、男神の二人が女神を戦うという内容である。また、女神が最後に後者の男のところに行くという点では、むしろ赤神と黒神の伝説に類似する。(71) 特に、上の引用の中で女神も語る、西浦の神の嫉妬に由来する怒りなどからすると、樺の木に嫉妬して怒る土神に近い存在でもあると言えるであろう。

以上に紹介したわずかな例をみるだけでも、「土神ときつね」の三角関係構造自体は、これと類似性が強い赤神と黒神の伝説のみならず、他の民間伝承にもみられるパターンであることが分かるであろう。また、土神の嫉妬や怒りも伝説やユーカラ詩の主人公にもみられるものである。細部をみる限り、赤神と黒神の伝説の方が類似性が高いのであるが、賢治がこの伝説に出会う機会があったかは言いきることができない。一方、神々の三角関係を語った同じ型の、その他の伝説や物語を視野に入れれば、そのいずれかを何らかの機会に知ったという可能性は相当高いと思われる。

第四節　「土神ときつね」の解釈

さて、「土神ときつね」を赤神と黒神の伝説とその類話を並べてみると、この童話の意味はどう異なってくるであろうか。これから新たな解釈について考えていきたい。

まず、これまでの土神の解釈をみてみると、神である土神における「修羅性」を見出すことを始めとして、その「神の分際」としてのありかたが多様に解釈される。土神の本来の姿としては、基本的に土神の「修羅性」、また狐の「畜生の分際」に対立する「聖性」をもつ「神の分際」が前提されているといえる。つまり、土神そのものは土着性の強い土の神や土公神と解釈されながらも、その「神の分際」の場合はより「洗練されている」神のような存在が前提されていると思われる。その裏づけは、土神自身が狐を「畜生の分際」と言ううえで、自分が「神ではないか」と悩んでいる姿にあるだろう。「神の分際」における「聖性」は、人間と別の次元で存在するものを意味するのみならず、神としての「あるべき姿」が考慮される。

たとえば、清水正氏が、土神のことを一応「〈神〉の分際ではあるが、唯一絶対不動の《神》ではない。土神は、単に〈土〉の〈神〉にすぎない」[72]、また「他に〈水〉の〈神〉も、〈風〉の〈神〉も、〈火〉の〈神〉も存在するということで、土神は神々の世界においては相対的な場に置かれていたことになる」[73]とも述べる一方、「土神がこんなにも烈しい怒りに駆られてしまったということは、彼の拠って立つ〈絶対性〉がそれほど確固たるものではなかったのかもしれない」[74]と解釈し、「土神が狐に嫉妬してしまったということは、彼は〈神〉ではなく〈人間〉であったということである。土神は〈神〉の分際でありながら〈人間〉の次元にとどまっていたと言ってもよい」[75]とみている。また、島村輝氏は、「土神が自らを〈神の分際〉と規定するとき、そこに他者の存在レベルを超越し、そうした存在の持つ〈害悪〉を浄化するものとしての〈神〉の姿を託そうとしていたに違いない」[76]とする。さらに、大塚常樹氏は、「土神は狐を「畜生の分際」と位置づけており、この発言は、テクストが仏教の十界（一種の生命範疇論）に基づくものであることを暗示している。（中略）これに依拠すれば、狐は《畜生》に属するから、明らかに《土神＝神（天）》よりも下位の生物である」[77]と指摘する。さらに、原田ゆりか氏は、「「土神と狐」には、「殺害」が重要な事柄として存在している。しかも、それが神が行ったところにこの作品の「異色性」はあるのではなかろうか」[78]と述べる。榊昌子氏もまた、「外見ではない、中身で勝負といっても、この方、性格は神様というより人間そのもの」と述べたうえで、「みみずの代わりに死んでもいいと言う土神の姿は神々しい(79)」と「土神が最高に美しく見える場面が」「たった一箇所」あるとする。このように、土神の「神の分際」の見方の中では、以上の例にみられるような、土神を神としてあるべき姿から離れている存在とする解釈が多いように思われる。それに対して、赤神と黒神の伝説の黒神の存在を通して考えれば、土神を少し異なる存在としてみることができる。結論からいうと、黒神などの在りかたと比較すると、土神という神が聖性を失った存在ではなく、本来「不完全な」神であるという可能性を考えることができる。つまり、その嫉妬や怒りや神としての葛藤でさえ、土神の「修羅性」としてではなく、黒神の性格もそうであるように、彼の元々の姿としてみることもできる。『秋田の伝説』の、より新しい方の伝説の内容を見れば、「ついには自分たちが神であることを忘れて争うようになった」という、土神の葛藤を思わせる記述も見られるが、古い方のバージョンでは、そのような部分もなく、神々の世界での争いは特別なものではないという雰囲気がただよう。土神の「神の分際」はその他の神々と同様の形をとり、怒りや神としての葛藤でさえその一部であると考えられる。上記で示したように、赤神と黒神の伝説において、女神の愛情を争う主人公らは、抑えることができないほど激しい怒りや嫉妬を覚える様子が描かれる。そのような神々の世界が「修羅」にも通じるところがあるからこそ賢治にとって魅力的なものとなったと考えられるが、土神はどれほど意識的に「修羅性」を帯びさせられた主人公なのかという疑問が残る。本来神々の世界にみられる感情を賢治が土神の内面的な葛藤として表現したという見方もできる。

では、土神という主人公が神であるという設定の意味はどこにあるのだろうか。それは、その感情の大きさ、また強さに「神の分際」の意味があるのではないかと思われる。賢治の「土神ときつね」以外の作品をみると、やはりそうした神像が浮かび上がる。たとえば、劇「種山ヶ原の夜」には、雷神が登場する。その様子は次のとおりである。

伊藤　「ほう、誰だが寝でるぢゃい。赤ぃ着もの着たあぃづぁ。」

〔栖〕樹霊一、進んで之をうかがひ　俄かに愕いて遁げて来る。

賢治の創作した劇「種山ヶ原の夜」の舞台となった種山ヶ原。広々とした風景である。

楢樹霊一、「お雷神さんだ、お雷神さんだ。かむな。かむな。」

（中略）

雷神（烈しく立ちあがって叫ぶ）「誰だ　畜生ひとの手ふんづげだな。どれだ　畜生、ぶっつぶすぞ。」（樹霊ふるへてたちすくみ　伊藤捕へられる。）[80]

この雷神は神とはいえ、怒ったり叫んだりして、決して威厳のある姿をみせない。土神と同じ類の主人公であると考えられる。その他にも、「風の又三郎」のモデルとなったであろう風の神、あるいは「若い木霊」に登場する木霊、それぞれの性格が威厳性とは無縁の存在であると思われる。また、前節で触れた秋枝美保氏のアイヌ文学にみられる「谷地の魔神」もその類のものに数えられるだろう[81]。そして、それぞれが「神類」であるがゆえに、土神と類似性をもつ存在でもあると思われる[82]。

伝承文学の研究者であるマックス・リューティ氏は、昔話と伝説の区別を考えながら、伝説の性格を、その主人公が「伝説の出来事の舞台と結びついている[83]」という事柄の他に、大いに注目するのは出来事の性質である。氏は「まったく異質なものが生き生きしているような、心を揺さぶる体験がその中心を形作っている[84]」と、また「伝説は繰り返し何かしら強力な体験を、心を揺さぶらせたり、気分を高揚させたりしながら、信じるに足る調子で、あるいは信じ難い調子で報告する[85]」と述べる。別の著書では「伝説とは恐ろしい出来事、不快な出来事に関する報告一時としてまったく様式化されていない報告である[86]」とも述べる。

赤神と黒神の伝説は、まさにその中心となる出来事、つまり北海道の形成とその経緯に関する「報告」である。地形を説明するということもあり、その主人公が舞台と結びついているのみならず、主人公が神であるがゆえにそれが特に強力な体験となるといえる。

伝説の影響を受けた作品として考えた「土神ときつね」にもそのような性格を見出すことができる。ここでも主人公たちがその出来事の舞台と密接に結びついているものであり、また物語自体は「心を揺さぶる体験」に関する「報告」だといえる。同様のあらすじのみならず、伝説と同様に恋する女性への感情も並はずれたスケールである。このように考えると、土神の「神の分際」に関する考え方を、彼は神として失格であるという否定的な意味から、「神の分際」のゆえにその葛藤の強さが特別なものだということへずらすことができる。

前述したように、土神の場合は、「修羅性」のイメージも重なっていると思われる。その理由には、これもすでに述べたように、『春と修羅』の詩編との類似性が数えられるが、ここで挙げてきた民間伝承の例についてもう一つ言えるのは、どの話にもみられる戦いや怒りの要素に、「正直」「不正直」という基準を設定することによって、賢治が民間伝承にみられない「諂い」という修羅の三つ目の要素を加えたと確かに考えることができるということである。しかし、その場合でもかならずしも土神という主人公と「修羅」を一致させる必要がないかもしれない。少なくとも土神における、いわゆる「修羅性」というのは、神々の世界とはむしろ切り離せないもの、「修羅」のイメージで完成させられたものと見るべきではなかろうか。

「土神ときつね」の場合は、「強力な体験」という性格を伝説から受け継ぎながらも、その「強力な体験」をもたらす要因を変えるのである。それは「正直」「不正直」という設定である。伝説の赤神と比べると、「土神ときつね」の狐は土神より力強くないばかりでなく、畜生であるのでその地位も低い。しかし、土神の狐への嫉妬のもっとも根本的な原因は嫉妬であるが、その土神の嫉妬を強めるのは、樺の木が土神より「たゞ一言もまことはなく卑怯で臆病でそれに非常に妬み深い」狐の方を魅力的な相手とみるからである。そして結末の部分では、狐の「魅力」の大部分は空虚だったにもかかわらず、狐を殺害してしまった土神の気持ちは、複雑なものだっただろう。女神が負けた赤神のところへ行ったと知った黒神が感じた悲しみよりも、土神の気持ちの方が自分自身の「敗北」として受け止めた感が強かっただろう。伝説の神々の争いに対して、賢治が対立している二人の男性の間にある種の上下関係を作るという設定も内容を膨らませた。土神のように「神の分際」という有利なはずの立場、あるいはそこに由来する「傲慢」が狐と対等に戦うことへの妨げとなり、土神の葛藤を作りだすのである。

上の例との比較に基づき、もう一つ注目しておきたいのは、伝説やその類話の演劇性である。前掲『神々の物語』「解説」(87)の中で瀬川拓男氏が赤神と黒神の伝説について次のように報告している。

「黒神と赤神と十和田の女神」(88)の物語にしても、昭和の初期、十和田湖の近くで採集された記録の断片を手がかりに、(中略)調査が始った。物語の全貌が明らかになるにつれ、これをもとに演劇的儀礼の復元を試みたことがある。(中略)原始仮面劇の形式で舞台に発表したところ、そのユニークな試みが高く評価された。(89)

このようにその伝説が演劇として再現された試みに言及する。そして、次にそうした、もともと叙事詩の形式をとっていたと思われる、演劇性が含まれている民話について次のように述べている。

魅力の部分とはいうまでもなく、語りとともに自在に変化する語り手の表情であり、身ぶり手ぶりであり、えもいわれぬ語りのリズムである。本来、こうした演劇的要素を伴ったところに、民話の生き生きとした魅力が秘められていた。(中略)ところが一方においては、(中略)昔話、伝説、世間話を文字に書きとめたり、文学的に再創造するといったことが日本文学史上にも残されている。その伝統は二十世紀のいまも生きており、昔の貴族や僧侶に代わって、文化人とか児童文学作家といわれる人びと(中略)によって、民話の再話と再創造が行われている。

そうした人々は芸術の中でも、ことに文学を評価の高いものとみなす傾向があり、民話を再話し再創造する際にも、文学的技法にのみ頼りすぎるきらいがある。けれども民衆にとっての民話の魅力は、文学的というよりも演劇的要素に負うところが大きかったわけで、民話の再話を考えるときにも、ひとまず原点に立ちかえって、民話にこめられた演劇性の回復をはかる必要がありそうである。たとえば木下順二の『夕鶴』が、恐るべき力で普及し、戦後の民話研究に大きな生命力を与えたのも、これが演劇で行われたところに画期的な意義があった(90)。

「はじめに」で述べたように、賢治は「土神ときつね」を「シナリオ風の物語」としてみている。賢治がたとえば赤神と黒神の伝説を知っていたとすれば、瀬川拓男氏が述べるような演劇性に魅力を感じたに相違ない。そして、それを童話という別の形式に書き直したが、民話にあった演劇性を保つことができたように思われる。また、読者が「土神ときつね」に魅力を感じているのは、それが一つの大きな原因ではないであろうか。

賢治がもし伝説を童話に書き直したとするならば、民話の演劇性を文字にしたところだけにその意味があるのではない。上にも触れたように、民話をもとにして技法を加えてその民話の内容をあらためて生かした一方で、その物語から新たな意味を見出し、心理的描写をより多く取り入れ、主人公の葛藤に重点をおいたという点ではより小説的であり、複数の解釈が可能な結末という点では、多義的な作品にしたとも言える。

おわりに

日本では、二人の男が一人の女性を争う作品は古くから存在している。はやくも『万葉集』（九巻）において、後世に強い影響を与えた長歌一八〇九がある。作者は高橋連虫麻呂である。「その大意は、葦屋の菟原処女に千沼壮士（ちぬおとこ）と菟原壮士が求婚し、その男二人が争うのをみて、処女は「生きていたとて、どちらとも結婚できません。いっそあの世で待ちましょう」と言って、死んでしまったところ、二人の男もあとを追った。親族は、処女塚を中に、男たちの墓をその右と左に作ったというもの(91)」である。「但し、処女はどうやら千沼壮士に心を寄せたらしく、処女の墓の上の木の枝は千沼の方に靡《なび》いていたと反歌第二で歌われる(92)」といった、やはり「土神ときつね」に似た設定のものである。また、それに類似する例も少なくないと思われる。そのなかでも、本章では「土神ときつね」と最も類似点が多かった赤神と黒神の伝説に焦点をあわせた。また、その他の例も民話に限定することにした。

宮沢賢治の作品と民話との関連をみるのは、新しい考えではない。たとえば、すでに触れた「風の又三郎」や第一章で注目した「ざしき童子《ぼっこ》のはなし」は民話からの影響がみられる童話である。それゆえに、「土神ときつね」についても当然そういう考え方が可能であろう。

本章では、この作品を赤神と黒神の伝説とその他の二つの民話と比較したところ、本作品の新しい側面もみえてきた。もちろん、この作品を民話との関連でとらえるというのは、単に可能な解釈の一つである。しかし、その童話のこれまでの読み方を考えると、「修羅」を通じての考え方が重視されすぎるように思われる。もし賢治が民話の影響でその童話を作ったとしても、その民話とは異なる意味、また楽しみ方を充分に見出すことができるのみならず、土神の感情の強さもその主人公の「修羅性」に限らず、神々の世界の影響としてみることができる。つまり、ここまで述べてきた民話との関連づけの試みは、「土神ときつね」の解釈に関してよりバランスのとれた考え方へとつなげることを主に目指している。また、物語という観点から民話と比較しながら考えると、この作品が恋愛をテーマにしたことは、賢治作品としても必ずしも異色とは言えないかもしれない。童話の形に書き換えられた伝説であるとすると、民話との関連を確認できるその他の賢治の作品と同様に、彼にとってそれはまず成長してきた生活の中で親しみのある内容ではなかったかと考えられる。

注

（1）石井直人「『土神ときつね』の暴力について」、小沢俊郎「「土神と狐」の主題」、などがある。
（2）『新校本宮澤賢治全集』第九巻、校異篇、筑摩書房、一九九五年六月、pp.119-120
（3）「土神ときつね」の引用部分はすべて『新校本宮澤賢治全集』第九巻 本文篇、筑摩書房、一九九五年六月による。
（4）『秋田の伝説』（日本伝説14）野添憲治、野口達二、角川書店、一九七七年一月、pp.128-129
（5）雪垣社、一九九九年八月、pp.75-76
（6）河東碧梧桐『三千里』金尾文淵堂・杉本梁江堂、一九一〇年一二月
（7）『三千里』所収のものについては、瀬川拓男氏が赤神と黒神の伝説の採集に触れる中で言及している（「秋田の民話について」瀬川拓男・松谷みよこ共編『秋田の民話』、未来社一九七四年一月、p.305を参照）。
（8）『新潮日本文学辞典』（新潮社 一九八八年一月）によると、「明三九・八・六―三九・一二・一「日本」、四〇・一―四一・一「日本及日本人」にそれぞれ「一日一信」の題で連載」（p.314）。
（9）日本及日本人、第四六五号、一九〇七（明四〇）八月十五日
（10）高木敏雄『日本伝説集』郷土研究社、一九一三年八月、pp.156-158
（11）ここで挙げなかった後の二つは、『神々の物語』（日本の民話3）再話瀬川拓男、角川書店、一九七三年一〇月、『赤神と黒神』再話松谷みよこ、ポプラ社 一九六九年一〇月 に収録されたものである。
（12）「『土神ときつね』論」（一）―（一五）、口文学通信、第二三六―二五二号、一九九三年一〇月―一二月（一〇）―（一一）
（13）「「土神と狐」の修羅性――土の意味をめぐって」宮沢賢治研究 Annual、第四号、宮沢賢治学会イーハトーブセンター、一九九四年三月
（14）「イーハトーヴの原風景」文学、第七巻一号、岩波書店、一九九六年一月
（15）他に挙げられるのは、「一本木野」「鎔岩流」「過去情炎」（萩原昌好「『土神と狐』論」（『作品論 宮沢賢治』萬田務、

伊藤真一郎編、双文社、一九八四年六月）」、「小岩井農場」「宗教情操」「宗教風の愛」「過去の情炎」（前掲大沢正善）、などがある。
(16) 前掲『新校本宮澤賢治全集』第二巻、本文篇、p.22
(17)「土神と狐」国文学解釈と教材の研究、第三一巻六号、一九八六年五月
(18) 前掲『宮沢賢治　心象の記号論』、p.174
(19)『宮沢賢治　心象の宇宙論』朝文社、一九九三年七月、p.14。ただしここは氏が「土神ときつね」と特に関係なく述べるところである。
(20) 前掲「「土神と狐」の修羅性――土の意味をめぐって」
(21) 前掲日本及日本人
(22) 前掲『日本伝説集』、p.158
(23) 前掲『宮沢賢治　心象の記号論』p.175
(24)『童話の宮沢賢治』洋々社、一九九二年三月、p.164
(25) 秋枝美保「宮沢賢治「修羅」における表現意識の分裂とその克服――童話「土神と狐」を中心に」比治山女子短期大学紀要、第二八号、一九九三年
(26) 大沢正善「「土神と狐」とその周辺――「修羅」の克服」宮沢賢治研究Annual、第1号、宮沢賢治学会イーハトーブセンター、一九九一年三月
(27) 天沢退二郎『宮沢賢治の彼方へ』ちくま学芸文庫、一九九六年三月、p.23
(28) 前掲「土神と狐」
(29) 前掲「「土神と狐」の修羅性――土の意味をめぐって」
(30) 伊藤典子「宮沢賢治「土神と狐」論」東京女子大学日本文学、第八四号、東京女子大学学会日本文学部会、一九九五年九月
(31) たとえば、同上の伊藤典子氏などによる見方である。

(32) 川島裕子「「土神と狐」考」KYORITSU REVIEW、第二〇号、共立女子大学大学院文芸学研究科、一九九二年二月
(33) 同上
(34) 「なぜ退職教授なのか――『土神と狐』の二項対立から」国文学　解釈と鑑賞、一九八四年一一月
(35) 『最新宮沢賢治講義』朝日新聞社、一九九六年一二月、pp.109-110
(36) 同上、p.120
(37) 「宮沢賢治とアイヌ文学」『異郷の死　知里幸恵、そのまわり』西成彦・崎山政毅編、人文書院、二〇〇七年八月
(38) 同上、p.233
(39) 同上、p.236
(40) 同上、p.237
(41) 前掲「なぜ退職教授なのか――『土神と狐』の二項対立から」
(42) 『山と森の旅――宮沢賢治・童話の舞台』れんが書房新社、一九七八年四月、p.28
(43) 前掲「宮沢賢治「修羅」における表現意識の分裂とその克服――童話「土神と狐」を中心に」
(44) 中野隆之「賢治童話の狐たち」黒葡萄（新生）第六号、一九九二年五月
(45) 同上
(46) 『宮沢賢治・童話の世界』桜楓社、一九六九年一〇月、p.86
(47) 前掲「宮沢賢治「修羅」における表現意識の分裂とその克服――童話「土神と狐」を中心に」
(48) 同上
(49) 「若い木霊」という賢治童話の主人公である若い木霊を、性格の面で、土神と関係があるという考え方もある（入沢康夫『宮沢賢治　プリオシン海岸からの報告』（「若い木霊の問題」）を参照）
(50) 前掲「宮沢賢治「修羅」における表現意識の分裂とその克服――童話「土神と狐」を中心に」
(51) 同上
(52) 前掲「「土神と狐」とその周辺――「修羅」の克服――童話「土神と狐」を中心に」

(53) 前掲「宮沢賢治「土神と狐」論」
(54) 前掲「「土神と狐」とその周辺――「修羅」の克服――童話「土神と狐」を中心に」
(55) たとえば、前掲『宮沢賢治の彼方へ』や前掲「宮沢賢治「修羅」における表現意識の分裂とその克服」などに指摘がある。
(56) 「「土神と狐」の主題」四次元、第八巻八号、一九五六年九月
(57) 『ハイネ全詩集』井上正蔵訳、角川書店、一九七二年一〇月―一九七三年二月
(58) 石井直人「『土神ときつね』の暴力について」ぱろる、第四号、パロル舎、一九九六年九月
(59) この詩は題名がない。
(60) 前掲『ハイネ全詩集』第一巻、pp.305-307
(61) 前掲『山と森の旅――宮沢賢治・童話の舞台』、pp.26-28
(62) 国文学解釈と教材の研究、別冊四一号、學燈社、一九九一年二月
(63) 同上、p.99。また、上記引用の『日本伝説集』にも収められるが、ここで省略する。
(64) 『宮沢賢治　北方への志向』朝文社、一九九六年九月、p.239
(65) 前掲『異郷の死　知里幸恵、そのまわり』、pp.228-232
(66) 『アイヌ叙事詩神謡・聖伝の研究』、久保寺逸彦編、岩波書店、一九七七年二月。アイヌに関する文献については山田孝子教授のご教示による。
(67) 同上、p.270
(68) 同上、pp.573-581
(69) 同上、p.575、この書物に収まった作品はすべて対訳であるが、引用では原文を省く。
(70) 同上、p.577
(71) 赤神と黒神の伝説の「スケールの大き」さがユーカラ詩を思わせる、という両者の類似性についての指摘もある（前掲『秋田の伝説』、p.129を参照）。

(72)前掲「『土神ときつね』論」、(10)
(73)同上、(10)
(74)同上、(1)
(75)同上、(11)
(76)『土神ときつね』国文学 解釈と鑑賞、第六一巻、一一号、一九九六年一一月
(77)前掲『宮沢賢治 心象の記号論』、p.175
(78)「『土神と狐』論」、宮沢賢治、11号、洋々社、一九九二年一月
(79)「「土神と狐」――グラフィティー」弘前・宮沢賢治研究会誌 第八号、一九九三年六月
(80)前掲『新校本宮澤賢治全集』第一二巻 本文篇、p.375
(81)前掲『異郷の死 知里幸恵、そのまわり』、pp.233-243
(82)若い木霊との類似性がすでに指摘されている(脚注49を参照)。
(83)『昔話と伝説――物語文学の二つの基本形式』高木昌史・高木万里子訳、法政大学出版局、一九九五年九月、p.29
(84)同上、p.55
(85)同上、p.50
(86)『昔話の本質と解釈』野村泫訳、福音館書店 一九九六年一月、p.103
(87)瀬川拓男「解説 神話的叙事詩の世界」(前掲『神々の物語』)
(88)「土神ときつね」を赤神と黒神の伝説と比較するとき、伝説の題の場合は主人公が「赤」「黒」という順番となると述べたが、ここではそのかぎりではない。しかしこの本に収められたその伝説の題はやはり「赤神と黒神と……」となっているので、ここは誤植だと思われる。
(89)前掲『神々の物語』、p.262
(90)同上、p.264-265
(91)『日本伝奇伝説大事典』乾克己他編、角川書店、一九八六年一一月、p.65

(92) 内田賢徳「綺譚の女たち――巻十六有由縁」、『伝承の万葉集』(「高岡市万葉歴史館論集2」)笠間書院、一九九九年三月

第五章　「すっきりしない」物語――「注文の多い料理店」

『パンがいるな』と海象が言う
　『こいつがなにより欠かせない
胡椒にお酢の少々も添えてあったら言うことない――
　ほらほら牡蠣くん　覚悟して
そろそろ食事の時間だよ』

『ぼくらを食うの！』と叫ぶ牡蠣
　かすかに顔色青ざめて

L・キャロル『鏡の国のアリス』

はじめに

大正一〇（一九二一）年に書かれた「注文の多い料理店」は宮沢賢治のよく知られている作品の一つである。この童話は、賢治が予定していた童話集シリーズの第一冊目であり、生前唯一出版された童話集の表題作であることからすると、作者にとっても思いを込めた作品の一つであると窺える。賢治自身が大正一三（一九二四）

年に童話集を出版する際に作った広告文のなかで、この童話を次のように紹介する。

二人の青年神《ママ》（「紳」の誤植）士が猟に出て路を迷ひ「注文の多い料理店」に入りその途方もない経営者から却つて注文されてゐたはなし。糧に乏しい村のこどもらが都会文明と放恣な階級とに対する止むに止まれない反感です。[1]

内容についてもう少し詳しく述べておくと、道に迷った若い紳士が地元の案内人と別れ、犬にも死なれる。山の中でみつけた「山猫軒」という料理店に入ると次から次へと扉が現れ、紳士らが「注文される」。食事の準備であると思い込む二人が最後の扉の前で自分たちが山猫に食べられる「コース」として進んでいると悟る。驚いた紳士らの前から「山猫軒」が消え、周りの木々には途中でとられた所有物がみつかる。案内人も戻り、犬も蘇る。無事に東京に戻った紳士らであるが、恐怖で紙くずのようになった顔はもう元には戻らなかった。

この作品に関する数多くの先行研究では一つのアプローチとして、上の引用に含まれる「糧に乏しい村のこどもらが都会文明と放恣な階級とに対する止むに止まれない反感です」という文章を踏まえた解釈が盛んに行われてきた。また、本作品を一つのファンタジー・幻想文学の作品としてみる研究も少なくない。本章では、この二つの観点を中心に解釈を進めたい。

前者であるが、中村三春氏が述べるように、賢治自身の書いた広告文を受けた、「文明対自然の対決という寓意的な読みは、この童話の研究史において連綿と続いて来た[2]」。それは山猫が自然の代表として紳士らを懲らしめるという見方である。つまり、この作品はなによりも文明（都会）への批判を表したものだという立場である。たとえば、梅原猛氏は「私は「注文の多い料理店」と云う童話を近代日本文学が生んだ近代西洋文明に対するもっとも鋭い風刺の書と見る[3]」とまで評する。

それに対して次第に山猫が自然の側ではないという前提の研究が現れた。紳士らをやっつけようとする山猫は自然側あるいは農村側と考えにくく、この作品において紳士らと同レベルのもので、むしろ文明側に属するものだという考え方である。それらの意見について、鈴木健司氏は、

この立場〔=〈山猫は自然の側ではない〉という立場―引用者〕からの読みは、従来の〈山猫は自然の側である〉とする読み方と、ある意味では根を同じくするものと言えるのではなかろうか。それは、〈自然〉と〈都会〉とは対立する、という概念においてである。

（中略）しかし、本来、賢治が作品を書いた時点で対立する概念があったとすれば、それは〈自然〉対〈都会〉ではなく〈賢治〉対〈都会〉であったはずと思われる。賢治が書いた童話集の「広告ちらし（大）」に即して言うなら、〈村のこどもら〉対〈都会〉である。この時点での〈賢治〉は心情的には〈村のこどもら〉と同一であったのだから。

（中略）山猫が自然の側であるかどうかという問題は、〈作者である賢治の位置をどこに据えるか〉という論議を前提としていなければ、水掛け論に終わる可能性があるといえよう。(4)

と述べる。

一方、この問題に対する新しい試みとしては、その二項対立を「既成の構図」に対する「ずらし」としてみる、安藤恭子氏による論述がある。(5)氏によれば、この作品における関係づけは「都会―地方・自然」という二項対立のロマン主義的構図や紳士と山猫の対立に基づいた紳士・猟師・山猫の本来の関係の再構造化である。

この童話における対立関係は論点の一つということもあり、簡単な図式に収まらないようであるが、賢治自身が「都会文明と放恣な階級とに対する、止むに止まれない反感」だというふうにその童話の内容を紹介することからして、何らかの方法でその「反感」を表現したと考えられる。

後者の幻想文学としての見方であるが、この作品の中の現実と非現実のありかたが盛んに論じられてきた。後に詳しく紹介するが、その中で、非現実の世界の枠組みが注目を集めている問題の一つである。

本章では、このような問題を中心に進めたい。まず、都会と村の対立関係を民話のモチーフを通してあらためて分析する。その上で、現実と非現実の構造を新しく提案し対立問題と合わせて考察する。さらに、この内容を踏まえて、この物語における他者のモチーフを考えたい。

第一節　民話を通してみた「注文の多い料理店」

一　民話の伝統における「注文の多い料理店」の位置づけ

花部英雄氏によれば、この童話と内容的に近い民話が多く存在する。(6) その中でも、人間が離れた所に立派な館をみつけるというのは、この童話と関連のある民話のモチーフの一つである。氏が挙げる「怠け者」や「脂取り」もそのようである。立派な館に迷い込んだ者はご馳走になるが、結局食べられそうになって逃げるという基本的な構造は「注文の多い料理店」と同様である。日本の話に限らず、三浦正雄氏はこの作品とドイツの民話「ヘンゼルとグレーテル」との関連性を指摘する。(7) 森に捨てられ道に迷った兄妹に魔女がご馳走を食べさせるが、それは後に肥えた二人を食べるためである。日本でもよく知られるグリム兄弟が収録したこの話は、同じく迷い込んだ者はご馳走になるが、それはご馳走をする者によって食事にされるためであるという点では類似している。

それらの民話に現れる館や主人公を食べようとするものは、すべてが異界に属するものである。(8) 三浦佑之氏は、そのような異界を描く民話を二つの種類に分ける。(9) それは「致富譚《ちふたん》」と「逃竄譚《とうざんたん》」である。そして、それぞれの種類に属する民話における異界への渡り方について次のように説明する。致富譚の場合は、異界はある種のユートピアとして描かれており、そこに渡るのに「主人公のやさしさ」や主人公の「苦難に打ち勝つ勇気や援助者の言葉に謙虚《けんきょ》に耳を傾ける素直さが必須条件として要求され」ており、つまり、「必ず主人公の〈心〉が問われることになり、その心根のやさしさが異界との交流を可能にする」という類の話である。それに対して、逃竄譚の場合は、異界として描かれるのは「山の中の一軒屋」であり、そこに「迷い込んでしまう主人公には、とりたてて必須とすべき条件はない」ということであり、「ごくありふれた」人物であるためと、「話の中心が危険脱出のスリルやサスペンスにあるためとによって、その異界は恐怖の世界であるとともに忌避《きひ》される世界として描かれてゆく傾向がつよくなる」。そして「彼ら（＝民話の主人公─引用者）が迷い込んだりさらわれたりしてたどりついた異界は、なんの変哲もない山の中の家だと思わせながら、突然に恐怖の空間に変貌する。その一瞬の暗転が、話のおもしろさと異界のリアリティを保証することになるのである」と逃竄譚の特徴を述べる。「注文の多い料理店」の構造をその二つの系統を通してみる場合、言うまでもなく逃竄譚の系統に属するものである。

しかしながら、三浦氏は次に、先ほどの区別とは別に、異界を描く民話の一つの種類としては「隠れ里」という興味深いタイプの話も取りあげる。氏はその中に描かれる異界の特徴を「それは恐ろしくはあるけれども人びとに富をもたらすユートピアでもあるから、豊穣のイメージを与える異界でなければならない」と述べる。このような三浦氏の説明をみる限り、「隠れ里」の話は致富譚と逃竄譚という二つの系統の要素を含む類の話である。また、氏によれば、東北地方では、その「隠れ里」に相当するのは、同様のモチーフであるマヨヒガの話である。氏は柳田国男の『遠野物語』を参考にしながら、マヨヒガのモチーフについて、「マヨヒガは「迷ひ家」で、その名は、そこが偶然に出会う異界であることを象徴している」と述べる。また、柳田国男の「其人〔＝マヨヒガにたどり着いた人―引用者〕に授けんが為にかゝる家をば見する也[10]」という記述を根拠に、「そこは、選ばれた者だけがめぐり合うことのできる異界だ」という特徴も挙げる。さらに、柳田国男によれば「西日本の隠里には夢幻的なものが多く、東北の方へ進むほど、追々それが尤もらしくなって来る[11]」ということもあり、マヨヒガの外見を「まるで見慣れた豪農の屋敷のようであって、けっして金銀のきらめくユート

柳田国男の部屋。遠野市の「とうの昔話村」の敷地内にある。この地方の「お話」を知るには最適なところである。

ピアではない」と述べる。それらの記述からすれば、マヨヒガは、恐ろしくもあり、豪華でもある。努力によって渡れる空間ではないが、渡る者に応じた、割合に現実的な空間なのである。

また、三浦氏「マヨヒガに行き着いた者はいつも幸運を約束されているのではない」という特徴も挙げる。さらには、その異界がちょっとしたきっかけで民話の登場人物の前から消えていくことからすると「異界はあくまでも幻想された世界でしかな」く、「すばらしい、あるいは、恐ろしい思いをしているつもりが、じつは気がついてみたらそれは、はかない夢だったという語り方が異界訪問譚に多い」と論じる。

このような特徴を考慮すれば、「注文の多い料理店」は「隠れ里」を描く民話の構造に最も近いと考えられる。致富譚と逃竄譚との各種類の民話よりも、そうした混同の種類の方が構造の面では複雑になるということもあるので、賢治にとっても作品の原形としてはより多くの可能性を含み、魅力的だったと考えられる。彼はある意味では、隠れ里というモチーフに惹かれ、それと戯れたとも思われる。しかし、賢治は民話を意識的に素材として使ったかどうかというと、そうではないかもしれない。賢治と民話との関係は、花部英雄氏が正確に記述するように、「これらの伝承が作品成形に力を貸していることは事実であるが、賢治は伝承を対象化しているのではなく、伝承が賢治の中にすでに血肉化してあった[12]」ということであろう。そのような関係を認識したうえで、マヨヒガの民話との類似点をみながら、賢治のそのモチーフの展開の仕方について考えてみたい。

二　マヨヒガとしての山猫軒

では、賢治はいかなる形でマヨヒガのモチーフをいかしたのだろうか。紳士らが山猫軒の中を進む間には驚く瞬間もあり、また最後にそこがいかにも恐ろしい所であることが明らかになる。それと同時に、西洋文化を敬うような二人の紳士が空腹のままよく知らない地域をさまよっているという状況では、現れる西洋料理店は安心でき、憧れる場所のはずである。彼らにとっては、この状況では、西洋料理店こそユートピアであった。一方、地元の案内人からしても、読者の目線でみても、この時代に山の中に西洋料理店があることはいかにも不自然である。その意味では、マヨヒガとしての山猫軒は柳田国男のいう「尤もらし」さから相当遠ざかっている。しかしながら、紳士らにとっては、それはごく自然な空間であろう。三浦氏は「おそらく昔話に語られる異界は、どこにでもありそうで、それでいてどこか不思議な感じのする世界であることが重要なのだ」とも述べるが、「注文の多い料理店」の設定は意外な形でその条件を満たすのである。

紳士らの立場からみれば、山猫軒はまさに「其人に授けんが為に」「見する」ところの、「かゝる家」である。しかし、彼らがその性格の良さのおかげで渡れる異界ではない。反対に、西洋文化を崇拝しているという紳士らだからこそ、山猫軒が恐ろしい所に変わっていく過程に気づかないとも言える。賢治は民話という素材から発想を得ながら場所と主人公を個別に設定することによってその「尤もらし」さの意味を変える。そしてまた、読者はそのギャップを感じて、話の発端から滑稽さを覚えるだろう。

さらに、「選ばれた者だけがめぐり合うことのできる異界だ」というマヨヒガのもう一つの特徴も、都会からやってきた紳士らが主人公であるという設定によって、意外な形で表現される。都会出身の紳士だからこそ、その中へ入る気にもなり、その空間の様子を時には疑問に思いつつも、結局は中へ中へと進んでいく。

マヨヒガを訪れた者は幸福を得ることができないという点についても、「注文の多い料理店」の内容に当てはまる。なぜなら、空腹を満たすという彼らが最も願っていたことは実現することはなかった。山猫から無事に逃げた後、結局のところ団子で空腹を満たすことになる。つまり、山猫軒というユートピア的な空間に期待していたことは、彼らが「けしからん」と言っていた反ユートピア的な空間において実現されることになる。

さらに、マヨヒガの話で描かれる異界は幻想の世界にすぎない、という最後の特徴であるが、その点も「注文の多い料理店」の解釈の可能性の中に入れることのできるものである。というのは、最終的に山猫軒が紳士らの前から姿を消すからである。地元の案内人が近づいた時、舞台である山の中は元通りとなっていた。ただし山猫軒は幻想世界に過ぎなかったという見かたができる一方、元通りにならなかった紳士らの顔は、彼らの冒険は幻想世界の枠を超えるという可能性を示す。このように二つの可能性を示唆することによって、結末の部分が民話と比較してより開かれるといえるだろう。

このように考えると、主人公が都会の人間であるという設定はさらに大きな意義をもつと思われる。民話の場合は、その地域の人間と「異界」に属するものの対立であるのに対し、賢治の場合は、同じく人間と非人間的なものとの対立であるが、人間の方はその地域の人間ではなく、まったく関係のない場所である東京からやってきた者が主人公となる。つまり、民話の場合は日常生活を送っている場所と、そのような恐ろしい、非日常的な世界が隣り合うことになる。それに対して、「注文の多い料理店」の場合は、賢治は民話の中にみられた対立関係に「第三者」を加えたといえるだろう。本来「地元の人間」に代表される人間側であるが、ここでは外から来た者の方が表にでる。賢治は本来民話にみられた対立のモチーフにもう一つの次元を加え、人間と「異界」に属するものの対立というはっきりした図式を壊すのである。

図式に「第三者」が加わると、対立関係が存在しなくなるか、不均衡なものになるか、いずれかである。対立するということは、対極の立場に立つということであろうが、三つの事柄を並べると、バランスよく向き合うことができないからである。この作品の場合も、まさにそうであろう。はっきりとした対立関係が分散され、曖昧で複雑な関係に変化すると考えられる。その結果、たとえば、山猫が自然側（農村側）であるか、文明側（都会側）であるか、というような問題が生じるとも考えられる。民話でみられる二項対立のパターンに慣れ親しんだ読者は、「注文の多い料理店」の設定も二項対立の枠でとらえようとするからである。

三 「注文の多い料理店」における「三」の構造

さて、この作品においては、都会の世界、農村の世界、非現実の世界という三つの次元を見分けられるが、その中で安藤氏も指摘するように、農村の代表である「「猟師」のもつ意味は重要である」[13]。氏は「猟師」について「「紳士―山猫」の両項に同族と敵対の二つの関係をもつ」ことで、「「紳士」と「山猫」の二項を関係付けながら、境界領域にあって両者を相対化する」[14]と述べる。確かに物語の中では、直接に対立するのは都会の人間と山猫である。その両方が相互に通じ合うレベルで、相互に通じ合う手段を使い、力くらべをするわけである。農村はまさに両者をその対決に導く存在であるという見方ができる。

一方、安藤氏の同族と敵対の見方をかりれば、紳士と山猫の間にもそのような関係が見出せる。紳士と山猫も力くらべをするという点では敵対の関係でありながら、西洋料理店という見かけの上では同族である。というのは、両者が「西洋」で繋がっているのみならず、その「西洋」のやりかたについても、山猫の西洋料理店はみせかけにすぎないのと同様に、紳士らの近代化も格好を強調するなど表面的である、という点でも共通だと思われるからである。紳士と山猫の対決を可能にするのは、それらをつなげる農村側のみならず、紳士と山猫の「同族性」でもある。また、民話の構造に即した見方をすれば、紳士と山猫の対決は、本来あった二項対立に「第三者」が加わった結果である。換言すれば、民話の中にみるのとは異なるレベルでのつながりが成立したということである。

このように、都会、農村、山猫は三角関係にあるとみた方がこの物語の読み方はさらに広がるのである。そとからやってきた紳士ら、彼らと半分遊びで対決する山猫、そして傍観者であり続ける農村、それぞれの立場が異なる。それぞれの特徴が加わり、はじめてその三角関係をなす。

農村の場合は、その存在が影に隠れている点が最も特徴的である。農村側の案内人がその対決に直接に参加せず、紳士らと山猫が出会う前に姿を消し、山猫軒がみえなくなってから再び現れる。安藤氏はその位置づけを「「紳士」に支配されるという構図の中にありながら、結果的に「紳士」を批評するという混成性をもった登場人物」だと解釈する。別の考え方をすれば、その控えめの立場を中立だとも言える。さらに、私見ではその設定でなによりも農村の弱さが象徴されると考えられる。紳士らのような人間を嫌悪しても、それと対決するのに立場が弱すぎると同時に、山猫のような超自然的な存在にも力が及ばない。本来山猫が象徴する超自然界と対決しながら生活してきた農村の人々の前に、近代になるにつれて、新たな対立側として、紳士らが代表する「放恣な階級」が現れたのである。したがって、「注文の多い料理店」は民話の中で農村と対立するという超自然界が、新たに現れた都会文明をやっつけようとする、という物語だと解釈できる。

それと同時に、この童話が「村のこどもら」の「止むに止まれない反感」であるという紹介文からすると、農村側が物語全体を総括するような役割を果たすとも言える。つまり、農村側は傍観者でありながら、紳士らと山猫の対決を俯瞰するような存在でもある。そして、その対決自体は農村の目を通してみた対決だとも考えられる。つまり、「反感」を具体化したものであり、複雑な農村の気持ちを表現したものなのである。というのも、「糧に乏しい」農村による都会文明への「反感」とは言っても、超自然的な性格をもつものが絶対的な強さを得るのも決して望ましいことではないからである。農村に属する「こどもら」は都会の代表である紳士らに反発するとしても、より身近であるが、「異界」に属する山猫の世界の方は彼らにとってより危険なものなのかもしれない。あるいは反対に、村人にとって、紳士らのような者が、同じく人間でありながらも、より害を与える存在であるかもしれない。近代化によって農村の生活はバランスを崩して、そこに貧困などがもたらされるからである。このように、この童話を農村側の目を通じての物語と考える場合、異なるレベルでの、メタ・レベルでの農村側の願望を描く幻想だと読むこともできる。それは近代化の結果、従来の超自然界との対決の代わりに臨む、受動的でありながらも、農村側の新しい「対決」なのであろう。

二人の主人公、意味の二重性、扉の裏表に書かれたセリフ、農村対都会、この童話は「二」の構造を通して解釈されることが多い(15)。しかし、上でみたように、その「対決」において三つの参加者を見分けることができ、基本的な構造としては、むしろはっきりした対立関係が避けられるという「三」の構造がこの作品の特徴ではなかろうか。さらに、その「三」の構造もバランスのとれた関係を成すことはない。それは従来の民話との大きな相違点である。

そして、民話の構造を通じて考えられるもう一点は、山猫の存在である。すでに述べたように、二項対立において、山猫が自然側だと多く論じられてきた。それはつまり、山猫が農村とともに空間を共有するという考え方である。また、その見方に反論して現れたのは、山猫軒の中身などを検討して、山猫が文明側であるという解釈である。それらに対して、三つの次元を取り入れることによって、その山猫を異なる意味での自然の象徴とも解釈できる。その自然というのは、農民生活という意味での自然ではなく、むしろ農村が戦いながら生活を送る、人間にとって手の負えない自然界ということである。民間伝承における超自然界は、本来自然界に対して恐ろしいとか厳かであるという気持ちと密接に結びついているので、三つの次元を前提とするこの解釈において、人間の理解を超えるという意味での自然界を非現実世界と重ねるのは妥当であろう。

賢治も物語を総括する農村側と同様に、この「事件」を俯瞰しながら、どちらの方にも立つことができないだろう。賢治は一生に亙って、最新の技術を導入しても打ち勝つことができない寒波等の自然界の厳しさにも、反発しても近代的な便益を享受できた宮沢家の裕福な生活から完全に縁を切ることができない自らの気持ちにも、大いに悩まされた。最終的に「放恣な階級」に向けられた「反感」だとしても、この童話において自然側が文明側と対決するというふうにみれば、農村の一員になろうとしていた賢治のそうした「反感」の表現でもあるといえるのではなかろうか。

第二節　非現実と現実のありかた

一　「現実世界」「別世界」「幻想世界」という三つの空間

賢治はその童話の中で、非現実世界をよく描く作家である。非現実のありかたは作品によって異なるが、「注文の多い料理店」という物語の場合は、それが山猫の支配する世界だとまず考えられる。しかし、この物語の世界は絶対的な意味での非現実的要素は、内容のほとんどにみられることはなく、それがありえないことが起こる幻想世界でもあるということが明らかになるのは結末の部分である。このような幻想世界の成立過程という面では、第三章で扱った「チュウリップの幻術」と類似する点が多くみられる。

二人の主人公は、自分たちが幻想世界に入ったことを徐々に意識していく。紳士らが幻想世界の境界線を越える瞬間とその世界にはっきりと気づく瞬間とのズレは、この作品の構造において面白さを産む一つの要素だと思われる。読者もまた紳士らの行動と意識の変化を追いつつ、言うならば幻想世界のイメージとその幻想世界を実際に文章において確認できることとの間に独自のズレを味わうことによって、この作品を楽しむことができる。ここで読者が垣間みる幻想世界の前兆は紳士らの意識より先になるということは重要である。この童話の場合は、初読と再読との解釈は異なるはずであるが、いずれの場合でもやはり読み進めるうちに、紳士らがどの時点から非現実世界に踏み込むかと考える読者は少なくないだろう。そしてその枠組みを探すことは、非現実世界自体を探すことと同様である。なぜなら、その枠組みを定めるには非現実世界そのものの性格を定める必要があるからである。

しかし、両界の境界線を探すのは容易なことではない。それはなぜだろうか。その理由の一つとしては、非現実世界の「外見」は人間の世界にもみられるものだということを指摘できる。基本的な世界の構造も人間の世界にあるものなのである。山猫がしゃべるという動作など、人間界にありえない事柄は作品の結末ではじめて明らかになる。山猫の正体が明らかになるまでに、人間の言葉で、しかも人間社会のルールを思わせる敬語の表現にも読める受身という二重の意味をもつ複雑な表現でやりとりが行われている。それはむしろ極めて人間の関係に特有な能力と言えるだろう。山猫は人間の言葉を話せるのみならず、その高度な技をもって完全に「現実世界ごっこ」をするのである。

松岡幸司氏は「注文の多い料理店」の中に枠構造を見出し、その境界線を定めようとする一人である。氏によれば、作品の前後半で繰り返される「猟師の消失／出現」「犬の死／復活」「風」という要素で構造上の三つの枠を見分けることができる。また、風という要素で区切られた部分は幻想世界だと主張する。山猫軒が消えても「まだ幻想世界である。なぜなら、二人が服を脱ぎ、ネクタイピンをはずしたのが幻想世界だからである」とする。そしてその「幻想世界の名残り」を「風がどうと吹」き飛ばすと述べる(16)。松岡氏は、「現実世界」と風の現象で区切られた「幻想世界」の間には「未知の世界」が存在すると考える。つまり「未知の世界」は幻想世界への途中段階とみているということになる。

松岡氏が考えるように、この童話においては現実世界と非現実世界に分けるより、三重の構造として考えた方が説明しやすいかもしれない。これに対して本章では、三つの枠という点では松岡氏の考え方を受けるが、「未知の世界」に相当する部分を、もう少し広い範囲のものとしてみて新たな三重の構造を提案したい。つまり、非現実世界をより広い意味で、また異なる基準においてとらえたいということである。
それは非現実世界を超自然的な世界とは必ずしも同一のものとしないという前提の考え方である。非現実世界はとりあえず文字通り「現実的」でないという意味でとらえるというのを出発点にしたい。そうすれば、都会からきた紳士らであるが、彼らにとっては、やってきた農村はまず一つの非現実世界だと考えられる。というのは、紳士らにとって、確かな現実世界というのは唯一東京だからである。電車で来たとすれば、その電車を降りたとたんに非現実世界がはじまるといえよう。それに対して、もう一つの非現実世界は山猫の世界である。それはいわゆる幻想世界である。故に、その両者を区別するために、以降の説明では、主人公である紳士らの視点に合わせて、彼らの現実世界である東京に対して、農村の方を「別世界」、山猫の世界を「幻想世界」と表すことにする。

さて、別世界にやってきた紳士らであるが、その世界には当然のことながら意識的に入っていく。現実世界である東京と異なる世界だからこそ、安藤氏のいうロマン主義の図式どおり、休暇中ちょっとした冒険を味わうのにふさわしい。しかし彼らはその世界をあるがまま受けとめたいというわけではない。その世界のイメージをもってやってくるが、思い通りにはならない。狩猟が最大の楽しみであるが、「鳥も獣も一疋も居やがらん」と残念がる。しかも、「案内してきた専門の鉄砲打ちも」「どこかへ行つてしまつた」とのことである。よい遊び場になるはずだった農村の世界は紳士らの期待を裏切ったのである。

彼らはその世界を「怪しからん」と言うが、それは「怪しい」ものに変わっていくと気づかない。そこへ来て、紳士らの目前に「山猫軒」が現れる。別世界である農村と異なり、民話との比較を試みた箇所でも述べたように、その店は彼らにとっては外見がおなじみのものである。彼らの現実世界に近いものである。別世界の中のオアシスのようである。それゆえに、無意識的にその幻想世界の中へ進んでいく。最も安全にみえる所へ進むが、実際にそれは最も危険な場所なのである。紳士らは、意識して別世界を通ったからこそ、幻想世界を現実世界として認識してしまう。別世界に失望したからこそ、彼らは「やつぱり世の中はうまくできてるねえ、けふ一日なんぎしたけれど、こんどはこんないいこともある」と言いながら、この思いがけないオアシスは自分たちのためにあり、自分たちの思い通りになると信じたいわけである。それゆえ、扉の文句に少々違和感があっても積極的に進んでいく。

換言すれば、紳士らがどのような状況を出発点にするのかによって、山猫軒に対する認識は変わるだろうということである。紳士らは、彼らの現実世界である東京から農村を間にして幻想世界に臨んだ結果、表面的に彼らの現実世界により近いという印象を受ける幻想世界が相対化されるのである。すでに大いに論じられてきたように、主人公たちの性格は山猫軒での出来事を引き起こした、一つの大きな要因だと考えられる。異なる性格の者が山猫軒をみかければ、その罠に掛からなかったかもしれない。しかし、別世界の中の幻想世界という設定も、一つの要因であると考えられよう。つまり、紳士らは東京に居ながら山猫軒をみかけたなら、中へ入ったとしてもその言いなりにならなかったかもしれない。また、岩手の農村が現実世界である案内人はたとえ紳士らと似たような性格をしていたとしても、果たしてその罠にかかったのだろうか。

現実世界、別世界、幻想世界という三つの世界もまた、民話の構造と比較して明らかにしたこの童話の基本構造と重ね合わせることができる。この童話にみられる、民話の変形としての「三」の構造と異空間の「三」の構造を合わせて考えると、どうなるだろうか。

民話の伝統を大いに意識する作品としてみた「注文の多い料理店」には、「第三者」を加えることによって、人間と「異界」に属するもののはっきりとした対立関係が壊され、曖昧な関係が成立する。それと同様に、この童話を三つの異空間を通して考える場合、人間の世界である現実世界と、山猫が支配する幻想世界という図式がはっきりしなくなるということが分かり、異空間の内容も曖昧になり、それぞれの異空間の間の関係も複雑化するといえる。

複雑になった空間の構造において、紳士らがようやく自分たちの現実世界に戻っても顔は元に戻らないということは、幻想世界の影響がそこまで及んでいることを意味するだろう。そういう結末を含めた作品世界の構造によって、読者は、現実世界─別世界─幻想世界という空間を通して、紳士らの体験を見届けつつ、いわゆる「現実」という空間の枠組みをいかにして定めるのか、と再検討せざるをえなくなるのである。つまり最終的に、非現実世界のみならず、現実そのものも絶対的なものではなくなる。

まとめると、この作品の世界を「三」の構造として考える場合、紳士らの立場からみれば、別世界は非現実世界の体験を与えながら、幻想世界の性質を曖昧にする。つまり、農村を非現実世界の一部としてみるならば、農村の通過はこの物語の舞台や背景を提供するのみならず、紳士らの幻想世界の体験を促す要因になると考えられる。

二　境界線の問題

では、それぞれの次元の境界線はどこにあるのだろうか。最初の境界線と考えられるのは、紳士らが現実世界から別世界へと次元を変えるとき、つまり東京からの移動の際に越えるところである。物語は紳士らが山の中にすでに入っている時から始まるため、作品においてその具体的な地点を定められないが、空間的な移動に伴うものだといえる。確実に分かるのは、紳士らが東京から来たということのみなので、たとえば、イーハトーヴのモデルとなった岩手県の県境は考えられる境目の一つである。

別世界にやってきた紳士らは、今度は幻想世界に足を踏み入れる。それら両世界の間の境界線を定めるのはより困難な問題であろう。前述したように、現実世界と幻想世界とは外見の面では類似するものであり、現実世界と別世界とは同じく人間の世界である。それに対して、別世界と幻想世界とは、空間を共有するという特徴をもつ。つまり、ある意味ではその両界が重なり合うものだといえる。また、この作品においては主人公らが幻想世界を体験するということは、後から明らかになる構造になっている。その二つの要因によって、境界線の位置が定めにくくなる。先行研究[17]の成果を含めて考えれば、文章において証明できる境界線はないと認めざるをえないだろう。つまり、客観的に存在し、固定された境界線を定めることはできず、間接的にのみその存在を探ることができる。それはまた、「チュウリップの幻術」を論じた際に記したように、トドロフの説によれば、幻想的かどうかという点で確実性にかける作品世界は「ためらい」を産み出し、むしろ「幻想文学」としての性格が明確なものとなるとみることができる。

この作品の場合、境界線の問題をより明確にするために、その問題について二つのレベルに分けて考えてみることにする。それは、①読者の考える境界線、②紳士らが幻想世界を認識する瞬間という境界線、である。以下、①については、先行研究を参考にしつつ読者が幻想世界の枠組みを定めるそれぞれの根拠をまとめて解説し、②については、紳士らが幻想世界を認識するに至る過程を解説してみたい。

まず、読者が幻想世界の枠組みを定める根拠についてであるが、先行研究において、その兆し、および幻想世界を起こさせるものについては、風が吹くことや、草や木の葉が動くこと、それに犬の死など、一言でいえば自然現象がまず挙げられる。それに、山奥や山猫軒の一部か全体という空間的枠組みが挙げられる。さらに、幻想世界は紳士らの無意識的な行為や言葉によって創られたものだとも論じられる。基本的には、その三つの考え方である。

それらを分析すると、自然現象が論じられる研究の場合は、幻想世界の前兆としては、またその世界をもたらす力としては、主人公以外のものの何らかの「変化」がふさわしいという考え方だと言える。というのも、物語の中ではそのような「変化」を伴った自然描写により何かの出来事を予告するというのはしばしば使われる技法だからである。たとえば、読者は自らの読書体験に基づき、この作品の場合も、吹いている風はそれ以上の意味をもつのではないかと察することができる。物語世界が自然界と強く結ばれる賢治の場合は、「風の又三郎」など、その他の作品にもみられる技法なので、「注文の多い料理店」にも類似した構造を見出そうとするのは合理的だと思われる。また、ここでも「チュウリップの幻術」との類似点を見出すことができる。さらに、これも賢治の童話においてよくみられ、何度も指摘された技法であるが、同様の事柄を物語の冒頭と結末の両方において示すという反復技法がある。その技法により、物語においてその部分は意味合いが強められ、特別な内容を与えられるとも考えられる。

幻想世界の枠組みは、ある限られた空間に収まるという考え方の場合には、「山奥」という空間であれば、先ほど取りあげた解釈の方法と同様に、主人公ら以外のものの「変化」はその解釈を裏づけると思われる。山猫軒が異空間という考え方であれば、山猫が経営するレストランであるという理由のみで、幻想世界の空間と認められる。また、民話に出てくる館と類似するモチーフであるため、その類似性から読者には山猫軒が怪しい空間と思えてくる。それら二つのことを考慮すれば、幻想世界は山猫軒の範囲だと認めることもできる。

幻想世界は紳士らの無意識的な行為や言挙げによって起こされたものだという三つ目の考え方では、要するに幻想世界は主人公ら自身のもたらした「変化」によって起こされるものだということになる。

以上の三つの立場は、それぞれ幻想世界を考える基準が異なるので、この作品において、幻想世界が始まる瞬間や地点をさまざまなレベルで解釈できるということになる。それぞれの要素、つまり幻想世界の枠組みについての解釈の可能性は、ともにはたらきあい、読者を作品のクライマックスへ導くのである。そして、クライマックスになるまでの、いずれかの出来事や事柄が絶対的に超自然的な性質をもつのではないので、幻想世界の可能性を追究するのなら、それはそれぞれの要素との比較関係においてである。この作品の構造において、幻想世界の枠組みは間接的にしか示されない。つまり、それぞれの読み方を裏づける根拠は作品において明確に記されていない一方、上でみたように充分に用意されており、読者の解釈がつけ加えられてはじめて、この作品における別世界と幻想世界との境界線が成り立つのである。第三章の「チュウリップの幻術」と同様に、この作品においても幻想世界の形成はある過程の結果だといえる。

では、紳士らの認識における幻想世界の境界線であるが、紳士らは無意識に幻想世界へ進み、途中で躊躇するとはいえ、最後の扉の前に立ってはじめて自分たちが幻想世界にいることが分かる。もちろん、この瞬間に、ここが幻想世界の始まりではなく、すでに幻想世界に入っていることを彼らは承知する。それまでの物語の内容において、彼らは、扉に表れるセリフを都合よく解釈するとはいえ、時には疑問や不安の気持ちをみせる瞬間もある。このような瞬間を通して徐々に幻想世界を意識していくであろう。したがって、ここでも固定された一つの境界線を定めるのは難しいと思われる。一線の境界線というよりも、常に変更する、言わば「幻想度」といったイメージで考えた方が妥当だろう。そして、このような幻想世界を徐々に意識していく過程は読者の場合と紳士らの場合との間に少しズレが生じるが、それによってさらに幻想世界の枠組みが曖昧なものとなると考えられる。それと同時に、読者による民話などの経験に基づいた「思い込み」と紳士らによる自分の価値観などによる「思い込み」とが加わることによって、つまり、作品の異なる二つのレベルでの解釈が加わることによって物語が展開していくという構造は、非常に面白いものともいえる。

また、紳士らにとって、幻想世界から抜けられた瞬間というのは、おそらく案内人が戻った後の時点であろう。その瞬間は「そこで二人はやつと安心しました」と表現されるが、二人はもう山猫の恐ろしい世界に戻ることはないと確信する。それにも拘らず、その結末においても最終的に賢治が疑問を投げつけるのである。最後の文章には「しかし」と逆接の言葉を記し、紳士らは完全にこの出来事の前の状態にはもう戻らなかったというオチを読者に残す。その幻想が現実まで浸透していると思わせる結末は、読者にも「すっきりしない」という感覚をもたらし、「注文の多い料理店」を「幻想文学」として完成度の高いものとするのである。

この作品における境界線問題をまとめると、多くの先行研究で論じられたが、一つの確かな境界線を定めることが難しいのは明らかである。特に幻想世界との境界線について、それはむしろ「幻想文学」としての「注文の多い料理店」の性格を明確なものとするともみることができる。「三」の構造を通してみたこの作品は、陸続きの境界線と、重なり合う別世界と幻想世界の間の境界線という、二種類のものがみられる。どちらもやはり明確に定めることができないが、そのような構造においては、東京から移動しながら意識的に臨む世界と無意識的に足を踏み入れる世界と、二つの次元が創りだされる。このように、一つ目の境界線は、空間的な移動や、農村と都会の相異を意識することによって、紳士ら自身が創るともいえる。一方、幻想世界との境界線は、紳士らの知らないうちにできあがっていく。この意味では、紳士らの周りに起こる「変化」や彼らの何気ない一言で幻想世界が始まるというのは、作品の構造からみれば一貫性をもつ内容であろう。また、「三」の構造を通してみた「注文の多い料理店」は、現実と非現実との関係を、よりはっきりしなくなり常に変化を伴いながら成立するものとしてみせ、新しい「現実」観を提示するのである。

第三節　「幻想文学」としての「注文の多い料理店」

前述の部分では「注文の多い料理店」における「三」の構造についての説明を試みた。その異空間の構造という観点からみたところでは、この作品において異空間の間の関係が複雑化するにつれて、読者も現実とは何かという疑問を投げかけられるということであった。そして、紳士らの立場からみた「現実世界」「別世界」「幻想世界」の間の境界線は曖昧だという結論に至った。

では、次は「三」の構造を踏まえたうえで、「幻想文学」としての「注文の多い料理店」を考慮しながら、この作品におけるさらなる特徴に注目していきたい。

一　言語レベルでの幻想世界

中村三春氏は、「宮澤のテキストにおける幻想は、常に他者と関係するものと言わなければなるまい。幻想の生成はコミュニケーションの失調と並行するのである。さらに、幻想一般の機構が常に他者のテーマに関わるとすれば、それは、幻想＝虚構が言葉の起源であり、言葉が常に他者の存在と関係するからに他ならない」というように賢治文学を解釈しており、そして「この幻想の領域を、散文の作品の世界に全面化したところに現れるのが、『注文の多い料理店』等のファンタジーの作品なのである[18]」と結論づける。

つまり、中村氏が主張しているのは、幻想世界が成立する要因として考えられるものの一つは、他者理解の不能だということになる。そして、他者理解の不能はさまざまな観点から考えられるが、「注文の多い料理店」などの賢治の作品の場合は、それは言葉の使用と関係するという意味になると思われる。言語レベルでのコミュニケーションが妨げられ、幻想が成立するわけである。言語レベルでの「コミュニケーションの失調」のプロセスが幻想世界を形成していくのである。それに従えば、そのプロセスを見極めることが、まず、幻想世界を始めとするそれぞれの異空間のありかたを同定する手がかりになるだろう。

賢治の作品における言葉の重要性を指摘するのは、中村氏のみではない。花部英雄氏はこの童話を民間伝承と比較しながら「恐怖を言葉（文字）のレベルに対置させたところに賢治童話のユニークな遊戯性がある[19]」と述べる。また、奥山文幸氏[20]は『鏡の国のアリス』との類似点を論じながら、両作品における「言語の体験」の大切さを挙げる。おそらく両氏が述べるとおり、この作品が展開するうえで、その言語レベルでの仕組みは重要であり、したがって、それを考慮することで、幻想世界の成立の問題の他にも、この作品のさらなる可能性を探ることができよう。

では、奥山氏が言及する『鏡の国のアリス』を始めとして、特に二〇世紀以降の「幻想文学」における作品世界の言語領域は重要な位置を占めるといえるだろうが、それは「注文の多い料理店」の場合はいかなる特徴をもつのかみていきたい。

この作品における言語領域の特徴の一つは、読者が主人公を、また紳士らが山猫を、言葉のやりとりを通して認識していく過程にある。たとえば、秋枝美保氏が指摘するように、「紳士たちにとって、コミュニケーションをはかろうとする当の相手、扉の主は、隠されている[21]」という点を挙げることができる。つまり、紳士らにとって、山猫である相手を評価する基準は、唯一その文字で書かれた発言である。その姿や表情や声色などに基づいて相手を判断することはまったくできない。「当軒は注文の多い料理店ですからどうかそこはご承知ください[22]」という看板をみた紳士らは、お客さんである彼らに向けたメッセージだということを最初から疑う理由はない。その後も、彼らはあくまでも看板に書かれた特殊な形式をもつ発言と対決することになる。

また、紳士らの場合も同様に、その姿をみせるとはいえ、彼らに関する情報は限られている。読者はその様子を覗くことができるが、橋内朝次郎氏が指摘するように、「性格の方は、紳士たちの言動としてあらわれる[23]」という特徴がみられる。作者が紳士らの格好や体の反応をある程度地の文で読者に知らせるが、彼らを知る最も有力な手がかりはその会話の部分である。その他に彼らの内面的な世界ははっきりと記されていない。

換言すれば、読者の観点からすると、山猫及び紳士らについて知る手段としては、それぞれの発言が有力である。また、山猫の場合は、それは姿をみせなくてもよい形式にすることによって、作品の構造上重要な、正体を隠すということに繋がる。一方、紳士らの場合は、読者が作者の地の文で一遍にというよりも、その会話を通して紳士らの内面について徐々に理解していくことになり、意外な結末へ徐々に展開していくこの物語において効果的な技法だと考えられる。

さらに、作品の舞台といえるような空間の範囲は狭く、時間の構造も直線的なものだということからすると、この童話は、作品世界を構成していく主な道具が同様に言葉である演劇と、性格上の類似性を有すると指摘できる。その意味では第四章で扱った「土神ときつね」との共通点を見出すことができる。紳士らが劇場の舞台に入るように、つまり彼らは観客にはじめて自らの姿をみせるように、「二人の若い紳士が、すつかりイギリスの兵隊のかたちをして、ぴか〳〵する鉄砲をかついで、白熊のやうな犬を二疋つれて（中略）あるいてをりました。」[24]と描写されながら姿を現す。「土神ときつね」もやはり類似した物語の始まり方となった。そのことにより、演劇ではじめて登場する主人公を観る観客と同様に、紳士らが最初に紹介されることによって、読者は彼らについて一定の先入観を持ち、その後、彼らの評価が変わらないまま、紳士らの発言や動作、表情など、この限られた空間と状況の中の反応のみが注目される。

二つ目の特徴と言えるのは、幻想世界に入った紳士らは幻想世界に特有なコミュニケーション方法を使う必要がなく、幻想世界の住民である山猫の方が自らの発言を紳士らの理解できる文化的なコードに合わせるところである。秋枝美保氏が主張しているように、山猫が使うのは「宣伝広告、コマーシャルという新しい言葉」であるが、紳士らが進む廊下は「都会特有の一種のコミュニケーション型が象徴化」[25]されたものである。つまり、幻想世界の相手が発信する言葉が、現実世界の二人からすれば、決して意味をもたないということではなく、むしろ東京からやってきた近代文明に憧れる紳士らが最も耳を傾けるコミュニケーションの仕方であり、彼らを納得させるのに最も効果的なものであろう。言語的な領域でいえば、紳士らが幻想世界に渡るのではなく、幻想世界が彼らの属する現実世界へと突入するということになる。それは序章で「幻想文学」に関する定義の一つとして紹介したR・カイヨワ氏の「幻想小説における超自然は、現実世界の内的統一に加わる亀裂としてあらわれる」という考え方を裏づけるよい例だと考えられる。山猫による、紳士らからすれば自然でありながら、意味のずれたその言葉の使い方は、この作品において紳士らの現実への亀裂としてみることができる。

このような言語領域における特徴がどのような効果をもたらすのかと言えば、コミュニケーションができているという錯覚を、幻想世界に入った紳士らに与えるのである。それはまた、「三」の構造の説明で述べたような、紳士らが覚える幻想世界に対する親近感にも関連する。換言すれば、紳士らにとって幻想世界の最初の印象は、別世界より身近な空間であり、言語的なレベルでも、山猫が使うモダンな言語的な手法はさらにその印象を強めるということである。言語のみならず、山猫軒という空間も同様の効果があるとすでに述べたが、直接にコミュニケーションをとる手段となる言語は紳士らを誘惑する最も決定的な要因になるのではなかろうか。秋枝美保氏によれば「宣伝広告、コマーシャルという新しい言葉」がもたらすもう一つの効果は「広告が与えるのは単なるイメージであり、言葉のあやにすぎない(26)」というものであるが、それはつまり、言葉とその内容にズレがあるということを意味することになり、この物語の構成においては、特に有効な形式だと考えられる。さらにもう一つをつけ加えると、コマーシャルのような言葉だと、それは両側が平等に参加するコミュニケーションではなく、一方的に情報を押しつけるというやりかたとなるという点も、作品の構造からして重要であろう。

「注文の多い料理店」という童話においては、以上で説明した二つの事柄が最も特徴的だといえる。構造上で考えれば、両方が密接に絡み合い、またその一つ目は物語が展開するにつれて、それぞれの発言によって読者には徐々に山猫と紳士らの本当の性格がみえてくることに繋がる一方、二つ目は紳士らにはクライマックスまで山猫の正体がみえてこないということに繋がる。つまり、この童話の面白さとなるズレを産み出すわけである。

では、紳士らがよく分かる形式でコミュニケーションをとろうとする山猫であるが、それでも紳士らは暫くすれば異変に気づく。以下では、中村氏がいう「コミュニケーションの失調」に注目してみたい。具体的にいえば、紳士らはコミュニケーションが成り立っていないことに気づいていくプロセスということである。もちろん、山猫の方からみれば、紳士らとのやりとりの目的は彼らに食べられるための準備をやってもらうことなので、その意味でのコミュニケーションは結末の部分までむしろ成りたっているともいえる。

「コミュニケーションの失調」を考えるならば、文学における手法の一つであるノンセンスという事柄が浮かび上がる。中村三春氏は「並行世界における並行語」によって「「注文の多い料理店」は一躍、ノンセンスの水準へと接近する」[27]と示す。また、天沢退二郎氏は童話集全体について「（前略）『注文の多い料理店』の検討は、《わけのわからないところ》を中心においた nonsense tale の一群として、アリス的世界への連通管として、それらの童話が成立していることを私たちに教える」と述べるが、「注文の多い料理店」については「（前略）およそ肉食・食肉の対象化と逆転において（中略）nonsense tale であるとみることができる」[28]と解釈する。

ノンセンスは「ノンセンス文学」というジャンルが区別される程、文学において珍しくない手法であるが、『ブリタニカ百科事典』の「ノンセンス文学」の定義によれば、「最も広義に解釈すれば、言語によって伝達される通常の「センス」（意味）に「ノンン」（否定）を投げつけるべく書かれた作品は、すべてノンセンス文学だといえる。言い換えれば、読者の既成の秩序や価値の「感覚」（これも英語では（センス）という）をはぐらかしたり、突きくずしたり、逆転させたりすることをねらった文学である。その意味では、ノンセンスは「幻想」や「グロテスク」と重なるところもあるが、笑いと切り離せない点が違う。その笑いも「ユーモア」とはやや異なって、乾いている[29]」というものである。また、ノンセンス文学の代表的な例としては、「ノンセンス文学の最大の技法である言葉遊び、特に地口を駆使したのは、ルイス・キャロルである。彼の傑作『ふしぎの国のアリス』（一八六五）では、言葉をつくっている意味と音を引きはがして、音に優位を与え、意味を脱臼させるという地口の手法が、読者を意味論的なめまいに陥れ、奇妙な反世界を現出させている[30]」というように、先ほども触れた「注文の多い料理店」とよく比較されるL・キャロルの作品が挙げられる。賢治は童話集『注文の多い料理店』の広告ちらしの中でイーハトーヴのことを「少女アリスガ辿《ママ》つた鏡の国と同じ世界の中[31]」と示すので、彼自身もキャロルの創作を意識し、『注文の多い料理店』との共通点を認めていたと思われる。

『ブリタニカ百科事典』の定義によれば、「注文の多い料理店」においては、さまざまなレベルの「ノンセンス」を見出すことができる。いうまでもなく、「すぐにたべられます[32]」というようなセリフにおける二重の意味、中村氏がいう「並行語」によって、この童話はノンセンス文学に数えられる。また、天沢氏が指摘する「肉食・食肉の対象化と逆転」は、定義の「読者の既成の秩序や価値の「感覚」をはぐらかしたり、突きくずしたり、逆転させたりすること」に相当すると思われる。このカテゴリーには「肉食・食肉の対象化と逆転」の他に、山奥での西洋料理店の存在やそのようなレストランを、従来は民間伝承の主人公であった山猫が経営すること、などが当てはまる。さらに同カテゴリーに加えられるのは、その「感覚の逆転」を読者のレベルとは別に、紳士らも体験する点である。同様の事柄であっても、読者と紳士らの間で、「ノンセンス」を感じ取るタイミングが異なる。

そのような「ノンセンス」のレベルはお互いに働きあい、この童話に特有な作品世界を形成すると考えられる。その中でも、言葉における「ノンセンス」をより詳しくみてみよう。

L・キャロルの作品と比較される「注文の多い料理店」であるが、その言葉における「ノンセンス」は同様のものであろうか。上記の定義にあったように、キャロルの場合は「言葉をつくっている意味と音を引きはがして、音に優位を与え、意味を脱臼させるという地口の手法」である。しかし、賢治の場合は、よく指摘されるように、受身形と敬語の表現の同音性という日本語の文法的構造に基づく仕掛けが主であるが、それはキャロルにおける意味の脱臼というよりも、それぞれの相手がある言葉を異なる意味で考えるということになる。いわゆる二重の意味である。

また、言葉の二重性は、世界の二重性とも一致する。つまり共有する空間の中で紳士らと山猫のそれぞれが自分の世界の中に存在する。そして紳士らは徐々に山猫の世界に入っていく。「幻想の生成はコミュニケーションの失調と並行する」という中村氏の論点をすでに紹介したが、幻想世界の枠組みはコミュニケーションという動作を基準にして考え、紳士らが「山猫軒」の中で進むコースは幻想世界へ渡る過程だとみる場合、逆説的にいえば、紳士らは自分の世界にいる限り、コミュニケーションをとっているという幻想をみる。反対に、紳士らが幻想世界へ渡ったことがそのコミュニケーションの失調の結果でもあるが、幻想世界に入ってからはじめてコミュニケーションが成り立つ。というのは、幻想世界を完全に意識した時点で山猫とのやりとりの本当の意味を理解できたからである。

しかしながら、賢治はその二重の意味の仕掛けに留まることなく、言葉のもつ可能性をさらに拡げていく。では、「注文の多い料理店」における「コミュニケーションの失調」がもたらす幻想世界はいかなるものであろうか。つまり、この作品における言語レベルを中心にした構造はいかなるものであろうか。

それを理解するためには、言葉が本来の意味を失っていくプロセスを見極めなければならない。なぜなら、中村氏の説明に従えば、言葉が本来の意味をもたなくなると、ディスコミュニケーションが起こり、幻想が生成するからである。言葉が本来の意味を失っていくというのは、紳士らの場合は、この場面でこの言葉がもつはずの意味を失っていくということである。ここで、先ほど記したようにさまざまなレベルの「ノンセンス」が相互に働き合い、紳士らは自分たちの価値観や世界観から生じたまさにその言葉の意味は唯一の意味ではないと徐々に認識していくプロセスが始まる。

この作品において言葉が本来の意味を失っていく要因としては、いくつかの事柄を考えることが可能である。一つには、言葉が相手とコミュニケーションをとるという本来の機能を超える機能性を備えている、と解釈できることである。川村弘昭氏は、山猫軒は「登場人物の心理の動きと呼応して出現する」と述べ、具体的に言えば「『何か食べたい』という言葉によって出現した[33]」と解釈する。同じく、小森陽一氏は、「紳士たちは、自らの言葉で出来事を呼びよせ[34]」たとみて、「まちがったことを言うと神＝自然から罰が下り、正しいことを言うと祝福されるというのが、言霊思想の基本です。（中略）紳士たちは、連続的に誤った言挙げをしつづけることによって、山猫の罠にはまっていってしまいます[35]」と言霊の思想と関連づける。このように、言葉に特別な働きがあるという可能性を示す設定により、まず言葉の本来の意味とは隔たりができる。言葉が特別な重みがあるという、この作品において含まれた可能性は、言語レベルでの幻想の生成のための基盤を作り上げると考えられる。

言葉が本来の意味を失っていく次の要因は、中村氏が述べるように、紳士らは「食欲と先入観のために、言葉のわずかなゆらぎなどは無視して、自分の都合の良いように言葉を解釈する[36]」という点である。この作品における紳士と山猫のやりとりの細かい欠陥がもつ重要な意味である。すでに触れたように、この童話の仕掛けは動詞の能動と受動に基づいている。しかし、完全に二重の意味をもつ言葉の他に、小さいズレのある言葉もみられる。

たとえば紳士らがはじめてみた西洋料理店への招き言葉としては「どなたもどうかお入りください。決してご遠慮はありません」[37]という看板に出合うのだが、小森陽一氏はその後半の部分を次のように解釈する。

しかし、こうやって二度繰り返されてみると、「決してご遠慮はありません」という日本語の異常さがきわだってしまいます。通常は「ご遠慮はいりません」ということになるはずです。ならば、「ご遠慮はありません」とは、どのような意味になるのでしょうか」。（中略）「ご遠慮はありません」という場合には、そのように言う側が相手に対して「遠慮」はしない、という意味になるわけですから、物語の文脈に即して言えば、山猫の側が紳士たちに対して、一切の「遠慮」をしない、という意味になるはずなのです（中略）「ご」は、漢語の体言について尊敬をあらわす場合と、自分の行為を示す語につけて謙遜をあらわす場合と二とおりありますが、紳士たちは前者の意味で解釈したのですし、山猫の側から言えば後者の意味で使用したということになるでしょう。ここでも山猫が決してウソはついていないことがわかります。もちろん通常の日本語の用法からは微妙にずれてはいますが。[38]

このような言葉の細かい揺らぎこそ、完全な言葉の二重性よりも、読者にも紳士にも不安の気持ちを抱かせるきっかけとなり、第三章で問題にした「ためらい」を言語レベルで取り入れるとみることができ、「幻想文学」としてみる「注文の多い料理店」の構造において重要な役割をはたす。

言葉が本来の意味を失うもう一つの要因としては、文字で書かれた山猫の発言には紳士らが解釈と相槌を加えていくという過程が挙げられる。築田英隆氏は「主客逆転のレトリックや掛け詞といった多義的で謎に満ちた注意書きの言葉を読んだ紳士たちは、これらの言葉のもつあいまいさや空白の中に自分たちの欲望を投影して、自分流の勝手な解釈を作り上げていく。（中略）紳士たちが読む注意書きは、読み方によって常にその意味は変わっていくものだ[39]」と述べるように、紳士たちは文字化された山猫の発言によって罠にかかっていくのみではなく、自分たちでそれを解釈し相槌をうつことによって、新しい「テクスト」ができあがり、そういう意味では、紳士たちも「コミュニケーションの失調」による幻想形成のプロセスに参加するのである。彼らは自分自身の力でコントロールできないテクストを作り上げていくということである。さらに小森陽一氏は、「それ自体としては、さしたる意味をもたず、行為遂行的な拘束力をもたないテクストがとりあえず提示されています。しかし、それを解釈する側が、ある過剰な意味作用を発見してしまい、テクストを歪形しながら、それを命令遂行的な言説へと転換させ、解釈者と同じレヴェルにある他者がそれにあいづちを打つことによって、当初のテクストを解釈する二つの歪んだパラテクストとの相互関係の中で命令する主体が立ち上げられてしまったことになります[40]」と解釈するように、紳士らが解釈し相槌を打ったテクストはそれに含まれたものより遥かに超えた働きを示すようになり、本来備わっていない機能まで現れるという現象が起こり、言葉の意味の面での新しい「テクスト」に限らず、本質的に異なる類の「テクスト」になっていく。さらに、そのプロセスを追う読者も独自の解釈を行うので、読者からみたこの「テクスト」はより複雑なものになるだろう。それぞれのレベル間の相互作用が増すと同時に、言葉が一層本来の意味を失っていく。その複合的な過程は、言語領域を超え、物語の世界そのものを成していくので、その意味でも、まさに幻想形成の過程なのである。

たとえば、先ほどの「ご遠慮はありません」というセリフの前後をみると、

「どなたもどうかお入りください。決してご遠慮はありません」

（中略）

「(前略) このうちは料理店だけれどもたゞでご馳走するんだぜ。」
「どうもさうらしい。決してご遠慮はありませんといふのはその意味だ。」[41]

となるが、山猫が自分の本当の意思を隠すためにおいた看板の「本当の意味」を紳士らは読み取ることができないのみならず、自ら反対にプラスの解釈をつけ加えて「たゞでご馳走する」店という新しい事柄を作り上げるのである。

このように、紳士らは山猫軒の中へ進むにつれて、看板に書かれた言葉の、より広い意味での理解を深める。他方で、逆説的にも、そのようにして山猫とのコミュニケーションと彼らが思っていた事態が成立しなくなる。それは、紳士らの世界観に基づいた言葉の意味が、彼らの解釈の基準から外れてしまうことによって、実感としてコミュニケーションが途絶えるからである。しかしながら、それと同時に、自分たちが現在置かれている状況を意識していくことになる。換言すれば、山猫とのコミュニケーションを通してみたこの作品の構造は、山猫の発言が理解できなくなるプロセスが進化するにつれて、紳士らの自分の状況への理解が増すということになるのである。

このように、この作品において言語領域にいくつかの仕組みがみられるが、それらが巧妙にはたらき合うことがあらためて強調すべき特徴だと思われる。言葉の二重性や言葉の揺らぎと相槌による解釈という組み合わせが相乗効果を示し、幻想世界の形成の際にさらに効果的だと考えられる。

ここでつけ加えなければならないのは、紳士らが言葉の働きによってどんどん山猫軒の中へ進むと同時に、その物語に面白さを見出す読者も結局のところ言葉に操られるということになる。それは上記で触れた演劇性にも関連すると思われる。限られた情報しか獲得できない読者は、劇場の観客と同様に物語の展開を傍観しながら、ある意味で紳士らと「場」を共にし、物語に参加するといえる。また、簗田英降氏が述べるように、「扉の文字を読んで解釈するという共通の行為の繰り返しを通して、読者は紳士たちとの心的距離感をさらに縮めていくことになり、どんでん返しによる紳士たちの恐怖感を、読者も彼らと一体化して体験できる」[42]という事柄も重要である。その体験というのは、この作品において、主人公と読者との、言語領域のレベルでの特殊な関係を築くことに基づくといえる。

この作品におけるコミュニケーションのプロセスをみる際、もう一か所注目すべき場面がある。それは、紳士らが最後の扉の、「いや、わざわざご苦労です。大へん結構にできました。さあさあおなかにおはいりください。」[43]という看板を読み、最終的に自分が置かれている状況を理解してしまうという場面である。今まで紳士らを巧妙に誘導した山猫はここで失敗し、子分の山猫は「「だめだよ。もう気がついたよ。塩をもみこまないやうだよ。」「あたりまへさ。親分の書きやうがまづいんだよ。あすこへ、いろいろ注文が多くてうるさかつたでせう、お気の毒でしたなんて、間抜けたことを書いたもんだ。」[44]」と親分の山猫をはっきりと批判するのである。北野昭彦氏は、その物語の展開を、「山猫の子分の言葉は親方批判だけではない。〈紳士〉たちを〈否定〉してきた自らの読みを〈否定〉した読者はその後、山猫の子分の言葉をとおして、殺害され食われる側にある人間の恐怖心を〈紳士〉たちと共有し、殺害される側から人間を考えるきっかけを得る」[45]と解釈するが、その「読みを〈否定〉」するというプロセスも「コミュニケーションの失調」に関連すると考えられる。というのは、物語も作者と読者の「コミュニケーション」のプロセスであるが、読者が物語を読み進めるにつれて、今までの読書経験や今までの物語内容を予測するが、ここでその予測が裏切られるからである。その読者への裏切りこそ、北野氏の指摘通り、ものごとを考えるきっかけとなるのである。物語の展開における読者の期待とのギャップは、読者がそのことを意識していなくても、その価値観への疑問を投げかける効果がある。

上記の場面の面白さはそれのみではない。今まで、紳士らからみた、山猫との「コミュニケーションの失調」を幻想の形成として考えてきた。しかしながら、親分の山猫のこの失敗も、ある意味ではディスコミュニケーションである。なぜなら、子分の山猫の会話からすれば、親分の失敗というのは、相手とのコミュニケーションにおける失敗だからである。親分の失敗は、紳士らのことを充分に理解しなかったことが原因なのであろう。換言すれば、親分は紳士らへの理解不能で、この扉の場合は、不適切な表現を選んだということである。山猫による一方的なコミュニケーションの仕方はここで成り立たなくなる。そして、紳士らがさまざまな理由で扉に書かれた表現の「本当の意味」が理解できなくて、それが幻想世界の形成へと繋がったと同様に、親分が最後の扉での表現を考え損ねたことによって、その幻想世界が消えていくことになる。このように、前節で考慮した幻想世界の境界線の問題は言語領域における解釈が可能だということが分かる。また、言語領域を通してみた「注文の多い料理店」は、ごく単純な「食う―食われる」という内容を、伝える過程で起こるコミュニケーションとディスコミュニケーションとの釣り合いとして読むことができる。その二つの状態のバランスは流動的な幻想世界の存在の有無に繋がる。つまり、異空間の存在もその言語領域に反映されるのである。

西田直敏氏はこの童話について「こうした文章構成を可能ならしめたのは、宮沢賢治の言葉に対する鋭敏な意識と深い関心であ(46)」ると指摘するが、それと同時に、中村氏が分析するように、「ノンセンスな言語使用により、言葉やコミュニケーションの完全性や絶対性という概念は相対化される」ので、「コミュニケーションというパラダイムの相対化、無力化(47)」へと繋がることになる。賢治はこの童話において、上記で示したように、二重の意味に留まらず、工夫を込めた、複数のレベルで解釈できる言語によるやりとりを通じて、「コミュニケーション」は一面的なものではないことを示した。「コミュニケーション」は他者との出会いを可能にする一方で、その他者との関係を複雑怪奇なものにするということが表現される。また、現実そのものも、単純で明解なものではなく入り組んだものだということを示す。西田氏がいう「言語に対する鋭敏な意識と深い関心」はおそらく現実の複雑さを表現することへの意識と関心でもあり、中村氏がいう「コミュニケーションの相対化」がもたらすのは、現実の相対化でもある。

次に、この童話における「コミュニケーション」の問題を踏まえたうえで、他者との関係について考えてみたい。

二 「他者」との衝突

「注文の多い料理店」について、童話作家の坪田譲二による、よく知られる評価がある。

> 「注文の多い料理店」を読んでごらんなさい。次第《マ》次第《マ》に気味が悪くなり、まるでポウの作品でも読んでるように、ゾクゾクして来る感じであります。[48]

坪田譲二はその短い文章において、この童話の性格を巧みに表現していると言える。この物語の展開はクライマックスに向かうにつれて、まさに主人公と読者がますますぞっとする構造である。賢治はその効果をいかなる手段によって得たのだろうか。その問題を「他者」との関係を通じて考えていきたい。つまり、この作品の主題である「他者」との出会いは、なぜ恐怖の体験なのか、という問題である。

簡単に言えば、それは紳士らにとって生と死に関わる危険な体験だからである。しかし、紳士らがただ異空間での危険な冒険に臨んで、それを体験して帰ってくるという内容の話のみではない。彼らはその異空間を正しく認識しないまま、その中へ進んでいく、というこの作品の構造は、彼らの冒険を特殊な体験とするのである。

それは、本章の前半で取りあげた「三」の構造と関連する。すでに述べたように、この童話においては、異空間の構造を、紳士らの立場から考えて、現実世界（東京）に対して、別世界（農村）と幻想世界（山猫軒やその周辺）としてみることができる。そのようにとらえた異空間構造を通してみた場合、「他者」の問題も少し異なってみえてくる。

そもそも、この作品の主題といえば、それぞれ異空間に属する二人の紳士と山猫の対決だと言える。賢治が、異空間のものとの出会い、つまり「他者」との出会いを、童話集『注文の多い料理店』の他の童話を始めとして、「風の又三郎」など、多くの作品の主題にすることからすると、作家の賢治にとってこれが重要なモチーフの一つだと窺える。その中でも、他の童話と比較すれば、おだやかな雰囲気から始まるが、二人の主人公が食べられそうになる、つまり殺されそうになるという結末の「注文の多い料理店」における「他者」との出会いは、特にぞっとさせるものである。「出合い」というより「衝突」と言った方が正確かもしれない。

命に関わる冒険だということの他に、「出合い」が「衝突」となったもう一つの理由は、紳士らにとって、別世界と比較すれば、幻想世界の方が馴染みのある空間とみえたと同様に、その幻想世界に属する、結末までその姿がみえなかった山猫をも、それほど「他者」と認識しなかったところにある。紳士らにとって、「他者」というのは、別世界に属する農民なのである。それに対して、山猫軒の経営者の存在は知っているようで知らない、厳密にいえば、知っているようで次第に知らない側面をみせていく相手となった。結果的に、山猫も「他者」であったが、その「他者」との接触は特殊なもので、「衝突」といえるものに発展していく。

そして、「他者」の問題は、現実そのものに密接に関連している。その山猫との「やりとり」こそ、紳士らの異空間の体験を可能にする決定的な要素である。前部分で取りあげた中村氏の説通り、紳士らと山猫とのコミュニケーション失調は幻想の生成を促すが、紳士らの、幻想世界に対する認識は山猫とのやりとりを通して変化していくのである。紳士らの幻想世界についての認識の行き先は、結末に山猫の姿が具体化していくことに象徴されると考えられる。

賢治が「他者」のテーマを好んだ背景には、彼自身の経験があったと思われる。よく知られるように、賢治は質屋であった家業を継ぐことに抵抗があり、そのことを始めとして、後に宗教の問題などで父親と対立が深くなり、家族のことを「他者」として意識していたにちがいない。あるいは、家族の中の自分を「他者」としてみていたかもしれない。また、そのことは家族内の問題に限るものではなく、宮沢家の社会的な地位にも密接に関係している。原尻英樹氏は「生産力の低い東北の寒村である。（中略）そこにおける持たざるものの生活は想像するに難くない。賢治はこれに矛盾を感じ家業を嫌うようになる。更にこの矛盾は、単に貧富の差だけに依っているのではなく宮沢家の来歴にも依っている。宮沢家はこの土地ではヨソモノであったのである。ヨソモノというのは、先祖代々その土地に住み続けた者でもなく、あるいは一時的に居住する異邦人でもない者を指す[49]」と分析するように、賢治は花巻という社会の中でも自分の居場所がみつけにくく、「他者」だったと言える。さらに、「他者」をテーマにしていたもう一つのきっかけとしては、賢治の自然界との、一生続いた力競べを挙げることができる。多くの童話の舞台となったイーハトーヴについて、赤坂憲雄氏は「自然は人間にたいして、豊かな幸をもたらす親和的な貌を持つと同時に、恐るべき荒ぶるものとしての貌を持つ。その自然が帯びる順違二面が長い時間のなかで農民たちに刻みつけてきた印象と記憶を探ること、それこそが賢治のモチーフではなかったか。（中略）賢治は人間と森や獣や自然との親和的な共生関係を描いた作家ではない。人間と自然とが共生するあり方をだれよりも深く夢想しながら、それゆえにこそ、賢治はむしろ、その絶対矛盾を孕んだ関係のあやうい均衡と破綻を、くりかえし語らざるをえなかった[50]」と述べるとおり、賢治は一人の人間という立場から、また農民という立場から、一生をかけて自然界を考えつづけたが、生涯一体感を得ることはなく、ましてや自然界への理解が深まるにつれて、賢治は人間が自然界にとって「他者」であることを意識していたと考えられる。

このように賢治の生涯を考えると、この「他者」の実体験は、「注文の多い料理店」の「他者」のそれに類似するといえる。賢治の場合も、紳士らが料理店の従業員の意思を分かると思っていたように、家族、花巻の社会と自然というのは、彼がおそらくよく分かっていると思っていたものであるが、それらとの「やりとり」を深めるにつれて、隔たりが大きくなるばかりであった。賢治自身の「他者との衝突」であった。そのような意味では、紳士らの体験は、賢治にとって相当共感しやすいものだと考えられる。

「注文の多い料理店」の場合に賢治の実体験と異なるのは、山猫が異界に属するものだという点である。百川敬仁氏は「他者」という観点から日本の歴史における異界に対する考え方の流れを論じるが、それによれば、上代から中古に移るにつれて、異界についての考え方において変化が現れ、それは「古代のローカルな諸々の異界の代わりに「自然」という抽象度の高く普遍性を備えた異界を対偶として得たことによって、かえって論理的リアリティをました、とさえ言ってよいかも知れぬ。(中略)人々は「自然＝里山」と日常的現実との間を精神的＝身体的に往復しながらその都度、心的な自己否定を自覚的に繰り返し、つまり抽象的な死と再生の反復を通じて不断に精神を賦活させ、現実の生活に今まで以上に執着しながら生きようとするのだ」[51]というものであった。また、百川氏は中世と近世における異界の特徴を論じた後、近世から近代にかけての変化についても記す。氏によれば、近世は鎖国の時代ということもあり、異界の存在感がうすくなった時代であった。しかしながら、氏は「異界というものが共同体にとっての「外部」として存在していること、言い換えれば共同体という完結的なひとつのシステムとは異質なものとして、共同体にとって不可解な語り得ぬもの、異次元の世界としてある」ことに注目し、「異界がはっきりしなくなるというのは、共同体にとっての外部がはっきりしなくなることである。（中略）内部と外部という対立が消失することによって、共同体は、自分が存続するために不可欠な二次元論の基礎となる最も根本的な対立を失うのである[52]」と解釈する。そして「異界すなわち外部がはっきりしなくなったら（中略）共同体の内部に対立を敢えて作り出すしかない[53]」と結論づけながら、「内部だけとなった日本近世の共同体」に作り出せる対立の例としては「都市と農村、武士と町人など」と挙げる。さらに、近代については、「西洋諸国の圧迫によって日本は開国を迫られ、事態は大きく変わる。いわば、内部としての近世に突然、外部がもたらされたのだ。これは、とりもなおさず異界の復興を意味した。西洋が異界となったのである[54]」と述べる。

紹介が長くなったが、ここで話を「注文の多い料理店」に戻したい。この童話において、百川氏が論じる、さまざまな異界や対立する「他者」に関する考え方がよく反映されると思われる。

まず、本章の前半で論じた民話の世界と重なる要素においては、百川氏がいう「ローカルな異界」をみることができる。マヨヒガとしての山猫軒や山猫はその異界の象徴だと考えられる。それは、農村に対しての異界であり、紳士らにとっては本来自然界の一部に過ぎず、知らない世界なのである。

したがって、「ローカルな異界」を認識しない紳士らは、その代わりに自然を異界とする。「ローカルな異界」に対して、進化した「論理的なリアリティをました」異界である。都市で生活する彼らが、都市から離れ、奥山へ狩猟に出かけるのは、百川氏が述べる「抽象的な死と再生の反復を通じて不断に精神を賦活させ、現実の生活に今まで以上に執着しながら生きようとする」ことであるが、この作品において、その抽象的な死と再生が犬の存在を通して具体化され描かれたのは、構造の興味深い点である。

さらに、この童話において、都市と農村という対立も存在していて、紳士らの立場からみれば、地元の案内人は、東京の成金である彼らがあまり知らない農村という異界に所属する。農村の立場からみれば、紳士らは都市という異界に所属しながら、「すつかりイギリスの兵隊のかたち」が象徴する西洋という異界に属するものでもある。このように交差する異界は、それぞれの異空間に属する者の「他者」との体験を可能にし、その体験を規定する。奥山がそうであるように、同じ空間はその体験者によって異なる異界となることもあるので、紳士らにとっての「現実世界」である東京は、農村に対して、都市としての、また西洋としての異界となるのである。

換言すれば、百川氏が論じた日本の歴史における異界と、本章の前半で分析した「三」の構造とは、類似点を見出すことができるうえ、さらに「他者」という要素を取り入れることによって、異空間の間に相互作用が生じ、主人公は異空間と決めつけた空間を体験しその影響を受けるのみならず、奥山や農村や都市のそれぞれが異界となるため、異空間自体にも影響を与え変化させる。案内人つまり農村については、その相互作用が確認しにくいことかもしれないが、山猫の方は紳士らである「他者」に出会い、たとえばその親分は間抜けだということを知る。紳士らの体験によって、山猫の世界も「もとのとほりになほ」らないと考えられる。現実認識の相対化についていえば、このように「注文の多い料理店」においてもそれが一つの重要な要素として浮かび上がってくる。

百川氏は異界の、最初の、古代における役割について「人々は（中略）自分達が相互に抱いている他者への「畏れ」を投射・疎外した」と述べ、そしてそれによって「自分達を「人間」へ構造化した」[55]と分析する。紳士らの場合は、どうだろうか。

ここで「他者」に関するもう一つの考察を紹介しておきたい。神尾美津雄氏は、「他者」を「制度の準拠枠から剥離し、それに対抗する存在である」[56]と規定する。百川氏の「他者」をみる基準は異なるが、ある価値観に基づき、何かの共同体に対立するものだという見方をすれば、両氏の考え方に共通点を見出すことができる。つづけて神尾氏は「他者を抱えこんで生きざるをえないが、それこそが人間的環境というものだろう。もしも自分自身でしかありえない人間がいればそれはもはや人間ではない[57]」と述べるが、それもまた、異なる観点からみた、百川氏がいう「「人間」への構造化」だと考えられる。つまり、異界を通してみた「他者」においても、また社会的な観点からみた個人に対する「他者」においても、結局のところそれは人間が人間であるために必然的な存在だということになるであろう。

人間にとっての「他者」の存在を体験する重要性は、おそらく上ですでに引用したように、百川氏がいう「象徴的な死と再生の反復を通じて不断に精神を賦活させ、現実の生活に今まで以上に執着しながら生きようとする」ところだろうが、神尾氏もまたロビンソン・クルソーによる島の体験という例を挙げながら、「他者」の問題について「それは内から外へ、外から内へという、いうなれば死と蘇生の間のブランコ運動であるが、どちらかといえば、内へという方向が強い[58]」と述べる。百川氏と同様に、「他者」との関係を生まれ変わるという概念を通してみるが、百川氏がそれを日常的な生活への活気を取り戻すものとして考えたのに対し、神尾氏は共同体としての「他者」の体験というよりも、個人的な「他者」の体験を考慮し、人間の内面への影響に注目する。さらに氏は次のように説明する。

他者は自我を侵す存在として認識されるゆえに、否定的な性格しか与えられない。そのかぎりでは、他者とおのれの関係には厳然たる境界が存在している。しかし（中略）この種の他者を断片としての自我と考えてもいいのである。他者は悪と認識されるかぎり、自我の範疇の内部にとりいれられない。しかし、他者が悪役を演じているのは擬態であって、本当はやはり人間の存在領域の内部に属しているのではないだろうか[59]。

百川氏と神尾氏の考えに従えば、「他者」を体験するというのは、「「人間」への構造化」の過程として、また自分自身の内面を知るための手段として、肯定的なもののはずである。しかし、神尾氏によれば、人間は「他者」を悪と認識しようとするが、「他者」は実際に人間の自我の一部だということである。では、「注文の多い料理店」の紳士らの「他者」の体験はいかなるものだったのだろうか。なぜ彼らの冒険はぞっとするものへと変わっていったのだろうか。

ここで、この作品における「他者との衝突」をさらに考慮するために、S・フロイト著の「不気味なもの」(60)という論文を参考にしたい。フロイトはその中で、「不気味な」（ドイツ語の unheimlich）という言葉をさまざまな角度から分析する。フロイトは「不気味な」という言葉が同時に反対の意味を含むと主張しながら次のように述べる。

> ドイツ語の「unheimlich（不気味な）」という単語は、明らかに、「heimlich, heimisch（わが家の）、vertraut（馴染みの）」の反対語である。従ってそこから当然予想されるのは、何かあるものが驚愕させるのは、まさに知られておらず馴染みがないからこそだという結論である。だが当然ながら、新しく馴染みのないものすべてが驚愕させるわけではない。
>
> （中略）最も興味深いのは、heimlich（馴染みの、内密の）という単語が、意味の上で多彩なニュアンスを示しながら、反対語である unheimlich（不気味な）と重なり合う意味をも表す点である。その場合は、馴染みのものが不気味なものとなる。
>
> （中略）総じてわれわれは、heimlich という単語が一義的ではなく、二つの表象の圏域に属している、という点に注意を促される。その二つの圏域は、対立し合っていないとしても、互いにかなり疎遠だ。すなわち、なじみのもの・居心地良いものの圏域と、隠されたもの・秘密にされているものの圏域である。

（中略）つまり、秘密に隠されたままにとどまっているべきなのに現れ出てしまったものは、どれもすべて不気味だというのである。(61)

確かに「heimlich」は興味深い言葉の例である。日本語では、フロイトの説明する「heimlich」のように、ちょうどこの「不気味な」と「馴染みの、内密の」という二つの意味の領域を同時に占める言葉が存在するかどうか分からないが、言語学的な問題はともかく、「heimlich」という言葉が巧みに表現する、ある種の感覚は普遍的であり、ことにカフカの作品など近現代の幻想小説の中では、日常でありふれたものは実は不気味で恐ろしいものに変化していくというように、大いに使用されるモチーフの一つだと考えられる。

フロイトの「heimlich」であるが、この童話の「三」の構造を論じる際、幻想世界である山猫軒は、紳士らにとって現実世界である東京に類似するという点が重要となった。フロイトの「馴染みのもの」に相当すると考えられる。紳士らは最初に別世界という異空間に入ったことによって、幻想世界の存在が気づきにくかったということも述べた。しかし、紳士らは馴染みのある空間を進むにつれて、その世界が異なる面をみせていく。その馴染みのある世界は、まさに不気味なものとなるのである。つまり、紳士らは山猫軒の中を進むにつれて、山猫とのディスコミュニケーションが起こることによって、幻想世界ができあがっていくというのは、彼らの体験における一つのレベルである。その一方で、紳士らにとっての山猫軒は、フロイトがいう「秘密に隠されたままにとどまっているべきなのに現れ出てしまったもの」だとすれば、彼らが認識するべきでないものを認識していくという体験は、一つ目のレベルの幻想の生成を伴う。つまり、彼らは知らない方がよい、また知ることを望まなかった「他者」を知ってしまう。その二つのレベルでの紳士らの体験は相乗効果を上げ、山猫軒はますます恐ろしい世界に変化していくといえるだろう。

そのように現実世界からかけ離れた世界を体験する紳士らであるが、山猫軒が消え去った後、現実世界で元通りの生活を送るはずである。地元の案内人や犬と再会できた後、無事に東京へ帰った二人は一旦そうみえるが、この作品のオチとなる「しかし、さつき一ぺん紙くづのやうになつた二人の顔だけは、東京に帰つても、お湯にはいつても、もうもとのとほりになほりませんでした」[62]という最後の一節は、紳士らの体験がすんなりと完結したものだったという印象を崩すのである。ある意味では、物語のあらすじも民話の構造に類似し、「馴染みのもの」のままで終わるはずだったが、最後にその予測を裏切り不気味なものとなる。作品の最後の一言は、彼らの体験はすっきりしないものだったということを物語る。

では、紳士らの「他者との衝突」はいかなる意味をもつものなのだろうか。前述したように、百川氏は外的世界における「他者」を分析する一方、神尾氏は個人に対する「他者」から人間の一部となる「他者」を考える。フロイトの論述と合わせてそれらの説を念頭に置きながらまとめると、山猫の演出によって紳士らは山猫軒を当初馴染みのある場所として認識し、徐々に「他者」を発見していくことが分かる。つまり、紳士らの世界とは共通点の多い山猫軒であるが、結局のところ本質の面では「他者」である。形式的にいえば、上で紹介したように、百川氏がいう「自然＝里山」との対立や、マヨヒガとの関連を考えれば「ローカルな異界」との対立がこの作品のテーマとなるが、「三」の構造を中心に考えた異なるレベルでいえば「他者」は相対的な存在であり、馴染みのあるもののもう一つの側面にすぎないといえる。また、紳士らは知ることを望まなかった幻想世界を認識してしまうと同時に、自らの内面においての、「傲慢さ」や「うわべの教養」といった、知ろうと思わなかった一部を知ってしまったとも考えられる。「知った」というよりも、「経験した」と言った方が妥当かもしれない。「他者」は、山猫軒を訪れる以前の彼らと比べれば、山猫軒での出来事を経験したものとして存在しているといえる。神尾氏は「恐怖は秩序回復のための偽装的手段」[63]であるとも述べるが、紳士らの場合、山猫軒での出来事は「紙くづのやう」な顔で象徴されるように、むしろ彼らの今までの生活を回復不可能な状態にする。自分の内面における「他者」の存在によって、紳士らの元の世界の感じ方が崩され、その出来事から教訓のようなものを得ていなくても、「すっきりしない」感覚という形で、その「他者」が彼らの生活において存在しつづけると推測できる。「他者」の存在によって、紳士らの内面は馴染みのあるものから、どこか不気味なものへと変わり、紳士らの最も本質的な部分は揺り動かされたと思われる。

神尾氏は「人間はおのれの定めた準拠枠が保障する世界の内側で生きていると言ってよい。（中略）人間は見えざるものを好まないものだ。そして不在なるものが顕在化するときは文化や文明が客観化されるときでもある」[64]とも述べる。また、府川源一郎氏も、この作品に関して「この作品ではすべてのものに絶対的な価値は置かれていないのである」[65]と指摘する。そう考えると、紳士らは自分の内面で知られざる部分を発見したのみならず、彼らが生きる世界や価値観は唯一のものではないということも体験できたと解釈できる。そして、それはまた「「人間」への構造化」へと繋がると考えられるのである。というのも、「「人間」への構造化」というプロセスは、外面的な異界における「他者」の体験によって促されると同時に、内面的な「他者」の体験によっても、実現していくと思われるからである。そして、ここでの「「人間」への構造化」は、「人間とは何か」という本質的な問いに答えを出さざるを得なくなっていく意識の形成としてとらえられる。紳士らの体験はぞっとするものとなった、つけ加えられるもう一つの原因は、それは紳士らが知りたくなかった彼らの内面の奥の部分に触れる体験ということである。

では、そのような体験を追う読者は、いかなる「他者の体験」をするのだろうか。読者による「体験」も「三」の構造でみることができる。ある意味では、それは紳士らの恐ろしい冒険に類似したものだと解釈できる。紳士らにとって狩猟が娯楽だったと同様に、読者にとっては、この物語を読むことがまさに日常の生活を一時的に離れるための娯楽である。つまり、読者が自分の方から意識的に体験しようとする別世界なのである。そして、紳士らという主人公の性格や愚かさを笑いながら、知らず知らず彼らの幻想世界の体験へと巻込まれていく。というのは、読者も主人公と一緒になって山猫軒を進む時は、次第に現れる扉とそのセリフ、またその世界の本質について判断を迫られるからである。このように、この出来事に参加させられた読者は、結局のところ、楽しい物語の展開への期待が裏切られるか、少なくともそのような予測とのギャップを経験させられる。読者の立場からみれば、分かりやすい主人公の紳士らであるが、読者は彼らを通して予期せぬ世界へと入るのみならず、結末へ向かいながら、その物語の世界はいかなる価値観に基づいているか分からなくなっていく。紳士らは滑稽な主人公であるが、彼らを悪いものとしてみるべきか、良いものとしてみるべきか、それとも単にかわいそうなだけなのか。山猫はずる賢いのか不器用なのか。そしてオチとなった紳士らの顔色は、なぜこうなったのか。読者はそのような疑問を投げかけられ、無意識に自分の価値観も問われるのである。面白さを感じながら読み終えても、紳士らの「紙くづのやう」な顔と同様に、脳裏のどこかで違和感が残るのである。それは読者の「他者との衝突」だといえるものだろう。そして、坪田譲二がいう「ゾクゾクして来る感じ」というのは、その他者の方へ歩む読者の感覚ではないだろうか。

おわりに

「注文の多い料理店」は比較的短い作品でありながら、幅広い解釈の可能性を含む童話である。本章では「三」の構造という観点から、従来の民話の構造との比較においてまずその特徴をおさえ、異空間の構造についても三つの空間を見出しながら分析を試みた。さらに、言語領域における幻想世界の生成やこの作品における「他者」の存在に注目した。

このように考察をしてみると、「注文の多い料理店」の世界はいかにも不均衡で、固定していないものだということが分かる。「三」の構造として考えたこの童話は、対立そのものもバランスのとれたものではないのみならず、絶対的な力や知恵のあるものもなければ、完全に敗北したものもない。また、三つの側の間のつながりは複雑なものであり、従来の民話の構造より多面的なものだといえる。さらに、「他者」のところで触れたように、馴染みのあるものの中で「他者」を発見していくという観点からみれば、「他者」を相対的なものとしてみるのみならず、紳士らの内面的な世界の解釈とつなげることができる。それらのレベルの解釈におけるはっきりとした図式のなさや世界への相対的なアプローチは、「幻想文学」としてのこの作品の性格とは密接に関わり、確実で絶対的な現実への疑問を投げかけながら、読者に「すっきりしない」感覚が残る原因の一つとなる。その確実性に欠ける世界こそ、読者の日常的な感覚や感情を揺り動かし、面白さを感じさせる要素の一つとなるのではなかろうか。

注

（1）前掲『新校本宮澤賢治全集第』第一一巻、pp. 11-12
（2）『修辞的モダニズム――テクスト様式論の試み』ひつじ書房、二〇〇六年五月、p. 58
（3）「宮沢賢治と諷刺精神」文学、第三四巻一二号、一九六六年一二月
（4）「注文の多い料理店」国文学解釈と教材の研究、第三四巻一四号、一九八九年一二月

（5）「「注文の多い料理店」――再構造化の戦略」国文学　解釈と鑑賞、第七四巻六号、二〇〇九年六月

（6）「「注文の多い料理店」と伝承世界」『呪歌と説話――歌・呪い・憑き物の世界』三弥井書店　一九九八年四月、pp.255-281

（7）「現代の民話と仏教思想――「注文の多い料理店」考」宮沢賢治、第一〇号、一九九〇年一一月

（8）本章で使用する用語について説明をつけ加えよう。

「非現実世界」は、現実から離れた、非日常的な世界である。民話における「異界」はその一つである。この場合、人間が普段生活している、ある全体として考えた空間の、外にある世界である。「異界」の外観上の「非現実」性の度合いは様々であり、本文の中でとりあげるマヨヒガの例からも分かるように、現実を準えたものもある。

童話の世界において、その「非現実世界」はよく「幻想（の）世界」と同様の意味で使われる。「幻想（の）世界」は、人間からすれば、ありえないことが起こる空間である。「異界」は、超自然的な能力のある山猫のような存在に出会える空間ともなるが、ある社会からすれば「外」にあるという点が重要であるのに対し、「幻想（の）世界」はその超自然的な性質が特徴的であり、客観的に存在する世界だと考えられる。

しかし、「非現実世界」は必ずしも「幻想（の）世界」とは限らない。現実から離れた空間という意味で、今回「注文の多い料理店」において、二種類の「非現実世界」を考える。

「幻想（の）世界」の他に、農村を指す用語として「別世界」と名づけた空間も紳士らの立場から見れば、「非現実世界」の一部となる。

（9）「民話にみる異界」『怖いうわさ　不思議なはなし』常光徹・松谷みよ子編、童心社、一九九三年一一月、p.72-77、また、以下の三浦氏の引用はすべてこの論文からのものである。

（10）『遠野物語』「63」、『定本柳田国男全集』第四巻、筑摩書房、一九七六年五月、p.29（引用にあたって旧字体を新字体に改めた）

（11）『一目小僧その他』「隠れ里」、『定本柳田国男全集』第五巻、筑摩書房、一九七六年六月、p.249（引用にあたって旧字体を新字体に改めた）

(12) 前掲「「注文の多い料理店」と伝承世界」、p.259
(13) 前掲「「注文の多い料理店」――再構造化の戦略」
(14) 同上
(15) 牛山恵「「ふたり」であることの必然性」などがある。
(16) 「幻〈ゆめ〉と現〈うつつ〉のはざまで――宮沢賢治の《注文の多い料理店》の謎解き」立教大学ランゲージセンター紀要　第九号、立教大学ランゲージセンター、二〇〇四年二月
(17) 先行研究としては、続橋達雄『賢治童話の展開』、松岡幸司「幻〈ゆめ〉と現〈うつつ〉のはざまで――宮沢賢治の《注文の多い料理店》の謎解き」、府川源一郎「「注文の多い料理店」（宮沢賢治作）――読み進めることのおもしろさ――」、築田英隆「「注文の多い料理店」考――消費、読書、そして食べること」、奥山文幸「注文の多い紳士たち――童話「注文の多い料理店」と『鏡の国のアリス』」、中地文「「注文の多い料理店」とファンタジー」、川村弘昭「イーハトヴ童話「注文の多い料理店」の一考察」、小森陽一『最新宮沢賢治講義』、北野昭彦「宮澤賢治「注文の多い料理店」の〈山猫〉像――猫の民俗誌と諷刺文学論の視点から読み直す」を参考にした。
(18) 前掲『修辞的モダニズム――テクスト様式論の試み』pp.55-56
(19) 前掲「「注文の多い料理店」と伝承世界」、p.278
(20) 「注文の多い紳士たち――「注文の多い料理店」と『鏡の国のアリス』」近代文学研究第一九号、日本文学協会近代部会、二〇〇二年五月
(21) 「〈テクスト評釈〉「注文の多い料理店」」国文学　解釈と教材の研究　別冊賢治童話の手帖、一九八六年六月
(22) 『新校本宮澤賢治全集第』第一二巻　本文編、p.31
(23) 「虚構の方法について学ばせる」『「注文の多い料理店」研究Ⅱ』続橋達雄編、學藝書林、一九八五年九月、p.98
(24) 前掲『新校本宮澤賢治全集第』第一二巻、本文編、p.28
(25) 前掲「〈テクスト評釈〉「注文の多い料理店」」
(26) 同上

(27)「「心象スケッチ」その透明と障害――〈総合〉のレトリック再論」日本文化研究所研究報告、第二九集、一九九三年三月
(28)『《宮沢賢治》鑑』筑摩書房　一九八六年九月、pp.251-252
(29)『ブリタニカ国際大百科事典（小項目事典）』第五巻、フランク・B・ギブニー編、ティビーエス・ブリタニカ、一九九三年三月、p.46
(30)同上
(31)前掲『新校本宮澤賢治全集第』第一二巻　校異篇、p.10
(32)前掲『新校本宮澤賢治全集第』第一二巻　本文編、p.34
(33)「イーハトヴ童話「注文の多い料理店」の一考察」日本文学研究会報告、第五号、盛岡大学日本文学会、一九九七年三月
(34)前掲『最新宮澤賢治講義』、p.223
(35)同上、pp.224-225
(36)前掲『修辞的モダニズム――テクスト様式論の試み』、p.59
(37)前掲『新校本宮澤賢治全集』第一二巻、本文編、p.30
(38)前掲『最新宮澤賢治講義』、pp.235-236
(39)「「注文の多い料理店」考――消費、読書、そして食べること」、『『注文の多い料理店』考』、赤坂憲雄・吉田文憲編、五柳書院一九九五年四月、pp.101-102
(40)前掲『最新宮沢賢治講義』、pp.233-234
(41)前掲『新校本宮澤賢治全集第』第一二巻、本文編、p.30
(42)前掲「「注文の多い料理店」考――消費、読書、そして食べること」、前掲『『注文の多い料理店』考』、p.101
(43)前掲『新校本宮澤賢治全集』第一二巻、本文篇、p.35
(44)同上

(45)「宮澤賢治「注文の多い料理店」の〈山猫〉像――猫の民俗誌と諷刺文学論の視点から読み直す」龍谷大学論集、第四五七号、龍谷大学、二〇〇一年一月
(46)「宮沢賢治の文章　序――「注文の多い料理店」について」『宮沢賢治研究資料集成』第一六巻、日本図書センター、一九九二年二月、p.72
(47)前掲『修辞的モダニズム――テクスト様式論の試み』、pp.64-65
(48)「宮沢賢治の童話について」『宮澤賢治研究資料集成』第一三巻、続橋達雄編、日本図書センター、一九九二年四月
(49)「宮沢賢治　「ヨソモノ」の解釈者」宮沢賢治　第八号、洋々社、一九八八年一一月
(50)「イーハトヴを探して」、前掲『『注文の多い料理店』考』、p.16
(51)「異界の視座」『内なる宣長』東京大学出版会、一九八七年六月、p.8
(52)同上、p.35
(53)同上、p.37
(54)同上、pp.43-44
(55)同上、p.4
(56)『他者の登場――イギリス・ゴシック小説の周辺』近代文芸社、一九九四年三月、p.107
(57)同上、p.107
(58)同上、p.117
(59)同上、pp.134-135
(60)『フロイト全集』第一七巻、岩波書店、二〇〇六年一一月、pp.2-52
(61)同上、pp.5-14
(62)前掲『新校本宮澤賢治全集』第一二巻、本文篇、p.37
(63)前掲『他者の登場――イギリス・ゴシック小説の周辺』、p.68
(64)同上、pp.3, 13-14

（65）「「注文の多い料理店」（宮沢賢治作）——読み進めることのおもしろさ」『文学すること・教育すること——文学体験の成立をめざして』東洋館出版社、一九九五年八月、p.99

終章

われわれは、（物語る人も、聞く人も）ともに事実と思わない物語を語り合うのに、なぜあれほど時間を費やすのか。

ブライアン・ボイド『物語の起源について』

本書では、宮沢賢治による五つの「童話」を考えてみた。その創作時期は幅広く、一九二一（大正一〇）年から一九三二（昭和七）年までの間となる。それらを通して賢治の「童話」にみられる現実観、そしてより広くいえば賢治文学の面白さをみせることを試みた。

基本的に「幻想文学」という共通のテーマを軸にしたが、解釈を進めるうちに、その他いくつか繰り返し現れた主題がみえてきた。その中の一つは、それらの作品と土着文化、特に民話との関連である。賢治文学においてその故郷である岩手が中心にあるというのは、新しい考えではない。賢治について最も言われることの一つであろう。東京での滞在の他、岩手を永く離れたことがない賢治が、岩手を自分の原点にしているのは間違いない。正確にいえば、第二章で注目したように、その岩手を変えるということに賢治が最も関心をもったことだと考えられる。そのために彼はさまざまな具体的方法を思いつくが、教育者としての仕事や、農民向けの活動が最も目立ったものとなる。しかしながら、序章にも触れたように、彼の選んだ文学形式の中で、賢治の活動の具体性にむしろ反すると思われる「童話」という形式が重要な位置を示す。「童話」において賢治は、異なるパースペクティブで岩手をみる。

私見ではそのパースペクティブの変更の能力や、それが生み出した効果は賢治創作の全体をみる際、大変重要なことである。賢治の「童話」を読み解くのに有効的な「幻想文学」という概念は、現実と非現実のあいだのパースペクティブの移り変わりという側面に注目させるが、賢治文学におけるその特徴はそれにとどまらないと記さなければならない。さまざまな領域に行きわたる賢治のパースペクティブは、その世界を固定されないものにのみならず、非常にダイナミックな力強い世界にする。そのパースペクティブのやまない動きのおかげで創りだされる世界こそは、賢治が現代に至るまで、また国内外でも、読まれる作家であるということの秘訣の一つではなかろうか。

文学の役割の一つは知らない世界をみせるというところにあるとするならば、賢治は自分で生きていた「ところ」を見事に表現する。民間伝承をはじめとして、その地形や自然など、彼の「お話」は岩手という土地に確かに根づいているものである。賢治の作品を読むことによって岩手の風土を覗けるというのは確かに賢治文学の魅力的なところの一つといえよう。しかし、このように賢治が岩手を表現するにあたってその故郷のよさを面白く伝えるという点は、賢治文学の一つの側面にすぎないであろう。賢治にとっては岩手が彼の人生の中心であると同時に、世界をさまざまなパースペクティブでみることへの出発点でもある。賢治は明らかに岩手をそのまま表現することに留まらずに、岩手を全世界や宇宙とのつながりにおいてみている。賢治の作品がより広い世界とのつながりを感じさせるという点は、その文学のもう一つの非常に魅力的なところだと考えられる。

その両面があってはじめて賢治の世界を考えることができる。その両面が同時にあり、相互に働きあう結果、新しいレベルでの世界が創りだされる。そしてもう一つ重要な点としては、そのつながりは体系的なものや論理的に整理したものというより、感覚的なものであり、柔軟性のあるものだということを挙げられる。彼はその「童話」にみられる世界が築かれる基準を徹底的に説明しようとするのではない。むしろ賢治自身も「わけのわからないところもある」とか「あらゆる事が可能である」ところがあると認める。しかしながら、その世界は間違いなく説得力があり、不自然な印象を与えない。

本書では、賢治の「童話」を「幻想文学」としてみながら、賢治の「現実論」に注目した。「相対性」の概念を意識したと思われる賢治の「幻想文学」の方法における特徴を序章で述べた。その中で、賢治において現実と非現実が必ずしも対立するものではないという事柄を取りあげた。賢治の創作を考慮すると、それは現実と非現実のみについていえることではないことが分かる。一見対立するものを調和的につなぎ合わせることは、賢治の世界における大きな特徴の一つである。賢治は作品の世界を徹底的に説明しようとしないのと同様に、さまざまな事柄をつなぎ合わせるための論理も提供しない。それらが本来つなぎ合わさっているものだという前提に立ち、話を進めるといえるだろう。賢治の、常に変更し、動いているパースペクティブがそのことを可能にする。限られた空間である岩手を全世界とつなげるのはその一つの現れであるが、その他、日本的な要素と西洋的な要素、人間と自然などがある。文学をはじめとして、科学、音楽、仏教、美術等の、賢治の関心事の多面性がしばしば強調されるが、それらの分野は彼の創作を豊かで独特のものにしたのみならず、賢治の世界の見方にも影響したと考えられる。というのも、それほど多くの分野に熟達した賢治においては、その分世界を規定するための枠組みが多く存在したからである。また、賢治は、それらを自分の人生の中で用途に応じて個別に用いるのではなく、このように一見矛盾する分野を調和的につなげ、結び合わせ、一つの世界観に創り上げている。その幅広い分野を自分の中に受容した賢治は、世界に対して常に複数の視点を持ち、さまざまな角度から現実を試していたといえる。おそらく、そのような現実に対する認識は、賢治が生きた時代背景や彼のもった仏教的世界観に、またアインシュタインの学説とが結びつき形成されたものであり、彼の大半の作品に影響を及ぼしたであろう。

本書で扱った作品でも、さまざまな要素が調和的にはたらき合うことをしばしばみることができた。第一章で考慮した「ペンネンネンネンネン・ネネムの伝記」において、賢治は「ばけもの世界」の住民の一人としてザシキワラシを登場させる。東北地方の民話に出てくるザシキワラシはこの作品において、当然のように、アフリカやチベットに出現するものと同格でみられる。賢治は、ザシキワラシの出現した場所を「日本岩手県上閉伊郡青笹村字瀬戸二十一番戸伊藤万太の宅」とクローズアップするかのように具体的に挙げると同時に、そのザシキワラシは各地に広がる「表」の世界に対して存在する、「奥」の「ばけもの世界」の一員としてもみられるのである。パースペクティブの変更はこのような設定にのみみられるのではない。この作品の中で、賢治はさまざまな西洋的な要素を組み合わせる。本書で取りあげたI・カントのもじりはその一つとなるが、その他にも、先行研究の中で指摘されるように、賢治はこの作品においてシェークスピアの「ベニスの商人」をパロディ化したり、「ネネム裁判長は超怪である。私はニイチャの哲学が恐らくは暗示を受けてゐるものであることを主張する(1)」という形でニーチェの思想をパロディ化したりする。さらにアンデルセンの「マッチ売りの少女」や、オペラの『セビリアの理髪師』と『フィガロの結婚』の主人公であるフィガロに因んだモチーフも確認できる。このように、遊び心を活かした作品であるが、賢治の考えは常にさまざまな領域や文化圏をさまよっているようにみえる。そして、その作品の中でつなぎ合わされた異質な要素が風変わりなものといえども、違和感のない一つの世界を成すといえるだろう。同じく、第四章で扱った「土神ときつね」の中のきつねが自慢するツァイスの望遠鏡やハイネの詩集、また第五章の「注文の多い料理店」に出る山猫が経営する西洋料理店というような要素は本来、よりわざとらしさを感じさせてもいいようなものであり、当時の岩手というような舞台で目立ってその舞台に馴染まないものとなってもいいようなものであり、特に後者の西洋料理店は小道具というレベルを超えて、冷静に考えればなんとも無理のある設定である。しかしながら、賢治はここでもさまざまな要素を自然な感覚で組み合わせ、独特ではあるが違和感のない世界が創りだされる。賢治はそのような小道具をハイカラのものとして用いて物語を面白くしたとも考えられるが、自分のパースペクティブの柔軟性によってそれらの要素をあくまでも一つの世界の中のものとして認識していたというような側面もあるだろう。そこに賢治の生きていた時代や彼が育った恵まれた環境が背景にあると思われるが、彼は常に岩手を通して大きい世界をみるというスタンスに立っていたので、西洋料理店や望遠鏡も民話の登場人物と同様にその一部であったにちがいない。換言すれば、岩手をしっかりと見つめた彼は、岩手とその他の世界の間に実質の相違を感じなかったということである。賢治にとっては、岩手県が全世界の一部であるのみならず、世界そのものの現れでもある。

そのようなことは本書の主題である賢治の現実観と関わる問題であろう。本書では何度も現れた、イーハトーヴが「実在した」という賢治の宣言はそれを象徴する言葉だと考えられる。賢治が実際にある世界を伝える立場にあるというのは、どこまで彼の作家としての手法なのか、どこまで彼が本当に信じていう言葉なのか、ということを容易に見極めることはできない。しかし、岩手を始めとして全世界が変わるのが可能だということを信じて目指していたと同様に、彼の「童話」の中で現れた様子が客観的な現実そのものであるという確信は、読者を魅了する為にテクニックとして使われたというより、幾分か大きかったということを推測できる。詩集『春と修羅』の「序」の中で「わたくしといふ現象は」と書いた賢治は、自分の存在まで客観的に伝えようとすることが分かる。それと同様に、彼はさまざまなレベルに行きわたる「現実」を常に「心象スケッチ」として把握し、伝えることを試みると考えられる。つまり、賢治文学を「幻想文学」として考えた場合に非現実として受けとめる空間は、賢治にとって多かれ少なかれ「現実」であったと窺える。異なる角度から

「心象スケッチ」としてみた「現実」なのである。もし賢治において、彼がその世界の傍観者として、すでに存在するものを物語るというスタンスが支配的だったとすれば、賢治は「みえる」もののみ伝える立場である。言い換えれば、彼は「童話」の読者を説得しようとせず、自分の描く世界の原理を紹介するのみで、その世界から見出せる結論を読者に提供しようともしないのはそのためであろう。イーハトーヴはこのような世界であるが、それを自分なりに受けとめるように、と読者にメッセージを送っているようである。第三章で扱った「チュウリップの幻術」と同時代の別の童話との比較から分かったように、賢治「童話」は教訓を与えるものであるとは言いがたい。本書で取りあげたものの中では、「グスコーブドリの伝記」は比較的に教育的な内容として認められるものとなるが、この作品においても作家の立場から教訓という形式をとるのではなく、「模範」をみせるというものである。一方、本書の中では、その他の作品であったように、賢治「童話」の中で、明白な結論も見当たらず、読み方が一つのものに限るということもなく、「ためらい」を伴い、「すっきりしない」というように規定できる作品が多くみられる。序章の冒頭の部分で述べた、賢治の作品のカテゴリー化のむずかしさや賢治の生前よりも現代に読まれている理由は、彼の文学におけるそのような性格が一つの原因とも推測できよう。

本書では、賢治の「童話」を「幻想文学」という概念を通してみたが、それはあくまでも賢治文学の性格を考えた上でのカテゴリー化のことである。序章で説明したように、賢治は「相対性」の思想をつけ加えることによって、非現実世界についてある種の「正当化」を行い、上記のことを考えれば、賢治自身としては特殊でありながら、「現実」を幅広く認識するという意味での、独特の「リアリズム主義」だった可能性も否定できない。

川端柳太郎氏は、アインシュタインの学説によって、ヨーロッパに波紋が広がったということに言及する。

氏はその背景を「十九世紀末に至るヨーロッパ近代の諸科学の発展は、基本的にはニュートンによって代表される近代物理学によって支えられていた。近代の思想や哲学にも強い影響を及ぼし［た］。（中略）ところが一九〇五年に発表されたアインシュタインの「特殊相対性理論」は、単に物理学の世界の革命であっただけではなく、人々に異常なショックを与えた。（中略）人々は自然現象を決定論的に支配していた因果律から解放され、精神の自由も、思わぬところから保証されたが、同時に信頼を寄せていた科学的思考がその信頼を裏切り、あれほど確固としていた現実が、支えを失って解体を始めた」[2]と述べる。同様の流れで、科学の確実性への確信が揺らいだその時代に、E・フッサールの現象学が現れ、現実そのものへの疑問を投げかけた。フッサールの現象学を紹介する伊藤直哉氏によれば、「われわれには物自体の直接把握は不可能であるが、物自体の射影を現象として認識することはできる。（中略）世界のなかに私がいるのではなく、私の意識が世界を再構築している」[3]ということである。さらに、賢治の言葉の使い方も、内容を伝えるための手段というものを超え、言葉の表現と意味との区別を意識する例が多くみられる、極めて現代的な感覚のものであった。この側面においても賢治の場合、上記の思想の流れに添って現れた、F・de ソシュールがはじめた記号論[4]との共通点があると確認できる。

賢治の作品にみられる世界そのものの不確実性や「心象スケッチ」としての現実の認識は、アインシュタイン後にヨーロッパで現れたこのような流れに驚くほど近い。しかし、思想の起源はおそらく部分的にしか重ならないため、両者の間に一つの重要な相違点があると思われる。それは、ヨーロッパでの思想発展はより理論的かつ観念的なものであるのに対し、賢治の場合、それはより感覚的かつ実践的であるという点であろう。つまり、賢治にとって、不確実性を含む現実の認識は、アインシュタインの学説がもたらした新しい見方というよりも、彼が常に体験していたことであり、むしろその学説は彼の体験に裏づけを与えたであろう。そのため、賢治の場合は、現実の不確実性に、「グスコーブドリの伝記」や「銀河鉄道の夜」でみられるような近代科学への期待が矛盾なく伴うのである。科学者としての賢治は、仏教へのあつい信仰に代表される、いわばニュートンの物理学と相容れない世界観を、新しい科学思想と結びつけることができたといえる。それらを結び合わせる概念として「相対性」がある。海外で最も読まれる日本の文学者である一方、日本内でも愛読者が多い賢治であるが、このようにヨーロッパの現代思想との共通点を多く持ちながら、仏教思想などの日本的な要素を多く含むところにその理由があるとも推測できよう。

このように、賢治の生きた時代は科学の発展がもたらした自然の法則に対する意識の変化と重なる。その当時としては、賢治はより多くの読者に読まれたとすれば、どのように受けとめられたのだろうか。現代では、外国人である私の立場からみても、賢治は日本文学において、日本的でありながら型からはみでるような存在である。私としては、十数年前の賢治文学との出会いを考えれば、それは特別な運命の巡り合いのような、劇的なものではなかった。しかしながら、今日でも「面白い」という、当時に受けた印象が記憶に残っている。因みに「注文の多い料理店」が最初に読んだ作品であった。当時の日本語力を思うと、その作品にある仕掛けを正確に理解できたかどうかは定かではないが、作品の雰囲気が確実に印象的なものであった。

今考えれば、賢治文学に散らかっている西洋的な小道具や「銀河鉄道の夜」のようにその主人公にジョバンニとカンパネルラという西洋的な名前がつくことにより、外国人、少なくとも欧米人の読者が賢治の文学世界に入りやすくなっているといえる。そして、それと同時に、外国での賢治の人気を考えれば、その文学世界は印象に残りやすいものであろう。このような西洋的なアイテムが配置されるとはいえ、その世界の本質は外国人の読者にとって充分にエクゾチックなものだからである。さらに彼が読者の前で広げてみせる「日本」という世界は独特のものであり、それが読者を引きつけるもう一つのところになる。というのも賢治の作品を、外

賢治が自分の文学を深く根づかせた岩手の風土。

国からみれば、具体的に東北というより、まず「日本」として考えるのは当然であり、賢治がみせるその「日本」は、普段「日本」のステレオタイプとして考えるものとは相当に異なるからである。賢治による「日本」というのは、生々しく力強く生命力にあふれるところである。「蛙のゴム靴」という作品の中で、主人公の蛙は「雲見」をする。賢治は「一体蛙どもは、みんな、夏の雲の峯をみることが大好きです。（中略）それで日本人ならば、丁度花見とか月見とかといふ処を、蛙どもは雲見をやります」(5)とつづる。花見は世界で最も知られる日本の習慣の一つである故、ここで賢治は蛙の存在を使いながら日本文化を眺める。それのみならず動かない対象をみる花見と月見の代わりに、常に動き形を変える雲を眺めることを提案するのは、非常に賢治の世界らしいことである。本書では、「相対性」が繰り返し現れた概念であるが、賢治はここで「日本」をそのまま観察して表現するのではなく、ある程度距離をとってやはり日本文化のことも相対的に表現しているといえる。本書で扱った作品の中でも、ザシキワラシはさまざまなばけものの一員にすぎないという設定や、「注文の多い料理店」において西洋料理店を経営する山猫も同様に、日本文化を新しい角度からみて相対化する例となるであろう。非現実の要素を濃く帯びる賢治の世界であるが、そのような距離をおいて岩手を眺める観点は、作品でのユーモアを増しながら、ある意味で逆にその岩手像の信憑性を高めると考えられる。というのは、日本のことに詳しくない外国人からみればそれは美化しすぎない日本像であるという前提で内容を受けとめることができるからである。

そして賢治の外国での人気の秘密として考えられるもう一つの点は、他に世界中に読まれる文学と同様に、賢治の「童話」は、独特の表現の仕方を発揮しながら万国共通の感性に訴えるところである。特に第三章から第五章で扱った作品の読み方でみたような、人間の深いところの感性、普段意識していない人間の心の領域に訴え、いわゆる現実や表面的にみえるものを見直さなければならない必要性を感じさせ、どこか不安にさせる作品である。つまり、日常生活で鈍らせた、具体的な文化圏を超えるような感覚、「原始的」といえるかもしれない感覚を取り戻させる。第四章の標語としては、『エデンの東』からの言葉を使ったが、その有名な小説は、「土神ときつね」よりスケールも大きく知名度も高いが、興味深い点は、スタインベックが聖書の創世記を使いながら善悪の本質という主題をめぐって物語を展開させるのと同様に、「土神ときつね」は短い作品であり、主人公も神、狐と木であるが、民話や仏教思想を背景に、賢治が土着のものを題材にしながら、「正直・不正直」という形で、やはり善悪の主題を扱う。文化的な背景や文学者としての手法はまったく異なるが、描かれる主人公らの葛藤や難局という面では共通するところがみられる。この作品を赤神と黒神の伝説を通してみた場合、日本の神々の激しい世界を背景に展開される善悪のドラマは、普遍的な葛藤と新しい舞台装置、大変魅力的な組み合わせというふうに思われる。

このように、賢治は生まれ育ち自分の人生を捧げた土地や生きていた時代のおもかげを容易に確認できるなか、賢治はそのような地理的かつ歴史的な条件に閉じ込められず、そうした現実を超えるような文学を創作した。そして、賢治文学においてその現実を超えることを可能にしたのは非現実の世界である一方、他方では彼の世界にはさまざまな側面があるという考え方やそれぞれの領域の間を移る彼のパースペクティブだったであろう。そしてその作品を通して賢治は、読者のわれわれに、世界そのものを考え直す道具を与えるといえる。

賢治のパースペクティブの変更の柔軟性は、本書で繰り返し取りあげられたもう一つの事柄と関連する。つまり、作品の構造である。特に民話との関連を通してみた作品において、賢治の作品における構造の面白さを明白にみることができた。賢治はさまざまな角度から、さまざまな領域において世界を見つめなおすと同様に、作品の構造も現実を複数の観点から眺めるためのものである。たとえば、「チュウリップの幻術」において、本文で記したように、その世界の二重性を表現するのみならず、それぞれをシテとワキとして考えた場合、見方によって人間の世界も自然の世界もシテになりうるという「両面構造」は大変興味深く、賢治の考え方をよく映し出すといえる。また「注文の多い料理店」の世界を「三」の構造へと拡大するという場合も、東京からやってきた猟師という設定は、民話の構造と比較すれば一見それほど大きな相違にはみえないが、その効果は、現実や非現実の相対化につながり、大きなものである。イタリアの作家であり、言語学者であるウンベルト・エーコは「同様に、物語を読むことも、遊びなのです。この遊びを通して過去・現在・未来にまたがる現実世界の無限の事象に意味をあたえることを学ぶのです。（中略）これが物語の治癒機能であり、人類が原始以来、物語をつくりつづけてきた理由なのです。それはまた、神話のもつ最高機能、すなわち混沌とした経験にかたちをあたえる機能でもあるのです(6)」と述べるが、賢治の場合もその常に変更するパースペクティブがもたらす作品の構造において、彼は今まで整理できていた世界をもう一度異なる組み合わせで創りなおし、物事に新しく意味を与えるといえる。つまり、すでにあった意味を考えなおすということである。しかし、本書で考えた作品に関していえば、それは「治癒機能」をもつ作品と考えられるのだろうか。そうであるとすれば、それは、「注文の多い料理店」の紳士と同様に危険な旅をして安全な日常生活に戻るというように、ある種のカタルシスという意味での治癒である。それと同時に、賢治は「よりよい構成材料」として提供する自分の「お話」は、創りなおされた新しい世界の可能性を含み、その意味では、一時的な「治癒」ではなく、規模の大きい世界の再構築となりうる。

では、なぜわれわれは事実と思えない、事実でない物語を読むのだろうか。宮沢賢治の物語を読むとき、われわれはそれによって新しい世界に目を向け、周囲の現実に対する見方や感じ方を変えることができる。このようにわれわれが現実を新しく体験できるという点は、このような問いに対する重要な答えとなると言うことができるであろう。

注

（1）前掲『新校本宮澤賢治全集第』第八巻、本文編、p.339
（2）『小説と時間』朝日新聞社、一九七八年一〇月、pp.208-212
（3）『現代文学理論――テクスト・読み・世界』土田知則・神郡悦子・伊藤直哉著、新曜社、二〇〇〇年六月、p.87
（4）同上、pp.18-24
（5）前掲『新校本宮澤賢治全集第』第一〇巻、本文編、p.304
（6）『エーコの文学講義――小説の森散策』和田忠彦訳、岩波書店、一九九六年七月、pp.123-124

主要参考文献

宮沢賢治のテクスト

『新校本宮澤賢治全集』全一六巻＋別巻、筑摩書房、一九九五年五月〜二〇〇九年三月

その他の全集

『フロイト全集』第一七巻、岩波書店、二〇〇六年一一月
『柳田国男全集』第一巻、筑摩書房、一九九九年六月
『柳田国男全集』第二巻、筑摩書房、一九九七年一〇月
『佐々木喜善全集』第二巻、遠野市立博物館発行、一九八七年五月
『佐々木喜善全集』第一巻、遠野市立博物館発行、一九八六年六月
『筒井康隆全集』第二〇巻、新潮社、一九八四年一一月
『定本柳田国男全集』第五巻、筑摩書房、一九七六年六月
『定本柳田国男全集』第四巻、筑摩書房、一九七六年五月
『ハイネ全詩集』第一巻、井上正蔵訳、角川書店、一九七二年一〇月
『サルトル全集』第一一巻「シチュアシオンI」佐藤朔訳、人文書院、一九六九年一一月

辞書類

『宮沢賢治大事典』渡部芳紀編、勉誠出版、二〇〇七年八月
『日本国語大辞典』第二版、第五巻、小学館、二〇〇一年五月
『新宮澤賢治語彙辞典』原子朗、東京書籍、一九九九年七月
『ブリタニカ国際大百科事典』第五巻、フランク・B・ギブニー編、ティビーエス・ブリタニカ、一九九三年三月
『新潮日本文学辞典』新潮社、一九八八年一月
『日本伝奇伝説大事典』乾克己他編、角川書店、一九八六年一一月

単行本

谷川徹三『宮沢賢治の世界』法政大学出版局、二〇〇九年五月
須永朝彦『日本幻想文学史』平凡社、二〇〇七年九月
西成彦・崎山政毅編『異郷の死——知里幸恵、そのまわり』人文書院、二〇〇七年七月
中村三春『修辞的モダニズム——テクスト様式論の試み』ひつじ書房、二〇〇六年五月
石川文康『カント入門』筑摩書房　二〇〇五年四月
金子務『アインシュタイン・ショックⅡ』岩波書店、二〇〇五年三月
清水眞砂子他『岩波講座　文学6——虚構の愉しみ』岩波書店、二〇〇三年一二月
鈴木健司『宮沢賢治という現象』蒼丘書林、二〇〇二年五月
ジョゼフ・チルダーズ、ゲーリー・ヘンツィ編『現代文学・文化批評用語辞典』松柏社、二〇〇二年四月

土田知則・神郡悦子・伊藤直哉『現代文学理論――テクスト・読み・世界』新曜社、二〇〇〇年六月
押野武志『宮沢賢治の美学』翰林書房、二〇〇〇年五月
大塚常樹『宮沢賢治　心象の記号論』朝文社、一九九九年九月
細川律子『宮沢賢治の国より』雪垣社、一九九九年八月
内田賢徳他『伝承の万葉集』（「高岡市万葉歴史館論集２」）笠間書院、一九九九年三月
谷本誠剛『宮沢賢治とファンタジー童話』北星堂書店、一九九七年八月
小森陽一『最新宮沢賢治講義』朝日新聞社、一九九六年一二
多田幸正『賢治童話の方法』勉誠社、一九九六年九月
秋枝美保『宮沢賢治　北方への志向』朝文社、一九九六年九月
M・フロム『宮沢賢治の理想』川端康雄訳、晶文社、一九九六年六月
佐藤通雅『宮沢賢治の文学世界』泰流社、一九九六年五月
マックス＝リューティ『昔話の本質と解釈』野村泫訳、福音館書店、一九九六年一月
マックス＝リューティ『昔話と伝説――物語文学の二つの基本形式』高木昌史・高木万里子訳、法政大学出版局、一九九五年九月
府川源一郎他『文学すること・教育すること――文学体験の成立をめざして』東洋館出版社、一九九五年八月
赤坂憲雄・吉田文憲編『『注文の多い料理店』考』五柳書院、一九九五年四月
神尾美津雄『他者の登場――イギリス・ゴシック小説の周辺』近代文芸社、一九九四年三月
常光徹・松谷みよ子編『怖いうわさ　不思議なはなし』童心社、一九九三年一一月

大塚常樹『宮沢賢治　心象の宇宙論』朝文社、一九九三年七月
U・K・ル＝グウィン『夜の言葉』岩波書店、一九九二年五月
中村文昭『童話の宮沢賢治』洋々社、一九九二年三月
栗原敦編『日本文学研究資料新集』第二六巻、有精堂、一九九〇年一二月
有福孝岳『カントの超越論的主体性の哲学』理想社、一九九〇年一月
続橋達雄編『宮沢賢治研究資料集成』全二三冊、日本図書センター、一九九〇年〜一九九二年
篠田知和基他『フランス幻想文学の総合研究』国書刊行会、一九八九年二月
久慈力『宮沢賢治──世紀末を超える預言者』新泉社、一九八九年二月
花部英雄他『呪歌と説話──歌・呪い・憑き物の世界』三弥井書店、一九九八年四月
百川敬仁『内なる宣長』東京大学出版会、一九八七年六月
天沢退二郎『《宮沢賢治》鑑』筑摩書房、一九八六年九月
ジョージ・レイコフ、マーク・ジョンソン『レトリックと人生』渡部昇一・楠瀬淳三・下谷和幸訳、大修館
　書店、一九八六年一月
続橋達雄編『「注文の多い料理店」研究Ⅱ』學藝書林、一九八五年九月
Rosemary Jackson『Fantasy: The Literature of Subversion』London; New York: Methuen, 1981
川端柳太郎『小説と時間』朝日新聞社、一九七八年一〇月
ロジェ・カイヨワ『妖精物語からＳＦへ』三好郁朗訳、サンリオＳＦ文庫、一九七八年一〇月
金子民雄『山と森の旅──宮沢賢治・童話の舞台』れんが書房新社、一九七八年四月
久保寺逸彦『アイヌ叙事詩神謡・聖伝の研究』岩波書店、一九七七年二月

野添憲治・野口達二『秋田の伝説』（日本伝説14）角川書店、一九七七年一月
T・トドロフ『幻想文学――構造と機能』渡辺明正・三好郁朗訳、朝日出版、一九七五年二月
秋田雨雀『太陽と花園』（精華書院　一九二一年七月の複刻版（日本児童文学館：名著複刻））、ほるぷ出版、一九七一年五月
続橋達雄『宮沢賢治・童話の世界』桜楓社、一九六九年一〇月
I・カント『純粋理性批判』天野貞祐訳、岩波書店、一九二一年二月
I・カント『実践理性批判』宮本和吉・波多野精一共訳、岩波書店、一九一八年六月
高木敏雄『日本伝説集』郷土研究社、一九一三年八月
河東碧梧桐『三千里』金尾文淵堂・杉本梁江堂、一九一〇年一二月

初出一覧

第一章　「奥」の世界——「ペンネンネンネンネン・ネネムの伝記」
＊〔ペンネンネンネンネン・ネネムの伝記〕についての一考察（学会発表の記録）
宮沢賢治——驚異の想像力　その源泉と多様性　第三回宮沢賢治国際大会記録集
宮沢賢治学会イーハトーブセンター編集委員会編、朝文社、二〇〇八年一月、p.155-166
＊宮沢賢治〔ペンネンネンネンネン・ネネムの伝記〕についての一考察
日本文化環境論講座紀要、第四号、京都大学大学院人間・環境学研究科、歴史文化社会論講座、二〇〇七年三月、pp.13-25

第二章　「ペンネンネンネンネン・ネネムの伝記」から「グスコーブドリの伝記」へ——《イーハトーヴ》のユートピア思想
＊宮沢賢治におけるユートピア思想（学会発表の記録）
宮沢賢治——多文化の交流する場所（トポス）
第二回宮沢賢治国際研究大会記録集、宮沢賢治学会イーハトーブセンター、二〇〇一年一二月、pp.155-160

第三章　「ためらい」の面白さ——「チュウリップの幻術」
＊「ためらい」の面白さ——「チュウリップの幻術」

宮沢賢治研究 Annual、第一五号、宮沢賢治学会イーハトーブセンター、二〇〇五年三月、pp.123-138

第四章　伝説の神々のおもかげ――「土神ときつね」

＊「土神ときつね」小論

歴史文化社会論講座紀要、第五号、京都大学大学院人間・環境学研究科、日本文化環境論講座二〇〇三年三月、pp.105-118

第五章　「すっきりしない」物語――「注文の多い料理店」

＊「注文の多い料理店」における対立関係に関する一考察――民話の構造と比較しながら

宮沢賢治研究 Annual、第二一号、宮沢賢治学会イーハトーブセンター、二〇一一年三月、pp.127-141

あとがき

本書は、平成二十三年度に京都大学大学院人間・環境学研究科に提出した学位論文を元にしたものである。審査の労を執ってくださった、主査の内田賢徳先生、副査の水野眞理先生、須田千里先生にまずお礼申し上げたい。公聴会の際、さまざまな貴重なご指摘をいただき、それらを活かしながら、出版にあたって論文を一部改筆し、もう少しいいものに仕上げることができたのではないかと自負する。

本書は、十年以上の研究生活の成果である。振り返ってみると、さまざまなことがあった永い年月であるが、道草も充分に食いながらさまざまな時点で考えたことを、まだ不充分なところを多く残しながら、このようにまとまった形で出版させていただくことになったことについて本当にうれしく思う。

私は平成十年に、母国ポーランドのワルシャワ大学の日本語学科を卒業した後、国費研究生として京都大学人文科学研究所に来た。学生の時に筑波大学で一年間を過ごし、留学生として二回目の来日となった。その後、大学院人間・環境学研究科に進学し、修士課程、博士課程へと進み、一年前についに学位を取得することができた。

日本語学科の修士論文で宮沢賢治を取りあげると決めたのは、最初の留学の終わりごろである。終章にも触れたように、その当初から賢治文学の世界は印象的なものであり、また、その思想の多様性に圧倒されるばかりであった。そこで、まず賢治のユートピア思想に着目し、日本語学科の修士論文のテーマにした。その時の内容はほとんど姿を換えて本書の第二章となった。その後、賢治文学における土着文化に引かれるということもあり、日本の大学院の修士論文の中ではその時期に特に魅了させられた「土神ときつね」という作品を扱い、その内容は一部加筆し本書の第四章となった。さらに、民話的な要素に引かれ続ける一方、賢治の作品の構造の面白さに関心をもつようになり、その結果として本書のその他の三つの章を占める作品論ができあがった。今になって考えると、宮沢賢治という作家は徐々にさまざまな側面をみせ、その作品の中でさまざまな世界を広げるので、同じ研究対象といえども、体験に富んだ道のりとなり、つねに再出発せざるをえなくなる課題であるというところが魅力的である。

振り返ると、私は研究生活の面では常に環境に恵まれていた。そこにはさまざまな方との出会いもあった。ここでその一人一人の方の名前を挙げつくすことはできないが、ことに、その後の研究の為にしっかりとした土台を創ってくださった、岡崎恒夫先生を始めとするワルシャワの日本語学科の先生方、最初に花巻に連れてくださったつくば市の佐藤隆司先生ご夫妻、研究生の指導教員でいらっしゃり宮沢賢治の詩について面白い話をたくさんしてくださった小山哲先生、花巻でお世話になった数多くの方々、無理に日本の研究スタイルに合わせずに外国人なりに考えてもいいということが大きな励ましとなった川端善明先生、いつもあたたかく見守ってくださる高島和子氏と岸本啓子氏を始めとして学費の一部も負担しお世話してくださった日ポサロンの方々に謝意を記しておきたい。

そして、長年にわたって指導教員をしてくださった内田先生に特に感謝申し上げげたい。具体的な指示というよりそれとない話や遠回りの話をしながら私たちの考えを引き出すという形でご指導くださる先生のスタイルに常に感心し、授業や論文指導の時、思いもよらないところに気づき何でもないところから面白みを見出せる先生の姿は印象的である。生きた言葉としての日本語の使い方への意識が高まったのも先生のおかげである。

長年にわたり、研究指導の域をはるかに超えるご指導をいただいた。

京都に住み始めて十四年たったが、自分が外国人であるということを意識する場面もあるとはいえ、日本の日常生活に対して「外国」という意識が徐々に薄れた。生まれ育ったところとはかけ離れた環境にそこまでよく馴染んだのは、私がまだ高校生の時はじめて日本に来て以来、もう二十年以上、日本で私の家族をしてくださる石川県白山市の田島ご一家の存在が欠かせない。田島家の皆さんにもここで感謝を申し上げたい。

最後に、本書の出版にあたって推薦して下さった人間・環境学研究科冨田恭彦研究科長をはじめとする人間・環境学研究科推薦審査委員会の先生方に感謝の意を表しておきたい。また、経験未熟な私に細かい助言をしてくださった京都大学学術出版会の國方栄二氏にも謝意を記したい。

本書の刊行にあたっては、京都大学の「平成二十四年度総長裁量経費　若手研究者に係る出版助成事業」による助成を受けた。末筆ながら感謝申し上げる。

平成二十五年二月

佐々木　ボグナ

ヤ行

ラ行

ワ行

ナ行

ハ行

マ行

サ行

タ行

索　引

ア行

カ行

佐々木（ヤンコフスカ）ボグナ　Sasaki (Jankowska) Bogna

ポーランド出身。

2012年、京都大学大学院人間・環境学研究科にて博士号（人間・環境学）取得。

現在、京都大学大学院文学研究科・文学部の非常勤講師。

主な業績
「宮沢賢治 「ペンネンネンネンネン・ネネムの伝記」についての一考察」（『日本文化環境論講座紀要』 4、2007年）、「「ためらい」の面白さ—「チュウリップの幻術」」（『宮沢賢治研究　Annual』15、2005年）、「「土神ときつね」小論」（『歴史文化社会論講座紀要』 5、2003年）、「「注文の多い料理店」における対立関係に関する一考察——民話の構造と比較しながら」（『宮沢賢治研究　Annual』21、2011年）

（プリミエ・コレクション34）
宮沢賢治　現実の遠近法

平成25（2013）年３月31日　初版第一刷発行

著　者　佐々木ボグナ
発行人　檜山爲次郎

発行所　京都大学学術出版会
京都市左京区吉田近衛町69番地
京都大学吉田南構内（〒606-8315）
電　話（075）761-6182
FAX（075）761-6190
URL http://www.kyoto-up.or.jp
振　替 01000-8-64677

ISBN978-4-87698-278-3
Printed in Japan
印刷・製本　亜細亜印刷株式会社
定価はカバーに表示してあります